U0720866

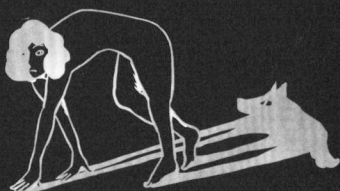

SPRING 野

更具体地生长

All This Wild Hope

NIGHTBITCH

夜母

**Rachel
Yoder**

[美] 蕾切尔·约德 著

万洁 译

GUANGXI NORMAL UNIVERSITY PRESS
广西师范大学出版社 · 桂林

图书在版编目（CIP）数据

夜母／（美）蕾切尔·约德著；万洁译.--桂林：
广西师范大学出版社，2024.1
书名原文: Nightbitch
ISBN 978-7-5598-6352-2

Ⅰ.①夜… Ⅱ.①蕾… ②万… Ⅲ.①长篇小说－
美国－现代 Ⅳ.①I712.45

中国国家版本馆CIP数据核字〔2023〕第170404号

NIGHTBITCH

Copyright © 2021 by Rachel Yoder
Published by arrangement with Triangle House Literary in conjunction with
Claire Roberts Global Literary Management,
through The Grayhawk Agency Ltd.
All Rights Reserved

著作权合同登记号桂图登字：20-2023-075 号

YEMU
夜母

作　　者：（美）蕾切尔·约德
译　　者：万　洁
责任编辑：谭宇墨凡
特约编辑：赵雪雨
装帧设计：小椿山
内文制作：陆　靓

广西师范大学出版社出版发行

　广西桂林市五里店路 9 号　邮政编码：541004
　　网址：www.bbtpress.com
出版人：黄轩庄
全国新华书店经销
发行热线：010-64284815
北京华联印刷有限公司印刷
开本：889mm×1194mm　1/32
印张：9.75　　　　　字数：172千
2024年1月第1版　　2024年1月第1次印刷
ISBN 978-7-5598-6352-2
定价：68.00元

如发现印装质量问题，影响阅读，请与出版社发行部门联系调换。

献给我的妈妈

献给所有的妈妈

"她是皮毛、鲜血和骨头。
　她是本能和愤怒。"

© Nathan Biehl

蕾切尔·约德

PART
ONE

"你是一头野兽。"

她咆哮着。牙齿寻找着肉。

她说她是"夜婊"[1]，其实只是开了个无伤大雅的自嘲式玩笑。因为她就是这样的女人，开得起玩笑，舍得拿自己打趣，绝不会动不动就生气。在轻松愉快、谁也无意冒犯谁的交谈中，她从来不会板起面孔，一本正经到连其中的幽默都听不出。可有了这个新称呼之后没几天，她就发现自己脖子根上冒出一片粗糙的黑毛，真是活见鬼了。

　　我觉得我要变成狗了，她对出差一周、刚回到家的丈夫说。结果他听了哈哈大笑。可她没有笑。

　　她本希望他不会笑。他出差那周，她每每躺在床上就会开始琢磨，自己是不是要变成狗了。那时她暗暗

<hr>

1　原文为 nightbitch，bitch 本意为"母狗"，在俚语中意为"恶毒、骄横的女人，泼妇"，常被译为"婊子"，但其内涵和"婊子"在中文语境中的含义（对妓女的蔑称）并不相同。——本书若无特别说明，脚注均为译者注。

3

期待，等她把这个想法告诉丈夫时，他会歪着脑袋把事情问个清楚。她希望他能认真对待她的担心。可她刚把话说完，就发现自己不可能如愿。

我是说真的，她不甘心，我脖子上长出一片奇怪的毛发。

她将自己正常的人类头发挽起，给他看那片黑毛。他用手指揉搓了几下，然后说，没错，你真的变成狗了。

她没瞎说，她的毛发的确比以往浓密。她桀骜不驯的头发仿佛一群黄蜂，在脑袋上、肩膀上四处游走。她的两道眉毛则像毛毛虫一样爬在额头上，因为没被拔过而格外茂盛。她甚至亲眼见证了自己下巴上长出两根弯弯曲曲的黑毛，而且，光线对的话——其实在任何光线下都一样——你能看到她嘴唇上方若隐若现的胡碴，那是她做了激光除毛之后新长的。难道她手臂上一直有这么多汗毛？另外，她的发际线怎么会移动到了下颌边缘？脚背上竟然也生出一片片毛发，这正常吗？

你再看看我的牙。说着她露出牙，指着自己的犬齿。她坚信这几颗牙长长了，而且顶端收窄，形成了令人胆寒的牙尖，稍稍一戳就能刺破手指。这么说是因为她晚上在卫生间查看情况时就差点把手弄破。夜里，只要丈夫不在家，儿子穿着睡衣开心地玩火车，她就会站在镜子前，向后拉开双唇，把牙都露出来，将头从一侧转到另一侧，然后再把头放正，由下至上地观察自己的牙齿；她还会用手机在网上搜索犬齿的照片，以便和自己的做比较；她用指甲轻叩牙齿，告诉自己，别犯傻了；紧接着，她便开始在手机上搜索长狗牙的人类，搜索人类与犬类是否有共同的祖先，搜索人兽杂交和人体中的隐性动物基因，搜索人类与动物的基因传承，搜索狼人，搜索历史上真实存在的狼人，（多少有些莫名其妙地）搜索女巫，搜索 19 世纪的歇斯底里症（这还算有些关联）；然后，她依着自己的想法搜索休息疗法和《黄色壁纸》[1]，重读了自己在大学期间读过的这本书；再然后，她会在马桶上茫然地坐上一会儿，什么都不看，也不再搜这搜那。

你摸摸，她指着自己的牙执意要求。她丈夫探过身去，用食指戳了戳她犬齿的牙尖。

哎呀！他叫着抽回手，用另一只手将食指揽在身前。就是逗逗你，说着他举起那根毫发无伤的食指，在她面前晃了晃。

我看着，你的牙跟从前一样啊。你怎么老觉得自己有毛病，他温和地说。

她丈夫是个工程师，专门负责"质量管理"。这到

---

1 美国著名女性主义先锋作家夏洛特·帕金斯·吉尔曼（Charlotte Perkins Gilman）出版于 1892 年的短篇小说，讲述了"我"因产后抑郁被医生丈夫带到老宅，接受休息疗法直至疯癫的过程。

底是什么意思，她这个妻子并不十分清楚。上班时他会四处巡视，检查机器运转情况，看看它们是否发挥出了最大效能；调整系统设置，让机器嗡嗡地转个不停，而且转得越来越快；看生产报告，然后提出改进意见。应该是这样吧？行吧。随便吧。

但她清楚一点，丈夫没什么时间照顾别人的感受，对直觉有种居高临下的不耐烦，他还会公开嘲笑缺少同行评议的科学研究或没有数据支持的空谈。但归根结底，他是个好男人，一个体贴的男人，一个亲切友善的男人。因此，再怎么样，她还是对丈夫倍感珍惜。毕竟，在有些事上，她一开始这么想，过一会儿又那么想，反复无常，优柔寡断。她常常感到焦虑、忧心，胸口总有这么一种感觉——心脏快炸了。总之，她脾气急，想法多，需要保持忙碌，或者干脆躺下睡觉。她的丈夫则正相反，什么都不需要。

怪不得他们会遵从他的判断，会认为他那客观冷静的头脑将做出正确的判断，会相信他作为工程师的稳重。她自然没有什么毛病，她这样告诉自己；当时，她和丈夫躺在床上，孩子躺在他们中间，脚指头挤在她一条腿下，正睡得香甜。

我觉得我应该去客卧睡，她小声地对丈夫说。

为什么？他同样小声地问。

现在一到晚上我就气愤难当，她说。看他没说话，她又补充了一句，我只是想睡个好觉。

好吧，他说。

她悄无声息地翻身下床，摸索着走下楼梯，钻进了客卧干净的被窝。她摩挲着脖子后面那片粗硬的毛发，以缓解自己的情绪，然后让舌头裹在她牙齿锋利的边缘上。就这样，她进入了密密匝匝、无牵无挂的睡眠。

一天，白日里，她还是个母亲；可到了晚上，她就突然变成了别的。

是的，这事发生在六月；是的，她的丈夫已经整整一周没回家了。在这一年中，这已经是他第二十二次离家整周了；倒不是说有谁数过，可这一年总共才过了二十四周。

是的，那一周，孩子的耳朵感染了，睡眠时断时续。是的，他一直没睡好，甚至可能压根没睡着过。

是的，在三十七岁上，她体验了人生中首次严重的经前综合征。

那是一个平常的周五，夜深人静的时候，孩子在床上醒来，躺在母亲和父亲中间，因为他目前还没能自己睡，也不肯自己睡。这个晚上，他已经是第三次还是第四次哭闹了。具体她记不清了。

起初，她什么都没做，只是等着丈夫醒过来，可他没醒，因为他从来不会为这种事醒来。这回她等待的时间比以往长了些。等啊，等啊。孩子号啕大哭，她则像具尸体似的一动不动躺在原地，耐心地等待着有一天她的尸体能奇迹般地自行恢复活力，被带入天选者之国。到时候，她的尸体会在那儿创造一件了不起的艺术装置，装置将由许多张具有美学趣味的床组成。她的尸体将享有无限的儿童保育服务，可以随时与其他尸体出去闲逛、看展、喝尸体喝的葡萄酒，因为那是天堂。就这样。

她尽可能在一声不响、纹丝不动的状态下，一直躺在原地。孩子的声声尖叫仿佛化作阵阵疾风，让她胸中跳动的小火苗燃成了熊熊怒火。

在她自身黑暗的腹地，有一团灼热的白色火光，那正是她诞下新事物的源点，也是所有女人诞下新事物的源点。

早在少女时期，你就点起了一把火。你将它烧旺，对它悉心照料。你不惜一切代价守护它。你不能让它燃成一大团光，因为那不适合女孩。你要把它当成一个秘密，任它燃着。若你在其他女孩眼中看到火苗，你们就会像同谋一样点头致意，但从来不会把几乎难以承受的热和愈烧愈烈的火宣之于口。

你要照料那团火焰，不这样做的话，你就会陷入困境，如坠冰窟，孤立无援。等待你的将是制作节庆贺卡，做务实的选择，听"世事如此，由不得人"的劝说，将是妥协与理解、辩解与同意，将是换个角度看问题，从他的角度看问题，通过其他各种方式看问题，就是别以你自己的方式看问题。

听着孩子以他特有的音调与强度哭闹，她看到了自己阖上双眼后的那团火焰。有那么一瞬，它在看不见的气流中一抖，然后陡然拉长、变细、顿住，呼的一声坠入她的胸膛，进而坠入她的腹部，腾地一下将她点燃了。

睡——你——觉——，半睡半醒之间，她喝醉了似的从喉咙底咕噜出一句。也许，她是想说——睡你的觉，可说出口的不成句子，而是连绵起伏的一串咕哝和尖啸。这声音她只在很久以前，她还是小女孩的时候听过，外婆家的哈士奇在门口急不可耐地等剩饭时就会发出这种声音。她从没喜欢过那条狗，因为它长了一双冰蓝色的眼睛——活死人的眼睛——还有它的叫声也令人讨厌，跟人声似的。结果，现在同样的声音从她自己的口中溜了出来。

因为这声音的古怪，还有关于那条哈士奇的记忆，她醒了过来，清醒程度之高远非她所愿。

闭嘴！她严厉地对孩子说。她的丈夫一动不动地堆在孩子的另一边，孩子则翻来滚去，踢腾着小腿儿，哭声变成了尖叫。

闭嘴。闭嘴。闭嘴！她咆哮着翻过身来，面向孩子。

拿他那该死的奶嘴来！她怒冲冲地对丈夫吼道，然后转身背对他俩，用一根手指堵上了一侧的耳朵。

孩子哭啊哭啊，没完没了；她的丈夫躺着不动，怎么都不动。火焰突然高涨，越来越高，冒着腾腾热气，几乎要将她整个人吞没。这时，她坐起身，发出一声嗥叫，把被单掀到一边儿，伸手去摸床头的台灯，却在匆忙中将台灯打翻在地。台灯摔了个粉碎，她呜咽着，怒气冲冲、踉踉跄跄地绕到床的另一边，找到那一侧的台灯，打开了开关，结果发现丈夫坐在床上，怀里抱着蜷缩成一团的孩子，孩子已经叼上了奶嘴。

她蓬乱的长发上沾着零星点点的叶片，还有薄脆饼干或面包的碎屑和不知从哪里来的白色绒毛。她大口大口地喘着气。刚刚她围着床边走过的地方留下了团团血迹，台灯底座的小碎片嵌在她柔嫩的脚上，但是这个母亲对此毫无察觉，或许是毫不在意。她眯起双眼，嗅了嗅周遭的空气，然后悄无声息地回到她睡的那一边，爬上床把自己裹进毯子里，完全没有搭把手的意思。就这样，她情不自禁、无牵无挂地突然坠入了溺水般的睡眠中。

早晨，她衣冠不整地站在脏兮兮的厨房里喝咖啡，双脚洗过了，也缠好了绷带。洗衣机里转着染血的被单。

她的儿子在起居室里玩玩具火车，时而发出叽叽咕咕、咿咿呀呀的声音，时而哈哈大笑。她的丈夫看起来挺精神的，正在往一片烤焦了的面包片上抹黄油。

昨天晚上你……他说到一半停住，想了想，然后继续说，可真够泼的，跟条母狗似的。

说完他咯咯笑了几声，暗示自己并没有恶意，纯粹是把看到的情况说出来。

夜婊，她毫不犹豫地说，我就是夜婊。

他们都大笑起来，不笑还能干吗呢？昨天夜里那个至暗时刻，她的愤怒、辛酸和冷漠让她自己都吃了一惊。她希望能把当时的自己视为完完全全变了的一个人，可她知道那可怕的真相——夜婊其实一直都在，而且在自己皮囊之下埋得并不深。

多年来，没人料到这层身份会显现，直到她成为一位合格的母亲，操持家务，自我牺牲，不怨这怨那，不乱发脾气，哪怕一夜无眠也要在第二天强打精神，给孩子喂奶，把孩子抱在怀里摇晃，跟孩子说"嘘"，让孩子保持安静；与此同时，她的好丈夫在一旁睡得鼾声大作，甚至大多数时候都不在家。

他有一份工作。他挣钱养家。他要出差，于是再见和我爱你，接着是几个吻，清清爽爽地挥挥手，挤挤眼。她抱着孩子，目送他把车从车库倒到马路上。她本科毕业于一所名牌大学，反正比他的那所要好。她拥有两个硕士学位，而他一个都没有。（不仅如此，她怀里还有个婴儿呢。）这不该是一场竞赛，她也的确没有跟他比，没有吧？没有，绝对没有。她永远不会把她的丈夫视为竞争对手，不过她确实做错了一件事，她不该选纯艺术这种不实用的领域。这个母亲，她可真是疯了！她只是位热爱艺术的女士，可不管她有多热爱艺术，在这方面多有天赋，艺术也成不了事业，赚不到钱。

她尽量不去想，在孩子到来之前，她也有一份工作，而且她每每和别人提起都会说，那是她"梦寐以求的工作"。她经营一家社区美术馆，展览在她看来有助于提升这个中西部小镇集体艺术认知的艺术作品，设计艺术课程，与学校协调学生项目，沉浸在艺术品和艺术的世界里，做自己相信的事。更重要的是，这样一份工作——在艺术的怀抱中工作，还能给她带来酬劳，真是一份稀罕又迷人的工作。当然了，工作内容范围之广与她的薪水并不相称，可她还是很感激。她为自己能在艺术圈找到份工作而感恩，尽管工作量极大。她在研究生院的同学们为了这样一份工作能抢破头，她却已经开开心心地干上了。

然后她就怀上了孩子。她想过，这可能会给自己带来一些不便，但应该也没什么应付不来的。毕竟，在今天这个时代，在她这个年纪，孩子不会成为女人生活中的绊脚石。女性既可以去公司上班，也能在家办公。

只要她们愿意，可以一直工作，工作，夜以继日地工作！这是她们的权利。可是，她没考虑到晚上举办的展览开幕活动、安排在周末的艺术课程、大早晨与其他老师开的课前会议和下班后的欢迎会。她有一个常常出差的丈夫和一个嗷嗷待哺的婴儿，像之前那样安排日程肯定行不通。谁把孩子从日托机构接回来，放到家里的床上呢？她又不能带孩子去参加要求穿着正式的晚宴，无论那帮出席者心态有多开放都不行。她没有精力指导一名二十五岁的志愿讲解员，也无法一边喂奶一边主持董事会的战略规划会议。

她试过。有那么一段时间，她确实努力尝试了。毕竟，她做的是梦寐以求的工作。她梦寐以求的工作！所以她在生产后选择回去继续工作，尽管她的孩子只有三个月大，尽管镇上唯一能报上名的日托机构里，育婴室中放着一排又一排婴儿床，嗓门大却疲惫不堪的女人们用塑料奶嘴喂孩子们配方奶。那是她一直想要的工作。她在职业道路上不断进步，不断成长，迈向成功。结果，她多了个孩子。

她能给他的只有自己的奶水。从日托把孩子接回来后，她能陪他两个小时。而这两个小时之前，她只能在监视画面里盯着睡觉的孩子，一盯不知多少个小时。（她会想：你可千万别忘了我。不过，要是忘了我能让你开心点儿的话，就忘了吧。要不，请你只忘记一部分，忘记我在你婴儿时期把你独自丢在日托八九个小时，忘记那里的女人把你放在铺着油毡的地板上，任由你哭上好长时间。把孩子往日托送了几个月后，她听那儿的员工说，你的孩子经常大哭不止。那员工淡淡地说了件平常事，却将一把极为锋利的刀狠狠插进了孩子母亲的腹部。她感觉自己受了重伤，伤口永远无法愈合，而且致命。这句话还会让她变得杀气腾腾：为什么那员工不把她亲爱的儿子抱起来？那员工怎么能对他的哭声置之不理？随口告诉一个母亲，她儿子独自躺在油毡上哭个不停，是件特别残忍的事，那位母亲能为此伤心难过好几周。说到底，还不是都怪她？难道不是她选择把儿子丢在那种地方的吗？这就是她的错。就是。）

还有就是奶水。奶水！奶水太重要了！怎么强调都不过分。奶水是婴儿世界中最重要的东西，育儿书让全天下的母亲都相信这一点，这位母亲也相信。

她上班的大楼是美术馆和大学共用的，母婴室可能是其中最小、最丑的房间。这间最为神圣的、小教堂一样的屋子只有一个洗手盆、一张台子、一把椅子和几只荧光灯，没有通风系统。怎么没有敬奉和赞美母亲的赞美诗？她想歌唱婴儿、乳房、奶水、母子肌肤相触，还有温暖的小婴儿。他们身体柔软，散发着酵母味，好像一条条刚烤出来的长面包，香气四溢，快闻闻他们吧。快闻闻。

该死，怎么没有她的赞美诗？

可这里就是没有赞美诗，只有奶泵、电机、导管、塑料、静电、被汗浸湿的衣物、难闻的空气、大桶的消毒液、严重的焦虑和一份梦寐以求的工作。

这里没有婴儿。

这位母亲也没有感恩之心。

她每天要去母婴室三次，一次、两次、三次。面对导管和一堆塑料配件，还有电机驱动的吸吮。处理腋下湿透的衬衫，忍受将毛衣脱下时头发上的静电。她偶尔穿的是拉链在背后的裙装，穿回去时很难把拉链拉上。在电脑的日程表中，进入母婴室的这些时间都被她标记为私人事务。有时，会有另一位母亲愤怒地敲打母婴室的门，因为她来晚了、来早了，或者干脆是做错了。做错了。

当然了，她还要打扫卫生，要用硬挺的厚纸巾，遵守"尊重他人，使用后请务必擦干"的原则。为了清洁可能会遗留的人类体液，这里还准备了大桶带喷头的消毒剂。

台面洒上了给她的孩子喝的奶水，谁会想到一个母亲需要清洁这样的台面呢？人们应该用典礼专用抹布吸干那些奶水，然后将抹布郑重地放在一座高大且极美的雕塑脚下。那座雕塑是为了向永恒的母亲、生命的赐予者、万物的创造者表达敬意而制作的。这好比对待一只白色的小猫咪——特别是一窝里最弱小的猫崽，我们应该把它放在屋子里，给它提供一个非常柔软的枕头、好吃的猫粮和新鲜的水；至于奶，小猫咪想喝几滴就喝几滴，偶尔往它嘴里呲上一小股奶也是可以的。

有一天，她把装着导管和一堆塑料配件的包落在母婴室了。这种东西谁会偷呢？确实没人偷，可是有个配件丢了，用来吸在乳房上的配件。谁会单单把那个配件拿走呢？难道是另一个做母亲的女人。当时她可能为了这件事哭喊了一通。不过现在，她已经不记得了。总之，因为那次重重的惩罚，她后来再也没有忘拿过包。没错，她认为就是"惩罚"，那件事给她的感觉就是"惩罚"。

（去哪儿买一个新的呢？吸奶器上的那个配件叫什么？她得搜搜，花时间调查一番。可她没时间搞调查，没时间弄清楚那玩意儿的名称，然后再买个新的。）

母婴室没有安装通风装置，所以没人用的时候，门得开着。可是三角形的门挡已经被磨平，而且变形了。那扇门挺沉的。谁有时间把门撑住呢？其他母亲怎么办？改用椅子挡门。更用力地踹门挡。想个办法。要考虑其他母亲。能用上这个房间就谢天谢地吧。有的职场妈妈还没有这个待遇呢。要有感恩之心。

总是匆匆忙忙的。快点，露出胸部。快点，放轻松，然后等奶水出来。如果奶水迟迟不来，那就是她的错。

一定是咖啡喝得太多，正经饭菜吃得太少。得尽可能减轻精神压力。吃根能量棒。吃些坚果。一边吃一整板巧克力，一边将那仪器杵在乳房上。服下那些特制的草药丸。喝下大量的燕麦粥。好好想想如何取得平衡。抱着产生奶阵的希望喝下整整一升水。冥想。深呼吸。今天还有八个会。

给婴儿喂奶，多少奶水都不够。他长得太快。他一心只想喝奶，可她时间不够，奶水不多，连帮手都缺得很。日托六点就关门了，所以她不能参加太晚的会议，接孩子还必须得考虑交通状况、步行去停车场的时间和天气。别忘记拿吸好的奶。**别忘记拿吸好的奶。**

一天晚上，她忘记拿吸好的奶。她插停车票付费的时候把奶放在那个机器顶部，然后忘拿了。她哭着开车，将睡着的婴儿从日托机构带回了停车场，然后给安保部打了电话。

没错，有人把你的奶交给了我们，接电话的男人说。

她呜咽起来。那个保安带着她那失而复得的奶向她走来。他从车窗把奶递给她，因为她不能下车。毕竟，还有个婴儿在后座上睡觉。她开回家时哭了一路。

想象一下，有一个人，发现了一个小盒子，里面装着两瓶温热的奶。此人带着这小盒子回到与停车场相连的那家差劲的小商场里，游游逛逛地找到保安室，对保安说，我发现了两瓶奶，对于失主来说，这东西应该非常宝贵，我希望它能回到她手上。于是，保安将这小盒子放进了办公室的迷你冰箱中。想到竟然有人捡到这种东西，想到归还此物背后的那份善良，或者想到某个母亲的损失，想到她的大意——一个人怎么能如此粗心——或许她根本没有心，再或者因为上述所有想法，保安摇了摇头。

这位母亲想感谢捡到奶的人。她想对那个人说，尽管我不认识你，但你是我见过的最善良的人。

在去参加一个午餐会（既然可以边吃边工作，谁还需要单独留出吃饭的时间？）的路上，她对眼下的情形产生了怀疑。随后，她一边用右手在手机上回邮件，一边用左手将两个吸奶器按在乳房上。在这位母亲的思考中，阴谋论逐渐形成了，就是那种最后会被证实为真的阴谋论。

她的父母要是知道她想了些什么，一定会说她受人蛊惑，或者被诅咒，然后还要唠叨一堆关于魔鬼的事。但他们不会知道的，因为他们从来不给她打电话，她也不给他们打电话，也就是说，父母和她对彼此目前生活的了解基本为零。这位母亲十分肯定，他们也得为目前困扰她的种种不公负责，为她以为自己要变成一条狗的偏执妄想负责。可她说不出具体怎么个负责法，只是一头扎在一种笼统的愤怒中——对过往和东方的愤怒。

之所以说"东方",是因为她的父母住在她家以东几百英里 [1] 的地方。

其实,她的父母远远算不上焦虑的来源,因为这一切,什么工作、挤奶、着急忙慌地赶场、没法儿把孩子抱在怀里,这些烂事就是一场骗局。她现在满腔都是为人母的怒火,不由地要对整个系统、资本主义、父权制、宗教、性别角色和生物特征发起精心准备的、情绪化的声讨。

她希望有一天能在咖啡馆与人分享这些理论。正巧有位温和的职场妈妈邀请她去喝咖啡。此人不仅是一位职场妈妈,还是一名艺术家,和她进修过同样的研究生课程。目前在她俩都上过的那所大学里教书,搞艺术,无缝过渡到母亲的身份,一路走来,没遇上任何让人变得尖酸刻薄的小挫折。咱们这位母亲曾经阴着脸在社交媒体上远远地审视她的生活,她分享了育儿过程中的里程碑,比如宝宝第一天去日托!还有宝宝帮助妈咪做装置。照片上,那位职场妈妈用背带将小婴儿绑在胸前,在展馆中用一堆细铁丝网制作装置。

我怎么就做不到呢?她总是问自己。这些事看起来怎么那么轻松呢?

聊聊吧,你做职场妈妈的感觉怎么样?这位邀请

1　1 英里约等于 1.61 千米。

她喝咖啡的职场妈妈问。咱们这位母亲——这位疲惫不堪、愁眉不展的职场妈妈，做着她梦寐以求的工作却无法把孩子抱在怀里的妈妈，傻乎乎地盯着对面的人，一心想说出她的理论——这是一场骗局，害她们辛辛苦苦大包大揽的骗局，她们躲不开的骗局。可她的脑子不再像之前那么灵光了。对面的职场妈妈等待着。她是不是该说些什么？"对话"是怎么回事来着？

不怎么样，这位母亲终于开口了，我觉得职场妈妈或许是人们编出来的最扯淡的概念了。我是说，谁还不是职场妈妈呢？非要强调妈妈有份带薪工作。那怎么说才准确，挣钱的职场妈妈吗？怎么没人说职场爸爸这个词呢？

哈！她悻悻地啐了一口，并不清楚自己心里到底有多不甘。

那位温和的职场妈妈点点头，表示同情。另一位妈妈——那位睡眠不足、又要奶孩子、又要做梦寐以求的工作的妈妈，那位或许正拼命挣扎、竭尽全力、但仍需支援的妈妈……这些都不重要，重要的是她没能当好一位职场妈妈。她和别人的差距显而易见。我们可以既有工作，又有孩子。为什么偏偏她这么不知好歹，满腹牢骚呢？

那天夜里，这位母亲下班后抱着熟睡的孩子哭了，因为她陪伴醒着的儿子的时间每天只有一或两个小时。

他不肯在日托机构睡觉，回到家时已经折腾得筋疲力尽了，只想喝她的奶，被她抱着，在妈妈的怀里睡去。她抱着他哭，当她将要放下他，他倒哭了起来。他只是想被抱在怀里，一直被妈妈抱在怀里，她真的不能怪他。于是，她用带子将孩子捆在胸前，开始加班，收发一封封电子邮件，直到她和孩子都倒在床上。

准备要孩子、做决定的时候，她丈夫是家里挣钱多的那个，她是挣钱少的那个，所以放弃工作、待在家里的人得是她。就这么简单。

当时，不得不做出种种决定的时候，她是真心希望待在家里的——简言之，她身心俱疲——尽管她以前从未有过这种想法。另外，坦白说，这可是特权啊。多么好的待遇。她明白自己只是一位享有特权、接受了过多教育的女性，在美国中部过着梦一样的生活，一天二十四小时把孩子抱在怀里。按照大家的标准，上述条件一摆出来，她就没什么好抱怨的了，可能没亮明这些条件也一样。事实上，光是她想抱怨这件事，就有点中产阶级白人女性那种惺惺作态的架势了。如果她读书看报，研究数据，好好思考自己在生活中的处境、在社会中的位置，对除了白人男性之外的其他所有人造成压迫的历史角色，那么她就该知道自己毫无立场发出哪怕一声窒息的尖叫。

可就像所有婴儿一样，她的孩子也在长大。孩子变宽、变长、变得愈发迷人或讨厌。他开始走路了，但开口说话的时间远远滞后于医学上公认的语言发育关键阶段，因为他和母亲之间有一种近乎超自然的联结，他眼珠一动或歪歪头，母亲就能凭直觉悟出他的需求。在这个男孩生命中的这个阶段，她是全世界唯一能懂他的人，唯一能明白他们二人之间那种无声语言的人。她要把他留给一位夫妻俩共同的朋友照看，他哭；她成功地找到了一个临时保姆来照顾他，他哭；后来，就连把他交给丈夫，他都会哭，尽管她只是想去买点食品杂货，想好好享受购物的过程，买杯咖啡，把杯子放到购物车一侧的小托架上，好好挑拣店里的农产品，看看这个，摸摸那个，慢慢转悠。她只是想独自踏上购物之旅，最后却一家人一起去了。她在尿布包里装上零食、湿巾、一瓶水、替换衣物和精心挑选的玩具，另外要不要带上本书呢？拖家带口、还拿着这么多东西逛商场，这都是因为孩子一离开她就难过，就连他那不怎么回家的亲生父亲终于来陪他，准备在家度过只属于他们二人的亲子时光，他都不愿意。

是，没错，她的确是个好母亲，最棒的母亲之一。

这是对她纯良美德的一种证明：自从那男孩出生，她就拥有了夜复一夜、一醒再醒的神奇能力。她的丈夫——衷心祝福他——在睡眠不足方面从来没有做得很好，而她竟然自然而然地就做到了，好像她这辈子从未睡过头，好像就是能在夜晚随时醒来，还能在早晨五点半起床，这些事好像写在她的基因里。她的确被这种生活榨干了精力，但奇怪的是，她从来不觉得累。她会过度工作，挑战自己的极限，邋遢、委屈、濒临崩溃，但每天早晨她依然按时起床，一整天都昂首挺胸。就这样，她被一种近乎奇迹的能力支配着，根本不像以前那样需要睡眠。

我不累！工作的至暗时刻，她这么说过。她在家待了一年后——在此期间主要是她一个人照顾她那年幼的被监护人，依然可以头脑清晰、庄重缓慢地说出这句令人吃惊的话。

我很好！她带着些许迟疑宣布，尽管这话并不是对某个具体的人说的。她确实一直很好。她给他喂奶，胸前绑着一个咿咿呀呀的小婴儿穿过附近的街区。她抱着他来回摇晃，和他一起小睡，做饭，搞卫生。她也休息，但多数时间里睡不着，不过这并不会影响她。后来男孩到了两岁，她身上的某些东西也发生了变化。

她不想做夜婆，如果她可以选择的话，她一定不会这么选。至于她的丈夫：她不想时时刻刻生他的气，因为她爱他，她真的爱他。只不过这些日子里太难唤起那种爱意了。

她爱上他当然是有理由的，尽管他过于理性。她是——或者说至少曾经是一名艺术家，所以她的丈夫势必在某种程度上有别于其他工程师，一般的工程师，他确实如此。她在研究生院第一次见到他时，他在当地一家 DNA 公司工作，和另一个二十多岁的、瘦弱苍白的男人住在一间地下公寓里。那人话不多，比起与人交际，更喜欢他那台电脑的陪伴。这位母亲对自己未来丈夫的工作很感兴趣——你制造 DNA？当时她问他。你是什么人？邪恶的巫师吗？她的问题让他感到高兴，他用一大堆专业术语和实验室黑话给出了回答。听着他的回应，她眯着眼睛点点头，然后又问了更多的问题。他看过她的艺术展，为她的作品着迷；一个 DNA 技术员能为艺术有多着迷，他就有多着迷。而且，他是个正直勇敢、风度翩翩的人，还有自娱自乐的本事。但最终让她爱上他的是他称之为"文件夹"的东西。

有兴趣看看我的文件夹吗？一天晚上，他这样问道。当时他的室友正在电脑上默默地"猎杀"忍者，而且出于礼貌戴着耳机。她未来丈夫的电脑放在起居室的另一侧。他让她坐在自己的腿上，然后打开电脑上的一个小小的黄色文件夹，上面显示其中存放着超过八万个文件。

我把在网上发现的所有好东西都放在这儿了，他说，然后开始挨个儿打开那些文件，没有做任何解释。一段短视频里，一个裸女朝冻得特结实的巧克力蛋糕放屁。一只可爱的小白狗被 P 上了人类的眼睛和牙齿。

一个戴着面具的裸男冲着一堆毛绒玩具撒尿。一只肥猫走在跑步机上。一个老头儿屁股上插着仙人掌。一个男人全身盖着面包片，躺在沙滩上，身边围着一大群海鸥。一只树懒坐在课桌旁，面前放着一台打开的笔记本。兽迷[1]。诡异场景中的诡异小人儿，他们令人费解、滑稽有趣又使人深感不安。她最喜欢的视频是：两位日本女士一丝不挂地蹲在地板上，把尿尿在一只小章鱼身上；小章鱼合乎情理地一扭一扭逃跑了。

哇，她说。

可怜的章鱼，他说。

她们干吗要做这种事？她问。

我猜她们就是喜欢吧，他说，其实我也不知道。

很多人可能会因这一系列人类行为而感到震惊或被冒犯，但这位母亲没有。相反，当她的丈夫——当时只是她偶然遇到、正在逐渐了解的一个陌生男人——说出了看看这些奇怪的人类之类的话，没带一丝评判或轻蔑的态度，只表现出纯粹的痴迷和好奇，她沦陷了。这位母亲当时爱的、后来一直都热切地爱着的正是这种令人惊讶的事：能找到这样一个人，他对人类行为的一切反常和怪异感到高兴，真是太好了。这也许是一个人所能拥有的最好的品质，就在那一刻，坐在他腿上的她

1　指喜好拟人化虚构动物角色的亚文化群体。

看到了，于是决定嫁给他。

他是一个工程师，但他有一个文件夹，他的梳妆台上有一堆乱七八糟的毛绒动物玩具（有些是头朝下的），床边的水族箱里有一只名叫霍普金的食肉青蛙。她爱上他之后，那只青蛙死了，他的工作也换了，但文件夹还在，虽然他们已经很多年没看了，因为自从她生了孩子，就再也无法忍受那个文件夹了。儿子的降生意味着人类新成员来到他们的家中，而人性及其包含的一切让人应接不暇，实在难以承受。

和以前不一样，她现在吃不好，休息不好，总之就是不好。她累，脾气大，为自己的身体发愁，不清楚这身体到底有没有变化，也不知道这些变化意味着什么。她惧怕夜晚，那些漫长而黑暗的夜晚。她对自己发誓，不会在儿子半夜醒来时大喊大叫，但还是大喊大叫，于是她道歉，把他揽到身边，说嘘——，说对不起，说没关系。

她实在太累了，就是这么回事。

你真应该停止担心新长出的毛发之类的事，好好安排一下这周的生活，她的丈夫提议道。周末的时候，她的丈夫在家待了四十八个小时，然后再次离开家、去出差。要精心安排时间，你明白吗？做个计划，制定一个日程表，像对待工作那样对待生活，幸福是一种选择，他说。

她想说点什么，或者干脆给他那张正在说话的脸一巴掌，但她什么都没做，只是努力把他的建议记在心里。他都是为了她好。也许他是对的。

就这样，尽管这又是一个周一。没错，这周她的丈夫再次离开，她这周要选择幸福。她下定决心要克服自己的妄想，不再纠结那些负能量的想法，不再幻想自己要变成狗了（尽管那片粗糙的毛发长得更长了，面积也更大了），不再反复设想最坏的情况，不再表现得像疑病症[1]患者一样，也不再去网上搜有的没的。她做了一周的日程安排，也计划好了要做什么饭。

既然幸福是一种选择，今天她要选择做母亲。今天她还要选择艺术。今天，她要漂漂亮亮地将二者结合，以期找到幸福。她喜欢自己乐观的态度！她要整个上午都陪伴孩子，不看手机，沉浸在他的玩耍给自己带来的灵感中，午间小憩的时候，她会把旧日里搞艺术用的家伙拿出来，好好挥洒灵感，做点新东西。她心里没有现成的项目可做，而且好几年都没什么灵感了，还有她害怕打开放之前那些项目成果的壁橱——这一切都很傻。她只是需要一点自信。相信自己。腾出时间来。

读研期间，有一次，她想出了一个完整的户外夜

1　也作疑病性神经症，是指对自身出现的一些身体状况作出不合实际的解释，担心自己身患一种极为严重的疾病。

间装置的概念——将一座本地游乐场改造成奇妙的梦魇。她要给半球攀爬架盖上一件层层叠叠的大裙子，让她的朋友打扮成真人大小的白兔，朋友坐在攀爬架顶，就像穿着这件半球裙一样。她还要把秋千改造成毛茸茸的尾巴，这样一来，它们摆荡起来就会像某种看不见的动物在快速拂动尾巴。至于"人猿泰山"吊架，那些悬在空中的金属杆，她可以用五彩斑斓的布料包住它们，好让大家联想到爬行动物。游乐场的主要设施——滑梯，可以改造成一个长着好几颗脑袋、好几条胳膊和腿的怪物，孩子们滑下来就像是从怪物口中溜出来一样。那将是一段梦幻的旅程，下滑过程中他们会蹭上一身的闪粉与亮片。她感觉她的教授和同学们都认为这个作品不太严肃。但最后她还是在毕业设计中使用了闪粉。当年她申请艺术硕士学位时，在个人陈述中好好讲述了一番独特的成长经历，强调了她家那种自耕农的审美，还有她熟悉的民间传统。她还表示，她渴望将传统的农场技能和家务经验转化并提升为艺术。后来，她不但被录取了，还因为她在阿巴拉契亚农场坚忍克己的成长经历获得了奖学金。其实她从小就对那段经历唯恐避之不及，只在她觉得有好处时才利用它，但这并不重要。进入研究生院之后，她开始收集那所中西部大学附近公路上大量被车撞死的动物。

她捡回鹿、浣熊、兔子和郊狼那七零八落的尸体，把骨头上的腐肉剔去，然后清洗、漂白、打磨和抛光骨头。她穿上全身防护服，戴上巨大的防毒面具，以免骨头化作的粉尘弄脏衣服、吸进肺里。她用珠宝匠的工具把那些骨头挖空，然后在它们内部镀上金或银。只要她负担得起，她会给骨头嵌上宝石。接着，她继续在周围的森林游荡，找樱桃树、胡桃树和松树，砍下树枝，拿回去风干。她打磨雕琢这些木材，将其与骨头、金属甚至动物的皮毛结合起来，利用这些元素，打造出新的、传说中的动物的骨架。她因此大受赞扬。手艺精湛！她的教授惊呼。处理和加工这些骨头、在它们上面添加纯金属和宝石，这需要太多技能了！她不仅创造了一些真正富有想象力的原创作品，还向大家展现了大量复杂的技艺。

可现在什么都没有了。不管怎么奋力寻找，她心中都没有一丝创作冲动。在怀孕期间，在最后三个月的不眠之夜里，她会一连几个小时盯着手机，痴迷地关注某些人的行为。有人管他们叫"行为艺术家"，但在她看来，那些人不过是深入参与了实时艺术实验而已。她看到过一对夫妻为了长得更像彼此，做了不少整形手术，男的做了隆胸，女的做了隆鼻。这是一个持续终生的项目，有着比行为艺术更深刻的意义——生活与艺术之间的那条线被抹去了。

这位母亲满脑子都是这个念头——丢掉分界线。

她开始进一步研究一名东欧马戏演员。此人的职业生涯最早是从一家巡回马戏团开始的，后来做了一系列自称为"表演生活实验"的事，比如连续三年一言不发，保持沉默；在一家商店的橱窗中赤身裸体地生活一个月；他做的最出名的事是，致使自己患上失忆症，然后花了数年时间恢复关于之前生活的详细记忆。

还有个法国女人，她雇了几个私家侦探跟踪她的多个情人，然后围绕这件事打造了一场艺术展，这挺有意思的吧？她把一个医生让她填的精神病调查表放在欧洲的几家顶级博物馆里展出，这件事怎么样？

这位母亲幻想将她产子的过程当成一次艺术表演。她能否在工作室布置一个以玻璃墙隔起来的池子？当水中分娩开始，她用力将孩子挤出体外，观众就可以观看了。或许她可以在医院的手术观摩室中分娩，就是那种用来教学的房间，学生们可以成排地坐在上方观看。这是那种随时会开始的表演，只有那些白天、晚上随时待命的人才有机会观看。

她感觉这场演出更适合在二胎的时候进行，因为到时候她清楚接下来会出现什么情况，于是她决定暂缓实践这个想法。后来，孩子生下来了，这个想法就再也没有了。

她看着正在厨房地板上玩耍的孩子，他正在摆弄一口金属蒸锅，那东西盖上盖子看着有点像太空飞船，打开盖子则像一朵大金属花。他打了个喷嚏，哈哈笑起来。他是她唯一的项目。她已经完成了终极的创造，现在没什么可创造的了。让他活着，成为她能拿出的唯一艺术姿态。

但是今天她下定决心突破这个姿态。从头开始，回到最初。随便怎么说吧。

她用胶带将超大张的纸粘在厨房地板上，从橱柜里拽出手指画颜料。现在刚刚过了早餐时间，屋里光线充足。孩子似乎累了，把脸蛋贴在地板上，一边沿轨道推着小火车，一边注视着旋转的火车车轮。他需要新事物，需要有趣的东西。

她拽着他的睡衣从头上脱下来，扯掉他那松松垮垮的纸尿裤。

想画画吗？她指着一个盛着手指画各色颜料的调色盘问道。

你可以把手和脚都放进来，她建议。他向调色盘走去，同时用疑惑的目光望着她。

没错！她微笑着说。她把自己的一只手放到调色盘上，然后又用那只手在地板的纸上轻轻拍了拍，演示给他看。

他先是用脚尖蘸了一下，然后俯身，用手掌搓弄着这五颜六色。

没错！她鼓励他。

他的双手轻拍在纸上时，脸上绽放出愉悦，接着他把一整只脚都踩在上面，倒退几步，一滑，摔倒了，然后又坐了起来，脸蛋上多了些许颜料。他开心地大笑，她也一样。她把他扶起来，指给他看，刚刚自己在他小肚子上留下的手印。他看到后伸出双手，直接插进了她的头发里。

好吧，她说着将那两只小手从头发里抽出来。好吧。

孩子站稳当之后，突然开始尖叫，兴奋地绕着圈跑起来，小手乱摇，颜料点子纷纷甩到了椅子、窗帘和灶台上。

宝贝儿，往纸上画，她说。这很有趣，对不对？对，画在纸上才有趣。

他跳到调色盘上，再跳到纸上，然后像个小兔子一样跳着穿过木地板，顺便抓起一条毛巾，使劲向上扔去。

别离开纸！别离开纸！她边说边去抓他，结果脚下一滑，摔倒的时候正巧抓住了开着的橱柜门。她生生把柜门从合页上掰了下来。最后，她手上多了一扇和柜子分家的柜门。

现在，孩子一边咯咯笑，一边在纸上、在颜料中打滚。她开始查看柜门与合页的情况，这时孩子突然发动，往起居室跑去。

不！她态度和蔼地大喊。

他笑开了花，看来是觉得这个游戏很好玩。她摆出一副非常非常严肃的面孔，想和孩子沟通一下，让他知道这是个多么多么需要认真对待的情况：我是认真的，这可不是游戏。

这，游戏？他光着屁股问，身上到处是颜料。

不——是——，她警告他不要动，同时侧着身子向他挪过去，拿出严厉妈妈的范儿，扬起眉毛，把嘴巴抿成一条线。这不是游戏。你身上脏死了！就待在厨房里。

她迈出一大步，去抓他的胳膊。他尖叫着弹射出去，扑到了沙发上，正正好好趴在那些大坐垫上，还按照他一向喜欢的方式往其中一个坐垫底下钻，这是想藏起来。

给孩子洗完澡后，整个上午剩下的时间她都用来清洁颜料，包括地板、椅子、灶台、橱柜、地垫和沙发上的颜料。孩子则去看动画片了。午睡时间快到了，她一边搞卫生，一边这样安慰自己。午睡时间快到了。

吃完午饭，她把孩子放到自己的床上，拿着书给他讲了几个故事，然后把他搂在怀里，给他唱歌，直到他一动不动地躺在凌乱的被单上睡着。玫瑰花瓣似的小嘴唇微微张着，又长又黑的睫毛间或抖动几下，像是在做梦。

真的，他睡觉时需要她在身边，这是她的错；他入睡之初一定要躺在她的床上，这也是她的错。因为他还是个小婴儿的时候，每当夜里醒来，哇哇大哭，她都会给他喂奶。这件事如此简单。他们侧躺着，在黑暗的温暖中面向彼此，婴儿紧紧地抱着她的乳头，他柔软的小手抚摸着她的胸部。她会在喂奶的时候睡着，他也会在吃奶的时候睡着，翻身仰面躺着，一滴奶水从他张开的嘴里滴下来。夜变得安静而厚重，他们可以一直睡到他醒来。如此简单。如此美好。

　　然而，简单和美好就会形成坏习惯。她早就应该给孩子做睡眠训练，应该迫使他睡在他自己的房间里，睡到自己的婴儿床上。她应该听任他哭，不去管。她应该在他醒来后而不是睡醒前给他喂奶。她不应该在他入睡前一直抱着他。所有育儿书上都这么说。这一切她都做错了。真的，她只能怪自己。

　　她陪着他在床上躺了一个小时，也睡着了。醒来的时候，她感觉昏昏沉沉，心里慌得很，大概是因为那儿沉甸甸地压着她的雄心与失败，压得她几乎无法起床。此时已是下午四点，白天就这么荒废了。她咕哝了一声，跟自己说，明天再做尝试。可这并没有让她感觉好一点，反倒心情更糟了。

　　晚餐，她按原计划做了火鸡烘肉卷，在其中放了满满的碎菜叶，与之搭配的有烤土豆和绿色沙拉。尽管一周之前孩子很喜欢吃这些，但那天晚上，他一样东西都不吃，还大叫通心粉！通心粉！最后她作出让步，给他做了奶酪通心粉和豌豆。他每样吃了两口之后，就把剩下的饭扣到了地板上。

这个魔术时刻[1]的光线让一切都蒙上了忧郁的调调，包括孩子塑料盘中剩下的凝胶般的面，他的高脚椅下滴溜乱转的豌豆，台面上和猫饭盆边散乱的手偶和玩具小车。这样的时刻，她几乎可以触摸到自己的孤独，那孤独就像她的第二个孩子。

她怎么可能再捱两三个小时？她怎么可能读上五本书，编出一个睡前故事，躺在床上一两个小时，等待他进入梦乡？尽管她白天小睡过，但还是非常疲惫。感受无非是流动在心中的某种虚无的东西。这是他丈夫说的。你可以选择是否关照自己的感受。她告诉自己，要超然于自身的情绪景观，做一个疏离的观察者。她在脑海中重复了一遍这个词，情绪景观，然后就看到了——一片灰蒙蒙的大地，远处亦是一片灰蒙蒙的天空。她泡了澡，给孩子读了书，讲了睡前故事。她躺入黑暗中，等待着，等待着。

那天晚上，她躺在孩子身边等他入睡，她的丈夫则懒洋洋地待在某地的酒店房间，或坐或躺，或许正在

1　摄影术语，指适合影像拍摄的日出或日落的时候。

读一本书，或许在看电视，或许在玩电子游戏，吃着客房服务送到他榻上的饭菜。就算他正在笔记本电脑上做表格或者填写维修报告，他都独处于一个安静的空间，那画面那么奢侈和陌生。在她最艰难的时刻，她想象丈夫迫不及待地离开他们娘儿俩，他每周一驾车驶出车道时一定一身轻松，那意味着他将拥有睡眠不受干扰的整整四晚！遮光窗帘！一个可以实际完成的任务！周末有薪水可以领！

他会不会完成工作之后，故意在外面多待一天？故意推迟从圣路易斯或印第安纳波利斯回来的时间，只为了在外面多喝一杯咖啡？想到他可能会在咖啡馆优哉游哉地上网冲浪，她的怒火就会腾地蹿起来。他应该一办完事就回来。他应该早起一点——和她起得一样早——飞速做完工作，然后赶回家。如果出差的是她，她会这么做。

她的问题是，太容易陷入"有毒的思维模式"中了。她努力将自己拽出泥潭，奈何身体上的疲乏迟迟没有缓解。

她的丈夫比她挣得多，这是她的错吗？因为这个，她辞职就比他辞职更合理吗？

他总是不在家，让她在一周的大部分时间里都扮演单亲妈妈的角色，这是她的错吗？

她觉得玩火车实在太无聊了，这是她的错吗？她渴望精神刺激，哪怕只有一点也好，比如重新埋首于她的那摞书，或者把壁橱里放的那些她很久都没碰过的半成型的艺术项目拿出来，或者再次拥有整个安静的、独处的午后，这是她的错吗？

即便她渴望精神刺激，她发现自己还是想不出一个创意或点子，这是她的错吗？她实际上已经不再关心别的事了。政治、艺术、哲学、电影：全都无聊得很。她想看的是八卦和真人秀。

她竟然更想看真人秀，她真恨这样的自己，这是她的错吗？

社会上流行一个神话，年轻女人只要接受过一流的教育，就可以不必受到母职的种种历史限制。她相信了这个神话，相信自己只要有一份事业，就可以在生下孩子之后轻松地回归职场，绕过之前一代代女性要做的苦差事。她甚至认为生孩子并不代表与工作告别。她以为，从理论上讲，女人总有一天要回去继续工作。这是她的错吗？事实上，做母亲标志着全方位地投入工作，标志着难以想象的工作压力，标志着其范围内呈指数级增长的工作量，难以置信，太难以置信了，无论是体力上还是心理上（尤其是心理上），这种工作量都令人咋舌。就连精神状态最好的人都可能会在如此重负下崩溃。这种负担造成野心与生理的对立，事业与本能的对立，它要求现代母亲为了快乐，抛弃一些动物性，因为——就此打住吧——我们已经进化了，文明了，说真的，你是哪儿出了毛病？振作起来吧。这太尴尬了。

实际上，如果你想一想，叫她夜婊真是不公平。这种性别歧视的称呼并没有把一些事实放在眼里，比如她用自己的身体孕育出一个男孩，在数月的时间里哺育他，让他的细胞数量迅速增加，也同样在数月的时间里，她要面对自己身体的损伤、肥胖、性吸引力的下降。这些原本并不重要。一个真正的女性主义者不会在意这类东西，比如体型、瘦身或者对异性恋本位的顺性别男性的吸引力。她的确不在意这些，但是在意她眼中的自己是否火辣。一个人对于自己是有一定判断的，心里有一个自己的形象。在她眼里，自己从来都不是一个母亲，既然现在成了母亲，就一定要成为火辣的那个。

存在一个相应的词来贬低男性吗？

她儿子直视着她，将一整箱刚归置好的玩具倒在了地板上。这就是他对于把通心粉[1]扣到地板上给出的解释。如果她是夜婊的话，那么这样的男孩该叫什么？烂小鸡儿吗？不。

再说到她的丈夫，晚上他将大把时间花在给自己的深渊领主[2]升级上，因此他们拥有满意性生活的潜在可能得到了有效削减，这多亏了他在床上的缺席和他没

1　其英文（macaroni）有"纨绔子弟"的意思。

2　一般指安尼赫兰，是游戏《魔兽争霸3》中的力量型英雄。

完没了地玩电子游戏，那么可以说他是个痴迷电脑的傻屌吗？也许可以。

"婊子"这个词有种特别的意味，一种无法忽视的谴责的意味，一种骂男人"傻屌"或"混蛋"从来无法全面传达的意味。"婊子"直截了当、尖刻刺耳、一锤定音。她联想到这样一个场景：在一间简陋的小办公室里，地板上铺着橘红色的地毯，天花板上闪烁着几盏荧光灯；一个百无聊赖的小镇官员正在一些毫无意义的官方文件上盖章，发出金属撞击的砰砰声。婊子。婊子。婊子。谢谢。祝你今天过得开心。

这座房子终于变得干净了，它安静地等候着，仿佛那天的颜料污渍已经化为一段遥远的记忆。床上，躺在她身边的儿子洗了两次澡，而不是一次，因为她需要给他洗一个中午澡，再洗一个晚安澡，这样才能让他恢复平静，把他哄睡，进入最终那场让人不由得谢天谢地的睡眠——为了达到这个目的，她会使尽浑身解数。她小心翼翼地下了床，走下楼梯，进入卫生间。一定是早先摔的那跤把她的尾椎骨磕青了，要么就是裤子上的商标搞得她后背直痒痒。总之，因为一种模糊且持续的不适感，她伸手去够后脊椎最下面的位置。她的手指摸到那儿肿起一个大包。她对着镜子看了看，瞧见那儿的确有一块凸起，轻轻一碰就会疼。

她先是用两根手指按了一下脊椎底端的那个包，

疼得全身缩了一下。然后，她继续扭着身子从镜子里观看那个位置。接着，她嫌无法近距离观察，干脆找了一面手持镜。可这样还是无法判断这肿块的性质。最后，她开始用手机拍照，反复尝试几次后，她只在手机屏幕上看到一团模糊的红色。她觉得自己应该是在那个包块上摸到了一根毛。于是，她决定用镊子把那根毛拔掉，觉得也许这样就能缓解不适。她摸索着拔了一会儿，毛没拔下来，疼痛却加剧了，而且那根毛的根部开始渗出水来。

不管了，她自言自语道，气哼哼地跺着脚去了客卧。那里的壁橱放着她旧日使用的一箱美术工具。她掀开盖子，顿时闻到一股刺鼻的气味，那是颜料、腻子和有毒的老式胶水混合在一起的气味。她顿时平静下来，似乎回到了那段长时间独处，手指既脏又疼，衣服上斑斑点点全是黏土、颜料和胶水的岁月。她陶醉地深吸一口气，准备迎接即将涌出的泪水，那泪水来自她对回归艺术创作（什么项目都行）的深沉渴望和对此的无能为力。她很快从里面找到一个扁盒，从扁盒里拿出一把锋利的美工刀——这东西她找了好长时间了。她去厨房，在水槽里洗了洗美工刀，又用灶火烧了烧。然后，她回到卫生间，用刀尖划开背后的红色包块，液体从中涌出，她顿感轻松。她将一块热毛巾捂在包块上，用力把里面的液体统统挤出来，然后用一条擦手巾轻轻沾了沾那个地方。她再从镜子里看的时候，发现那里瘪了下去。但是，从她制造的切口中探出来一撮毛。此时此刻，她只能想到一个词来形容它，那就是尾巴。

这事你得咨询专业的医生啊，她的丈夫体贴地说，我真不敢相信你自己切开了囊肿。这样做不安全。

行，但你能不能承认这个事实——我长了条尾巴？

他哈哈大笑。他总是对她的话一笑了之。

我很难管它叫尾巴。那个位置的囊肿本来就容易生出毛发。

她非常了解这类囊肿。长在尾椎骨上方的囊肿叫做藏毛囊肿，在年轻男性身上最为常见，其中往往可以见到毛发和皮肤碎屑。她在网上搜索过这类囊肿，看过相关照片，还看过挤囊肿——将里面的东西取出来的视频，但那些和她的情况都不像。她那个是一丛塞在那儿的黑毛，怎么拔都拔不掉。她甚至能想象到自己高兴时摇晃它的样子。不过，每当这种想法浮现，她都会迅速将它压下去，因为那个画面太奇怪了：摇尾巴。

坦白说，她允许自己一天尽情摇上一次尾巴，但超过这个次数就不行了。要是她放任这类冲动不管，谁知道她身上还会长出什么？如果她允许自己充分释放摇尾巴的欲望，充满爱意地舔她儿子脑袋上的绒毛的欲望，先在被单上踩出一块平坦的区域，再蜷起身子，将下巴搁在小臂上，准备入睡的欲望，谁知道接下来会发生什么？

她并没有要变成一条狗。她没有长尾巴。她的牙齿没有变尖。现在已经盖住整个后脖颈的毛发不是动物的皮毛。她丈夫是对的，在这种时候，她确实需要坚守理智。啊，她决不让自己去想象这些稀奇古怪的事情，也确实没那么做过，只有一次除外，那是一个晚上，儿子睡着了，她气喘吁吁地坐在窗前，凝视着开阔的黑夜。

第二天早晨，她做了任何一个有理智的人都会做的事，去了图书馆。从周末到现在——周中，她还没洗过澡，但这不重要。她油乎乎的发根令人费解地纠结在一起，密得连用手指沿着头皮蹚过都成问题，参差不齐的波浪形发梢像干草一样耷拉着，像秋天的落叶一样翻卷着，擦着她的脸颊，发出窸窸窣窣的声音。除此之外，她眼睛下面还吊着两个黑眼圈，什么遮瑕膏都对它们不起作用，现在她开始用遗传来解释了，尽管她父母没有同样的特征。黑眼圈给这位母亲带来了非常倒霉的效果，让她看上去像是每只眼都挨了一拳，或者得了白血病。

前一天晚上她睡得不好（这并不稀奇），不断因焦虑醒来——尾巴！？真的吗？？？她不停思考这个新情况出现的缘由，不停给自己做出诊断。她不得不去图书馆，找些书来缓解一下。互联网真是个讨厌的地方，上面有没完没了的信息、搜索词、图片、视频，还有关于判断你是不是真的得了白血病的文章、数据库、讨论区和小测验。那晚之前，这位母亲还不知道，搜索我看起来像是两只眼睛都挨了拳头后，不仅会得到七种常见眼外伤的清单，还会出现数不清的创伤性脑损伤、脑震荡和慢性头疼的学术研究。进一步搜索，她滚动屏幕，浏览各种过敏症——花粉过敏、食物过敏、溶剂过敏和空气污染诱发的过敏，还有敏感性与炎症，然后她看到了自身免疫性疾病，无端出现淤青、程度不一的疼痛和焦虑，但无法得到确诊的女患者；干什么都会受伤的女人；身体在不断自我消耗的女人。她们找不到可以求助的人，只能互相询问，最后每个人只能盯着自己那点问题发愁。

天哪，这位母亲躺在床上想。老天爷啊，她可不想成为那种生着病、悬着心、半夜在互联网上提问的母亲，与人探讨囊肿上长出的毛发、毛孔里冒出的线头一样的东西、小脓包上出现的类似塑料微粒的小凸起，还要上图为证！她不想成为长着某种说不清道不明的东西的女人，被人斜着眼打量或将信将疑地盯着看的女人。要是只有两个黑眼圈或者容易说清楚的疾病——一个伤口、一根断掉的骨头、任何让人看得到且看得明白的状况，那就容易多了。身上刻着那种状况的说明才好。这样一来，只要把它亮给问你得了什么病的人，他们就可以指着它说，啊哈！原来是这样！

鉴于她的问题没什么大不了的，不属于紧急情况，去图书馆平复心情似乎是一个正确的选择。图书馆这种地方，集结了所有经过调查研究、仔细思考才创作出来的资料。这类思想和文字经过聪明或不聪明的人撰写、改写、查证事实、认真考虑，人们才投入资金，将其传播给大众。图书馆就像一盒有安神镇痛作用的香膏。她带着儿子来到图书馆附近，感觉自己的心跳都慢了下来。一进去，她就深吸了一口完全无气味的空气。

在图书馆里，她检索到一本关于囊肿的医学书，专门讲皮样囊肿的。皮样囊肿偶尔会含有毛发、牙齿或眼睛。她想了解每一样人体能长出来的恶心东西，甚至还想象了这样一幅画面——牙齿从她背后的囊肿中蹦出来，就好像流水线上生产出来的，一颗接一颗地蹦出来。另一本书是她之前在图书馆的数据库中看到的，来到这里后才开始在书库中寻找。她找得很匆忙，因为孩子在图书馆的二楼（按他们的说法是）崩溃了，他的位置就在按照杜威十进制图书分类法[1]放着民间故事的第350号到第412号通道之间。孩子躺在地板上，踢腾着

1　由美国现代图书馆学鼻祖麦尔威·杜威于19世纪70年代发明。杜威分类法的最大特色为采用阿拉伯数字，由3个整数组成，分别代表主分类、次分类及含小数点的细项分类。

双脚。他在非虚构书库里待得无聊，便发起了脾气。

男孩号哭的时候，她正在寻找 398.3 妇女健康研究（WHI）。最后终于从一排书中拿起了那本书破烂的书脊。走——！她像剥果皮一样把孩子剥离地面，后背疼了一下。她拎着孩子走下楼，来到儿童室一个有玩具火车的角落。现在她的儿子开心了，拿着火车，时而发出嘟嘟的鸣笛声，时而模仿火车前进的嘎嚓声。她坐在那儿，发现可怕的"宝宝读书团"占据了这个小小的活动室。

问题是，她并不喜欢与妈妈们为伍。当然，如果她碰巧结识了一个风趣幽默、美丽又犀利的女人，和她一见如故，然后发现这个女人还是一位母亲，那没关系——不只是没关系，而是绝妙。她正好可以和这个绝妙的女人一起吐槽熊孩子，她也不介意和这个女人在周二下午一起喝粉红葡萄酒，喝到微醺。她不会仅仅因为一个女人也是母亲，就拼命避免和她发展一段友谊。正相反，她会因为她们都对当母亲深恶痛绝而产生友谊。当她突然发现自己所在的房间里都是母亲和她们的被监护人时，沮丧极了。只见每位母亲都紧紧抓着皱巴巴的零食塑料包装袋，时不时闻闻孩子屁股上的尿不湿，确认是否需要换一片新的；要么就是像挥舞武器一样拿着一张面巾纸跟在孩子屁股后面跑，只为了给孩子擦鼻子。那些妈妈轮流面无表情地盯着空气发呆。与此同时，她们的孩子们边跑边发出尖叫，有的尿裤子，有的和别的孩子撞个满怀，摔倒，继续尖叫，就这样，哭喊，大笑，跑跑跳跳……她发现，一看这副表情就能知道对方是做母亲的人。这表情里不仅有疲惫和无聊，还有别的。这些母亲盯着看的仿佛是她们失去的东西，一种怎么都想不起来的东西。那是什么……

她太熟悉这副表情了，因为她就是那种常常眼神涣散、心不在焉的母亲。她发现，不管是给孩子讲故事、陪他玩，还是看他玩火车或看动画片，她都有像这样发呆的时候。她被一种迷茫控制了。只有一次她如梦方醒，意识到自己刚才在干什么，当时她在儿子身边，儿子发出了自卸卡车鸣喇叭一样的声音。

所以，她积极地抗拒在全是妈妈的环境里交朋友，抗拒这间图书馆活动室里孩子们拍着手，发出咿咿呀呀的声音的场面。在这里，地板游戏将成为强制性活动，团队捉迷藏、《小蜘蛛》集体手指操、幸福快乐的氛围、积极向上的态度都将成为强制性的。这是一个专属于妈妈与宝宝的小世界，而这位母亲不想投身于任何这类的环境：的确，她是位母亲，但她不是那种母亲。她不想自己的全部生活都围着孩子转，不想一天天的时间被亲子班、婴幼儿活动占得满满当当，不想完全被妈妈们的洪流裹挟，不想每一天、每一周都按照图书馆的时间表和市民活动来安排，不想跟别人发消息讨论家用儿童戏水池和攀登架，不想与人分享警惕蜱虫、水果蔬菜上的农药残留的文章。可她们就在那儿，她透过门上的窗户瞧见了她们——妈妈们，开心的妈妈们。

其中带头的是一位金发妈妈——抢眼的金发女人，每当咱们这位母亲看到她都会在心里这么叫她。咱们这位母亲有时候会在图书馆见到她，有时候会在游乐场的边儿上瞥见她。还有的时候，这位母亲会在购物广场的儿童娱乐区看见金发女人捧着手机疯狂地发消息。不远处总有她那两个喋喋不休的金发双胞胎，她们穿着相同款式的背带裙，裙摆上绣着迷人的森林景致，其中还有小鹿和猫头鹰。她们如丝般光滑的头发梳成马尾，上面系着粉色的丝绒蝴蝶结。她们爬来爬去的时候，你可能会瞥见她们裙子底下微微露出的有褶饰边的黄色尿不湿。另外，她们裙摆上屁股的位置绣着各自的名字，一个是塞莱斯特[1]，一个是奥博金[2]。金发女人是那种教科书级别的妈妈，完美而伟大。只是她竟然给自己的一个孩子取名叫"茄子"，虽然是法语里的茄子。她对此毫不在意！当她跟她的双胞胎微笑、大笑、聊天、交换眼神、拥抱、喂她们吃饭，或者加入各种能加入的活动时，她竟然完全不会为这个令人尴尬的蔬菜名感到哪怕

1　Celeste，常见的女孩名字，有天堂的含义。

2　Aubergine，一个源自法语的名字，寓意着开拓精神，在法语中是茄子的意思。

一刻的羞愧。现在，咱们这位母亲隔着安全距离望着她们。双胞胎中的一个女孩用那种宝宝的手语跟金发女人说话，金发女人跟另一个女儿打手势；然后，那个女儿以同样的方式回应了金发女人；之后，金发女人一把将她们揽入怀中，用力箍了她们一下，她们放弃抵抗，发出一阵咯咯的笑声；再然后，金发女人从尿布包里拿出两个红苹果，递给两个小女孩。她们惊奇地看着这一幕，然后捧着这多汁的水果使劲咬了下去。

接着，抢眼的金发女人抬起头，正好看到了她，这位狼狈不堪、一脸疲惫的母亲，穿着凌乱的衬衣、守在玩具火车边的母亲，总是单独带儿子（漂亮得像个玩具娃娃）出来玩的母亲。金发女人眼神中闪过一丝不解，她为什么不加入她们？金发女人向她微微挥了挥手，乐呵呵地对身边的母亲简短地说了些什么，然后从尿布包深处翻出了什么东西，起身，目标明确地向她走来。她勉强自己尽可能地献上一个友好的浅笑，其实内心正疯狂地反复默念：操操操操操。

你——好——呀——！抢眼的金发女人向她走来，柔声打了个招呼。有那么一刻，这位母亲以为眼前是一个幻象，因为金发女人太完美了，她的外形是如此干净利落，而且她带来一种交响乐般的嗅觉体验——有些女人就是这么神奇，能做到这一点；就算隔着半间屋子，这位母亲都能闻得到，而且被激起了强烈的愉悦感，甚至感觉后背的底端传来些微的悸动——她竟想摇尾巴！？她恐惧地意识到这个可能。与此同时，这位母亲暂时忘了自己有多反感这个女人，这个抢眼的金发女人。她觉得对方仿佛化身为一场移动的嗅觉狂欢派对：先是烘干机香衣片的清新香味，那显然来自对方刚洗好的白色短裤和羊绒般柔软的紧身背心；然后是一种质朴但又格外纯净的香气，就好像由一家法国香水厂制造出的广藿香，抢眼的金发女人将它轻轻擦拭在手腕与耳后。在每一层气味之下，还有一种甜美的粉红草莓糖的香气，它勾起了这位母亲零碎的童年回忆，一块大到她含不拢的泡泡糖，沿着她的下巴淌下的糖浆。金发女人手腕上的幸运手链发出叮叮当当的声音，这位母亲这才从感官遐想中抽离出来，回到放玩具火车的桌子旁，无意识地苦着脸向对方微微挥了挥手。

原本埋头玩火车的男孩也抬起头，举起脏兮兮的小手挥了挥。此时此刻，这位母亲才意识到她的孩子真是邋遢到家了：他的头发没梳，纠结在一起；前襟上有来自早餐果汁的污渍；裤子因连着穿了好几天，屁股的位置被撑得松垮；纸尿裤跟墩布头一样松垂着、湿答答的。至于她自己的形象如何，一想到这个问题她就陷入了无声而强烈的恐慌。她有没有用眼部遮瑕？体香剂喷没喷？她上次洗脸是什么时候？

好呀！抢眼的金发女人以一种轻松随和的姿态跟

她打招呼，那是这位母亲暗暗希望自己也有的气场。玩得怎么样呀？我们以前见过，对吧！她友善地用一根手指指着自己，另一根指着这位母亲，来回切换了几次。

你们可以加入我们的宝宝读书团啊，她继续说。

喔，这孩子现在只迷火车，这位母亲说着指了指她儿子。那男孩继续玩火车了，还发出很吵的火车鸣笛声。

哦，这样啊。这样吧，下次再碰到你的话……金发女人突然像演戏一样停顿了一下，神秘兮兮地说道，我和姐妹们正在做一个新生意。我们开始卖植物保健品了！特刺激。我觉得你像是那种会特别喜欢保健品的人，我说的没错吧？我们卖的都是纯天然的。

嗯——可能吧！这位母亲尽她所能表现出活泼的样子，就好像她也为这个生意的前景感到兴奋，就好像卖保健品是这世上再平常不过的事情，尽管她完全清楚金发女人说的是什么。她正要打听详情——因为人们通常会这样做，这也是出于礼貌，她既不想做出反常的举动，也不想失礼。这时，金发女人的双胞胎的号叫声飘到了火车玩具桌这边。听到这动静，金发女人从这位母亲面前后退几步，翻了个白眼，像是在说，真拿孩子们没办法，你说是吧？不过她实际上说的是，我得走了，回头见。

好嘞！这位母亲兴致勃勃地说，她希望这样能让对方相信自己的热情和友好。

金发女人开朗地大笑起来，挥挥手，小跑着回到了宝宝读书团那边，把她那两个哭唧唧的被监护人揽过去，温柔怜爱地轻轻戳了戳她们那挂着鼻涕水儿的鼻子。

呜呜——男孩大叫。呜呜！

宝贝儿，她唤了一声她那脏兮兮的儿子，突然感到一阵疲乏，非常疲乏。此时此刻，她只想平躺在床上。宝贝儿，咱们走吧。

那天晚上，孩子花了一个多小时才好不容易睡着。这位母亲沉沉地往沙发上一坐，揉揉眼睛，开始翻自己的托特包，里面装的是当天从图书馆借来的书。

其中大多数是给儿子借的，都是关于卡车、公交车和单斗装载机的书，只有两本是她借来自己看的，她希望这两本书能为自己的现状带来一些帮助，但其实并没抱太大希望。也许，它们至少能缓解一下她这些日子的焦虑，让她不再担心那可能变得锋利，也可能没有的牙齿；可能就要冒尖儿，也可能没有的尾巴；那片不断蔓延，沿着她的后脖颈蔓延的皮毛。

第一本是医学书，挺厚，内容晦涩，字号又特别小，所以她果断拿起了第二本，《神奇女性野外考察指南》（出版于 1978 年）。这本书的封面上画着各种各样的幻想生物，画风让人联想到20世纪70年代、南希·德鲁[1]和B级片，添加了大量的阴影和墨水渲染，所有边缘都模模糊糊的。为了确认书的类型，她看了眼书脊，没错，非虚构，非虚构书设计成这样还挺稀奇的。然后，她打开了第一页。

这位母亲以为《神奇女性野外考察指南》应该是古代女性怪物的庸俗故事汇编，水平相当于初中生读物。但细读之后，她发现这是本如假包换的"野外考察指南"。正如作者万达·怀特（Wanda White）在书中写的，"笔者为了寻找神话中的女性，踏上了遍及七大洲、贯穿整个职业生涯的研究考察之旅，这本书代表了这段工作的终点。有同行称，笔者研究的领域，即神话人种志，并非一个能带来成果的领域。故此，笔者在本书中以不可推翻的扎实数据对他们的主张予以了反驳。"

她继续看，后面作者写道："读者若是凭借本书掌握了这些生物的生活习性、饮食习惯和行为模式，日后也可以在野外遇到她们，获得一手的神奇体验。"

在前言中，万达·怀特解释说，她"对女性特质在神话层面的多种表现形式很感兴趣"，尤其被"作为母亲的体验和该体验如何让女性特质变得复杂、深沉或

---

1 一个虚构人物，作为一名业余侦探出现在书籍、电影、电视节目和游戏中，最初被描绘成一名十六岁的高中毕业生，在后续版本中被改写为一名十八岁高中毕业生。女性主义文学评论者认为，南希·德鲁是神话般的女英雄，是美好愿望的一种投射，也是女性矛盾思想的体现。

如何造成了对女性特质的否定"所吸引。然后，作者提出了问题：

当看似向女性开放的身份让她们吃了闭门羹，这些女性会取得怎样的身份？女性如何拓展她们的身份，以便容纳她们的全部身心？女性是如何转而向自然世界表达她们最深的渴望和最原始的幻想的？

书上没有怀特的照片，只在封底有一段作者简介，上面写着："万达·怀特拥有生物学博士学位，在萨克拉门托大学担任教职。她一生都致力于神话人种志领域的研究。"

这位母亲以一种观察信仰疗法[1]或分时度假[2]产品宣讲会的姿态读着这本书，也就是带着一丝兴趣、几分不解和善意的怀疑。就这样，她继续往下读。

在第一章中，怀特讲述了秘鲁的女性鸟人会在雨林中挑选位置较高、树叶茂密的粗壮枝干，在上面用小树枝和芦苇搭建出复杂而精巧的巢穴。书里画了几种巢穴，其中一个是圆球状的，上面有个小洞，距离地面近

---

1 指透过祈祷或宗教灵修的方式，对生理或心灵上的疾病，借着上帝或神灵的力量，进行医治及治疗。

2 源于欧洲的一种度假模式，酒店或度假村将一间客房或公寓的使用权分成若干个周次，按 10 至 40 年，甚至更长的期限，以会员制的方式一次性出售。会员获得每年到酒店或度假村住宿 7 天的权利。

七十英尺[1]高；另一个巢穴具有巧妙的多层结构，与安迪·高兹沃斯[2]的作品相媲美。女性鸟人以水果和昆虫为食，会定期聚餐，在数小时的时间里分享食物，以刺耳的尖叫声交流。女性鸟人并非生来如此，而是到六十多岁才生出了羽毛和喙，但前提是必须从未结婚生子。造成这种转化的原因尚不明确。秘鲁小村庄中的人常常将年长单身女性的失踪解释为，她们听从了"鸟儿的召唤"。村民在解释这类问题时，常常会指指森林，再指指天空，挥动双臂，做出鸟儿拍打翅膀的动作。女性鸟人会在她们生命的后半程中从一棵树搬到另一棵树上，发出最美妙的叫声，学习如何飞翔。怀特声称，她曾经见过一位女性鸟人进行她所说的"薄暮之飞"，这既是女性鸟人的第一次飞翔，也是她们的最后一次飞翔。一旦她们学会了飞翔，就会在第一次飞时离开她们所建的巢穴，朝着地平线飞去，飞向一个未知的目的地。怀特只知道，学会飞的女性鸟人一旦离开，就再也不会返回，而其他的女性鸟人会在之后的几天里唱歌。她形容她们的声音"甜美动听，技艺高超，堪称鸟中的贝多芬或莫扎特"。

这位母亲睡着前就只读到了这儿。她在沙发上睡

1　1英尺约等于0.3米。

2　安迪·高兹沃斯（Andy Goldsworthy，1956—），英国雕塑家、摄影家和环保人士，以创作与特定地域息息相关的自然雕塑以及大地艺术而闻名。

着了，梦见一棵繁茂且萦绕着鸟鸣的大树和令人目眩神迷的日落，她深吸一口气，一头扎了下去。她感觉不到自己的体重，甚至感觉不到自己的身体。在那个世界里，只有运动、天空与无边无际的下坠。

周二，她顶着一头脏兮兮的头发醒来，身上穿着好长时间都没换过的运动文胸（晚上穿，白天穿，夜以继日地穿），床上她身边的那个小肉团也醒了。不管什么时间，只要她醒了，他一准儿也会醒，从无例外。他昨天晚上不是把她吵醒了吗？吵醒了两次，还是三次？他是做噩梦了？还是凌晨三点的时候想喝水？奶嘴掉了？都无所谓了，反正孩子已经伴着升起的太阳从床上坐起来了。她继续闭着眼睛躺在床上。也许我不动，他就不会注意到我。她总抱着这个希望。可他还是爬上了她的胸脯，把脸贴在她的脸上。

妈妈，他说。起来。起来起来起来起来起来。

好，她说，但身体一动没动。

妈妈起来，他又说了一遍。玩火车。

她从地板上捞起那条皱了的长裤穿上，又从抽屉里找到唯一一件稍显破旧的上衣，将它穿好，此时她还处于半梦半醒的状态。男孩已经去了楼下，他穿着松垂的夜用纸尿裤，来到了铺满整个起居室地板的玩具火车轨道旁。他将软乎乎的小脸贴到凉凉的木地板上，注视

55

着火车轮的行进。

啊啊啊，啊啊啊啊啊，他开始模仿火车的声音，啊啊啊啊啊啊啊。

每天早晨都毫无区别：六点，火车于起居室的地板上启动；她拿起一口沉甸甸的平底煎锅，把一小块黄油放进去，从冰箱里一个皱巴巴的袋子中取出几块冻薯饼放进锅里，撒上一小撮盐，再从冰箱里拿出一盒酸奶；洗厨房水槽里扔着他昨晚用过的塑料碗，她得先洗他的拖拉机图案的盘子，因为这位小王子只吃盛在这个盘子里的饭菜；接着，她将煎锅里的薯饼翻个面，把酸奶倒进碗里，开始洗他的叉子和勺子；然后，把薯饼盛在盘子里，把盘子放在厨房角落的一张小塑料桌上。宝贝儿，你喝牛奶还是果汁？牛奶还是果汁？

她开始吃香蕉，他也想吃，但给了他一根，他又不要，他想吃她的，她吃剩下的那些——因为他刚才没吃饱。她给自己做奶昔的时候，他想上手按果汁机的按钮，可他又害怕那机器发出的响声，最后沮丧又愤怒地扑倒在地板上，原因是他不想按按钮后听到那个特别吵的声音，可他又非按按钮不可。

宝贝儿，她说，你知道它会很吵的。每天早上它都要吵一阵儿。

不，妈妈。我——不——要——，他拉着长声号叫。

每天早晨都一样。每一天也都一样。早餐后，他继续玩火车，然后要求她给他讲一本关于火车的书，再要求她把同一本书讲上两遍、三遍。哦，这是最后一遍了。什么？还要再听一遍？好吧，最后再讲一遍。然后，她带着他出门，穿过教堂的停车场，去看一座小山上的铁轨。他认真看过铁轨后，注意力会放到铁轨周围的小石子儿上。宝贝儿，别扔石头。乖，咱们不扔石头。他试着在铁轨上保持平衡，走一走，结果失败了，懊恼地一边尖叫一边踢石子儿。等他平静下来，他们会聊各种各样的火车。会不会有火车马上经过？她不知道。要想知道，他们只能耐心地在这里等。

　　这样的日子无聊吗？无聊，她很清楚，同时她也希望能有人，随便什么人，了解这种单调乏味，让人心灵麻木的日常，了解她是怎么从每天早晨醒来那一刻心理活动就开始走向迟缓；了解她起初总是满怀期待，精力充沛，满脑子是艺术项目，满眼是明媚的阳光、快乐的孩子和完成的目标，结果那些期望缓慢而稳定地化为了对一些事情的机械思考，比如吃什么？打扫哪里？她希望有人了解，这种日程安排带来的钝刀子割肉一样的痛苦——早餐时间，散步时间，午餐时间，午睡时间，零食时间，排便时间、晚餐时间——先做这个，再做那个，然后又绕回来再做一遍这个。如此周而复始，直到每一个想法都离她远去，脑子里空空如也，只剩下身体筋疲力尽的感觉，下背部的疼痛，油油的头发，吃了太多含钠鱼形零食导致的肿胀感。她用刚学会走路的幼儿语言说话，还要频繁地问关于排便的不同问题。

儿子肚子疼的时候，她会建议他拉在便盆里。他如今早就过了第二个生日，按说应该用便盆排便了。他是愿意坐在便盆上的，她会给他读一本叫《小便盆》的书，书里讲的是关于在便盆里拉屎的事。可接下来，当他终于真的要拉屎的时候，他还是坚决要把屎拉在尿不湿里。

可是，宝贝儿，你得试着用便盆呀。

不要！他说着站起来。要拉在尿不湿里！

她叹了口气。

好吧，她说，可以。

她给孩子穿上一件尿不湿，他走到那张垫得厚厚的椅子后面，头对着角落的方向。

拉屎，他说。他哼唧着开始使劲，一边拉一边按照他喜欢的方式，和她进行目光交流。然后，他穿着那鼓鼓囊囊地包着他的成果的纸尿裤走过来。

擦屁股，他对她说。

那天夜里晚些时候，男孩怎么也不肯睡。一个又一个小时过去了，他们还是并排躺在床上斗法。她强迫自己不低声咆哮、不发出凶狠的吠叫、不露出牙齿、不眯起眼睛、不让一双耳朵贴近头骨，尽管这一切行为都是她很想做的。

他们这栋房子是中世纪别墅，不怎么方正，应该是一个不怎么懂建筑的建筑师建成的。他们搬进来的时候，她以为这栋房子会是他们家庭生活魅力的巅峰。实际上，当年是她劝丈夫说，这正是适合他们开展生活的地方，尽管这儿的线路很有问题，而且只有一个卫生间。可她现在被房子里的门惹毛了，她嫌那些门都太窄太矮，没有一个角落是直角，以及不管她打扫了多长时间都感觉不干净。这座房子，她想，越想越生气，越想越生气，这栋操蛋的房子。

在床上，她等着孩子入睡，孩子却翻来滚去，两条小腿一会儿在被单下面纠缠在一起，一会儿分开；他时而要水喝，要东西吃，时而表示不满，想让她陪他玩；每当她发出嘘声，让他安静，说现在是让身体好好休息的时间，该晚安了，他就会噘起嘴。就这样，孩子奋力反抗，在床上折腾个没完，她则一动不动、安安静静地躺在他身边。此时此刻，她并没有数羊，而是想象着拳头在房子的石膏墙上打出一个个窟窿。她要是能集中全身的力量挥出一拳又一拳，拳头与硬邦邦的墙面接触的那一刻，感受骨头受到的撞击，那该有多满足呀。她的手一定会鲜血淋漓，指关节可能会骨折，但墙的反馈、粉碎和破坏，这些都是有快感的。现在她明白了，暴力能够缓解不悦。

一拳，一拳，再一拳。她躺在孩子身边，一个小时过去了。一拳。两个小时过去了。孩子还没睡着。这要是之前，她可能早哭了。这要是之前，她可能已经下床，到楼下去了。就算孩子悄无声息地从卧室溜出去，慢慢往楼梯方向挪，她也不会理睬。她会在沙发上看书，就算孩子在她的臂弯里，她也不会搭理他。总而言之，她会做能让自己开心的任何事，随便孩子想什么时候睡、想在哪儿睡都可以，因为她无法随心所欲地睡觉。这时候，她只觉得自己不能再在这张床上和孩子躺下去了，一刻都不行。

她应该找点事干，分散自己的注意力，比如看书。不管什么事，只要能让她不再关注内心滋生的失意和绝望就好。她找到了，就在她的床头柜上，《神奇女性野外考察指南》。不然还能是什么呢？

她没有按照从头到尾的顺序读这本书，而是跟着感觉走，拿起这本大部头后，翻到哪页就读哪页，看到哪行就接着读下去。她觉得这本书不是个死物，而是一个（尤其是跟她）有话说、能聊天的独立个体。

现在你想聊些什么呢？在公园里，她把这本书从包里抽出来时会这样想。然后，书好像在回应她一样，被风翻到了《远征南极洲》或《关于变身的一些想法》。

在这个夜晚，她等待着第二天终于要回家的丈夫（谢天谢地！），躺在闷热的卧室中。躺在她旁边的儿子终于开始打鼾了（也就等了两到三个小时吧！）。于是，她翻到书中标题为《国内神奇女性物种》的章节。

怀特在书里说："虽说在国外的研究是我事业中最有趣且迷人的部分，但国内的神奇女性物种也不容忽视，事实上，她们非常值得我们多加关注、认真研究。"

好吧，这位母亲想，那我们来看看。

在这个章节中，她发现了"斯莱兹"(Slaythe)：

……一种现代生物，她们对与自身的事业、成功、收入和权力相关的所有事物都抱有兴趣并给予关注。这种生物并不只存在于某个特定的领域，你总能在她们所选的专业领域的头部位置上发现其影踪。

她们会按照自己的喜好穿着打扮，风格不尽相同。若是你倒霉，在商业谈判中是她的对手，那你一定要小心了：一个凌厉的眼神就能让你数日无法正常工作，一句犀利的话语就能让你对自己的所有人生决定产生毁灭性的深刻怀疑。接下来是笔者基于数年的观察得出、但其实还未证实的观点：有时候，斯莱兹会一直缓慢地向"锐利"的方向发展，她的肉身棱角会愈发分明，其面部可能会向外收窄到一定程度，这时她的前额、鼻子和下巴的位置会让这张脸看起来颇为险峻。这或许是魔法所致，或许是衰老所致。（若是能筹措到充足的经费，笔者很乐意为此设计一个合适的研究方案。）

事业失败的斯莱兹的确让人觉得可怜，但她们的刻薄分毫不减。在其业务领域范围之外，你会发现她拥有一尘不染的家，听话的孩子，同样驯顺的伴侣。她的整个家都严格按照时间表来运转。斯莱兹不会接受一点不完美，她的梦想改道之后，比之前要汹涌澎湃得多。我希望她的家人都过得幸福顺遂。

斯莱兹喜欢和其他女人保持一种暧昧不清的同居伴侣关系。至于她们之间是否有性关系，你很可能永远也分辨不出来。

斯莱兹凭借合作与无私的精神经常为女性社交圈注入活力，人们倾向于认为，其他女性会因此鄙视她们。但笔者发现事实正相反：斯莱兹身边的贝塔女[1]会以她为榜样，以她的力量滋养自身，经过数月或数年培养出自己的生命力，成长为新的斯莱兹。

这位母亲闭上了眼睛。和同样充满活力的女性坐在一起会是什么感觉？建立庞大的帝国和前所未有的理想世界是什么感觉？控制思想的交流、社会的演变是什么感觉？她之前从未真正对传统意义上的成功或权

1　beta females，源自经典反乌托邦文学《美丽新世界》中的阶层分野设定，指在社会或团体中居于第二等级阶层的女性，地位低于"阿尔法女"，也指具有典型女性特征的女性，如温柔、体贴和情绪化。

力有过兴趣，但在这一刻，她清楚地感受到了一个只由女性统治的帝国的吸引力，还有那种只因心血来潮便可摧毁一切的强大力量的吸引力。她不由得想象一个女人的暴怒让整个王国化为废墟的样子，想象一间七零八落、摇摇欲坠的房间。只要能让她把情绪释放出去就好，她已经忍受了太久，片刻都不想忍耐了。

第二天早晨，原先覆在她后脖颈上的那片毛发已经蔓延到了双肩，她的尖牙利齿和尾巴尖儿依然存在，不仅如此，她的乳房涨了起来，一碰就疼，下背部还收窄了。不管她干什么事，头都一跳一跳的疼，是那种密密匝匝的严重的头疼。这个症状不稀奇，至少在她生下孩子一年后、月经恢复之后，她的头就常常这么个疼法儿。说到她现在的月经，有时候鲜红的血如暴雨般滂沱，有时候却只有浑浊的涓滴细流，有可能会洪水般地持续一周，也有可能来那么几天就彻底干净了。眼下，月经不再代表着生殖力，只会给她带来纯粹的折磨。

以往她来月经前从未这样的焦躁，现在这种状态简直是一点就炸，她终于理解那些杀掉丈夫后用经前综合征为自己辩护的女人了。在这段时间里，她只有使用暴力这个本能的念头。

火上浇油的是，那只黑色的肥猫凑了过来，它身上的毛乱蓬蓬的，每一根都以奇怪的角度刺出去，绿色的大眼睛里毫无智慧的迹象。它以一种让人顿起杀心的频率在地上翻来滚去。

她是不是踢了这猫一脚呢？鉴于这东西总是在她脚边讨食吃，她踢的这一脚大概率是意外，但其中是不是有一点点故意呢？是不是这一丝故意刚好勾起了她些许杀戮的快意呢？是的。

给我出去，出去，出去，出去，出去出去出去出去，她怒冲冲地嘟哝着，在厨房里疾行，一心要抓住这个畜生。可那猫灵活地在椅子腿之间蹿来蹿去，最后躲到了厨房的餐桌下面。

这位母亲重重跺了几下脚，将猫吓了出来，然后一下擒住它那浑圆得惊人的上腹。那猫的躯体只瘪下去一点点，但它像发声玩具一样吱吱地叫起来，短小的四条腿来回扒拉着。就这样，她将它抱到门口，扔到了门廊上。

她以前挺爱这只猫的，在她生下儿子之前。它是个漂亮的小动物，纯黑的毛密实蓬松得不像话，一双猫头鹰似的眼睛又大又绿，叫起来颇有公主范儿，声音纤细而尖锐，像铃铛一样。这只猫美得惊人，也同样蠢得惊人。它会发狂似地喵喵叫个不停，直到有人走到猫食盆前，指给它看里面有吃的，还要拿起食盆来摇晃一下，它才不再叫唤，开始吃饭，就好像真饿了似的。它总是在这位母亲走路时冲到她前方，害得自己被踩到，然后弄出一阵可怖的动静，飞速逃窜到地下室去。它吃得太多，长得太胖，无法好好给自己理毛，只能由这位母亲代劳。每周一次，把缠在它屁股毛上的粪便洗下来。她会带着严重的鄙视来做这件事。这种清洁工作对这只猫来说是非常有必要的，因为兽医说它"外阴异常"，容易尿路感染。

可是，我们好不容易一起走到了今天啊！每每她跟丈夫抱怨这只猫，丈夫都会说出这句暖心的话。他会把这蠢东西抱在臂弯里，据理力争：想想看，我们和这只猫都从单细胞有机体进化到现在的样子，一起停驻在历史中的这一刻。我们成功了！

这位母亲会发出一连串大笑，因为她从未从这个角度看过问题。这样想至少暂时会让她把猫当成可以一起庆贺胜利的同志，而不只是一只没什么价值的宠物，可这种同志情谊稍纵即逝。

是啊，没错，他们都走到了今天。但是，实话说，要不是人类的干预，这只猫压根不会出现在今天。它这品种本来是养在宫廷中的，是王后的宠物，成天坐在丝绸垫子上无所事事，吃的是面色红润的大厨精心为它剁碎的肉。如果按照进化论的规则，从某种程度上来说，这种猫理应灭亡。

现在，这位母亲不希望再有别的生物需要她，需要她抱，需要她喂，需要她帮忙洗澡、柔声细语地说话、各种宠溺。现在，她只想要安静，只想不被碰触。

她觉察到社会、成年人的身份、婚姻、母职，所有这一切像精心设计好的一样，正巧能把一个女人放到她这个位置上，把她留在这里——她开始为这个想法心烦意乱。这想法曾在她脑海中一闪而过，当儿子降生后，它愈发清晰了，仿佛她无法轻松扛起的重担。当她辞职后，这副担子变得更重了，她挣扎着试图找回平衡。当她曾经拥有的一切，包括事业、凹凸有致的身材、雄心壮志、熟悉的激素，全都被剥夺之后，一个反女权的阴谋便水落石出。

那天，她正巧该买猫粮和食品杂货了，但其实她不想买猫粮和食品杂货，可最后还是去了。

到了食杂店，她还是摆脱不了这个想法——她踏入了一个陷阱，这一切都是阴谋，尽管她努力往好的地方想，尽量选择幸福，但这想法还是缠绵不去，让她的心情愈发糟糕了。

她推着购物车从货架中走过，走到熟食区，心下怀疑自己患上了歇斯底里症。这是她最不想要的状态。她从来都不是歇斯底里的女人。她聪慧且有不少优点，虽说有时会闹点小脾气，但大体上还是个大方好相处的人，她一直因此为自己感到骄傲。

当然，她清楚"歇斯底里的女人"这个概念本身就是性别歧视的产物，她从根上就不接受这个标签，但与此同时，她要确保从源头上就没人将她与这种标签联系在一起。

孩子坐在购物车的儿童座上，含糊不清地念叨着，曲奇，曲奇，曲奇，然后做出他用来表示请求的手势：两只手置于胸前，手掌相对，上下搓着，一双大眼睛盯着她。

她笑了，在他鼻子上轻点了一下，一边想着心事，一边往烘焙区走去。

如果你所在的社会系统，女性从一开始就处于劣势，那么即便一个女人有歇斯底里症的说法是真的，那也一定不是什么歇斯底里症。事实上，即便历史上关于歇斯底里症最宽松的定义将矛头指向子宫和失控的雌激素，这二者非但没给女性带来不便，反倒提升了女性，让她们的思想更加敏锐，让她们更加了解性别政治的现实，让她们的批判性思维技能得到磨炼，甚至达到炉火纯青的境界。

当然，在某种程度上，她初现端倪的暴脾气是生理过程的副产品。话说回来，一个女人生完孩子后怎么能不生气呢？她一边想，一边拿起一块奶酪闻了闻，闻到了一种迄今为止她从未闻过的、层次感极为丰富的气味——干草、烟、蜂蜜、发霉的麝香，一种甜烂而刺鼻的味道。太神奇了，她把它放下的时候这样想。她告诉自己，这是经期前的敏感所致，但其实她真正害怕的是——她敏锐地意识到——感官敏锐度的提高似乎表明她越来越接近犬类了。在商店中穿行时，她愈发清晰地感觉到了这点。她闻到了烘焙区成熟的酵母菌，孩子吃的巧克力碎曲奇饼干里的小苏打和微苦的可可，从新鲜到变质的各种状态的牛奶，腌菜档的醋，袋装面包货架旁的过道铺的蔫蔫的草皮，新鲜咖啡渣特有的浓烈香气。

她在店里逛着逛着，感觉自己似乎以一种前所未有的方式焕发新生，孩子的笑脸上巧克力抹得到处都是。她闻见了红茶和在他的尿不湿里闷了好一会儿的尿味儿，随后是海鲜区的咸味与生味。孩子喜欢看水箱里的龙虾，看钳子被绑着的它们在浑浊的水中滚作一团。他们在这里驻足，观赏这些动物翻来滚去，时不时撞在玻璃上。

食杂店是一个充满压迫的地方，她一边想，一边推着购物车继续往前走，经过一处小台子，一位在这儿工作的老太太正在用电煎锅烹饪鱼排样品。

咬一口？这位母亲指着曲奇饼干问孩子，分我点儿行吗？

他举着饼干往她嘴边递去，她在饼干边缘轻轻咬了一口。谢谢，她表示感谢。他拍起了那双小脏手。她很想吃下一整块饼干，一打饼干。她突然很饿，但是，不对，她想吃的不是饼干。她走到卖肉的柜台，买了三块厚厚的肋眼牛排。硬币、鲜血和死亡的气味使她陷入深深的饥饿中。牛排也太美了吧！她以前怎么从来没有注意到它们的美，深红色的肉与周围白色的脂肪形成鲜明的对比。每一块牛排都是小小的杰作，她舔着嘴唇想。她又要了两磅[1]牛肩胛肉绞的肉馅。然后转念一想，还是要三磅吧。半打德国油煎香肠。炖肉要不要买呢？看起来很好吃。来一磅怎么样？看看那烤好的牛臀肉啊。我要那块和负鼠大小差不多的，她给肉贩指了指，肉贩被逗笑了，从柜台里把那块给她拿了出来。另外，她还要了一些预制烤蔬菜串，因为这样才健康，她出于克制说道。

是啊，吃菜是文明开化的体现。狗才不会买蔬菜呢。

听听你都在说些什么啊，她自言自语道。

快别这样了，另一个她说，别自言自语了。

该死，她想。

这是一个周五，晚点她丈夫就回家了。现在她的购物车里有超过十磅的红肉。她还要买果汁、湿巾、酸奶、香蕉、酥脆的零食，还有一袋绝对文明开化的胡萝卜。

想象一下，你带着一个刚学会走路的孩子和敏锐

---

1 1磅约等于453.59克。

得可以与动物相媲美的嗅觉去买酥脆的零食，而在每一盒农场主题的饼干背后，在拿起的每一袋椒盐蝴蝶酥的哗哗声中，你都能感受到男权社会之罪恶的迫近。

就在她穿过食杂店的自动滑动门，向停车场走去时，身后有人喊她的名字。她转过身。

是莎莉[1]——单身美丽年轻快乐的金发莎尔[2]，她笑意盈盈地挥挥手，几乎是蹦蹦跳跳地向这位母亲靠过来。

嘿，过得怎么样？她问候的同时给了这位母亲一个拥抱，故意摸乱了孩子的头发。我很久很久都没见到你了。你很享受和这个小家伙一起待在家吧？我敢说你的日子一定过得有趣极了。

莎尔在她之前效力的那家社区美术馆工作，她辞职之前是那里的主管。辞职是个正确的选择，绝对是。她去工作，她的宝宝却躺在日托机构那铺着油毡的地板上，这让她十分煎熬，可在家待着其实也让她十分煎熬，只不过两种煎熬不太一样。

她想告诉那女孩：一言难尽。我从未想过我会变成现在这样，我也不知道该怎么调适这失衡的心态。我想过得心满意得，但我做不到，正相反我觉得我被困在

---

1 Sally，一个常见的名字，意思是"公主"。该名字会让人想到开朗清新的邻家女孩形象。

2 莎莉的昵称。

自己建的监狱里了。在这里，我没完没了地折磨自己，只有在半夜狂吃无花果夹心酥时，才能忍住不哭。我感觉，似乎是社会规范、基于性别的期待，以及生物学那令人恼火的迟钝强迫我成为现在这个人，尽管我很难分析出自己到底是如何落到这步田地的。我无时无刻不在生气。总有一天，我要在做艺术创作时加入对这些现代系统的批判，将这些感受全都表达出来，可我大脑的运转方式已经和生孩子之前大不一样了，我现在真的蠢透了。我真担心自己永远也不能像以前一样聪慧、开心、苗条了。我还担心自己可能会变成一条狗。

但这些她都没说出口，她只是微笑着说，我爱这样的生活。我爱当妈妈。

那天晚上——周五晚上！——她丈夫把温水浇在孩子头上，她站在卫生间门口的走廊上说，我一直在努力想新项目的点子。内容或许和把什么东西打碎有关。我觉得用球棒把东西击碎是个不错的主意，用斧头也行。

哎，用狼牙棒画画怎么样？她的丈夫说。

嗯……，她说，她觉得不怎么样。

他哈哈大笑，用肥皂水搓洗着孩子的头发。

总之，与妈妈、暴怒、打碎东西有关，这位母亲继续说，不过，得设计得精巧一点，你懂的。

和妈妈有关，他重复了一句。

妈妈是愤怒的。她说。

愤怒？他说。

算了。

如果让我猜你下一个项目是什么的话，他说，我看你是要把自己培训成一个肉铺师傅，因为你买了整整一冰箱的肉。

才不是整整一冰箱，她说，冰箱里还有其他东西呢。

你还觉得自己要变成狗吗？他问，眉毛扬起的样子像是在说，我完全是在开玩笑，同时我觉得你在冒傻气。

闭嘴，她说，我好着呢。我们这周还去参加了宝宝读书团。嗯，准确地说，是我们去图书馆的时候遇见了宝宝读书团。

感觉怎么样？

完全受不了他们那些人，她说。然后他们都大笑起来。

她非常感谢他给孩子洗澡，尽管在洗澡期间，他叫她把孩子的毛巾放到烘干机里加热，她还给孩子端来一片烤吐司，从孩子的房间取来了他的睡衣。她做这些的时候，她丈夫就坐在浴缸边的马桶盖上，拿着手机不知在看些什么。她当然要做这些事了，整整一周都是她独自一人给孩子洗澡，根本不可能有人帮她，非要拿这一点说事是不是太小心眼了？她其实只想坐在沙发上、茫然地盯着窗外发一会儿呆——哪怕只有十分钟也好——可是她丈夫喜欢出差回来见到她叽叽喳喳的活跃劲儿。毕竟他刚从明尼阿波利斯或芝加哥回来，开了好几个小时的车，而且他也精疲力竭，因为这周在酒店房间都很晚才休息，不是看书，就是上网，要么干脆睡不着觉。至于失眠的原因，多种多样，比如房间太安静，或者他太晚才叫送餐服务，导致自己消化不良。真的，他声称，老是住酒店实在不容易。

要是他回到家，迎接他的是这位母亲的抱怨，或者儿子那些惹人烦的行为，再或者乱糟糟的环境，他会垮掉的。为什么就不能给出差回来的他一份清净？怎么就不能给他点时间来缓解长途驾驶的压力？怎么就不能让他玩一个小时左右的电脑？这位母亲已经纵容他好多年了，她总是反反复复地提醒自己，她一定要记住：他不是个坏男人。

孩子洗完澡后，她揽了把孩子哄睡的活儿，因为她丈夫得处理一些工作邮件，尽管他原本有整整一周的时间来做这事。真的，在她丈夫到家的那一刻，她只想干脆利落地离开这座房子，整个晚上都泡在咖啡厅里，或者把自己关在客卧里，尽情想象未来的艺术项目、服装穿搭和假期。她想退出，可那样的话会给她的丈夫、整个家庭带来不便，这是他说的，所以她留了下来。

尽管她觉得自己在假装，但也许她的心情其实挺好的？也许只要她的丈夫一回到家，她留在家里，和家人在一起就真的很有趣？每周，她都会考虑这些可能性，努力劝说自己。

她连哄带劝地把孩子弄睡着了。她的丈夫告诉她，看到她开心，他不知有多开心，还说他有多希望她能找到自己的节奏。他们坐在邋里邋遢的旧沙发上，电视上小声放着她丈夫挑选的一部外国电影。他轻抚着她小臂上柔软的汗毛，然后把手伸到她的睡裤里，开始摸她小腿上的汗毛。他的手指逐渐攀上了她的大腿，那儿不像以前那样扎人了，而是铺着茂盛的新汗毛。尽管她这周刮过腿毛，但那些腿毛又迅速长了回来，还比之前更长了些。

嗯，他沉吟着将头埋到她脖子的一侧，一手揽在她脖子后面，抓到了一手毛。

噢，他吃惊地低低叹了一声，开始吻她。

等等……说着她把他的手挪到了她的腰际，同时只肯闭着嘴接受他的吻，因为她怕自己的犬牙划伤他。当他的手游走到她的后腰，她面色一凛，赶紧将他推开。

囊肿，她边说边从他身边挪开，坐到沙发的另一端。我觉得身体不太舒服，心情也很烦躁，应该是快来月经了。

好吧，要不……他说着开始扯她腰上的带子，脸上挂着狡黠的微笑，头扎了下去，但是这位母亲说不要，然后笑着吻了他一下，转身去看电视，就这样断了他的念想。她怎么能给他看自己身上新长出来的凸起的粉色小疙瘩呢？他见了肯定会说那是痣，但她知道绝对不是。

乳头。它们只可能是乳头。算上她乳房上原本有的两个，她现在总共有六个乳头。

周六早晨，这位母亲迫不及待地站到了莲蓬头下面。她有多久没洗过澡了？三天？一周？还没等她在手心里挤上洗发水，她丈夫就进来卫生间，跟她说，没有奶了，接着孩子就开始哭着扯浴帘。然后，她丈夫一把将孩子抱起来，带他离开了卫生间。她能听见丈夫在厨房里跟孩子说，安静下来，别哭了。孩子的回应则是尖叫，**妈妈！**

马上就来！她喊了一嗓子，开始猛搓头皮。照顾好你的孩子，她想尖叫，只是照顾好他而已，有这么难吗？给他个玩儿的，什么都行。做个鬼脸也好啊。要不然可以给他放个该死的动画片呀。

她的丈夫对付复杂的机器十分专业，却对给他们的孩子"排除故障"无能为力，这一点她无法理解。没怎么好好洗脸，她就结束了这次淋浴。

我们没奶了，她的丈夫又说了一遍。

我知道，她说着从他手里揽过哭泣的孩子，在他脸颊上亲了一口。

为什么我们没奶了？他问。

因为他喝了，她指了指他们的儿子，说道。

奶，孩子说。

好吧，这也是明摆着的，他说。能听出来，他已经在发火的边缘了，就好像不是他在浪费她的时间，而是反过来。可没奶了，你不知道吗？

我知道奶快没了，她说。她格外注意让自己的声音保持稳定和平静。这在我的待办事项清单里，可不知怎么的，我把这事给忘了。他叹了口气，继续对着放在厨房桌子上的笔记本电脑忙碌起来。

她拿一条毛巾包住湿漉漉的头发，抱起向父亲伸出手的孩子。

爸爸，孩子说。

你为什么不干脆离开呢？她想。走远点。从某种程度上，他不在，她倒是能轻松些。那样的话，她就不用一边照顾孩子，一边听他时不时的指点，不用再面对那些露骨的评判带来的问题，不用听他那些优越感满满的独白——不管她做什么，他都会说，要是让他来的话会怎么做，会怎么处理得妥妥当当；说这事有多简单；说几个完全合理的步骤，只要这么做就没问题。

是啊，没错，回想起来，他问她家里怎么没奶了，让她帮忙安抚孩子，这都不是多大的事。谁叫他这些日子出差，没锻炼出像她那样的育儿技能呢？可难道他就看不出她有多难吗？他能明白她在家都付出了什么吗？他好像以为她是在放长假。就算他不能实际上手帮忙，至少也要表达感激之情吧，他在家时可以在醒着的每一刻都用铺天盖地的"谢谢"来浇灌她啊。可他没有，每当她试着提起自己干的活儿，她生活中那些隐形劳动，还有她精神上的负担，他都会说这种话：和你做的相比我挣的钱算不得什么呗。当然了，她并没有这个意思，完全没有。

她抱着抽抽搭搭的孩子上楼去，把他放在卧室里摆火车玩具的小桌旁，然后找出一件运动文胸、一条舒服的长裤和一件无袖背心。这就是她现在的日常装束。

忍了丈夫一个周末之后——对，她就是以忍耐的心情度过的周末，终于到了周一，她不冷不热地给了他一个拥抱，在他驾车驶出车道时，她心想快滚吧。她端着一杯温咖啡，重重地坐在厨房桌子旁的一把椅子上，一边收拾心情，一边看着孩子有条不紊地从灶台旁的橱柜里抽出烤盘、烤松饼的模具、煎锅和刨丝器。她生着闷气，气得眼泪都要掉下来。尽管她不愿意，也永远不会承认她丈夫说的关于幸福和日程表的建议是好主意，但她也不想以现在这种状态开始一周的生活。一事无成的生活，这对任何人都没好处，主要对她自己没好处。

好吧。也许她的生活没出什么岔子，唯一的毛病就是她的时间太多了。这就是问题。倒不是说她有太多时间能用来做真正喜欢的事情，比如搞艺术、看书或以有意义的方式做运动。她的时间——太多的时间！——都用在了带孩子去商场的儿童娱乐区，带他去泳池附近供孩子们玩耍的场地，带他去社区健身中心的小型儿童游乐场，带他去公共图书馆参加上午或下午的讲故事活动——怎么不干脆安排上午一场，下午一场？

要是能这么过一天，我都能美死了。她一跟丈夫抱怨这些，她丈夫就会这么说。她如今不再抱怨了，而是开始努力以他的视角看问题，争取能真的产生美死了的感觉，因为她可以享受宅在家的生活方式，因为她可以每天围着一个刚会走的孩子团团转，因为她有大把时间花在与孩子有关的活动上。

本周，她将更加积极地尝试走出家门，与他人建立联系。她要保持正能量。她收拾好尿布包，哼着歌给孩子穿衣服，点了一下他的鼻子，把他逗笑，给他梳头。

她肩上背着包，怀里抱着孩子，哼着"有一个老头儿"的儿歌走出门，结果马上就站住了。她被草坪上的情况吓了一跳。

狗，男孩指着说。

是的，而且不是一条，是三条：一条金毛、一条边牧，还有一条巴吉度。它们都站在门口的银白椴树下。她一直把这些狗视为 20 世纪 80 年代女孩最喜欢的三个品种。事实上，80 年代的时候，就连她自己都很爱这几种狗。当时她还是个孩子，幻想过用一把粉梳子给它们梳毛，用淡紫色的蝴蝶结打扮它们，给它们起名叫莉萨、杰姆或贝尔维迪尔先生[1]。她还想过，要是哪天她在街上不小心摔倒了，恰好有辆车向她驶来，或者她意外掉进一个深坑里，狗狗一定会去救她。

现在，几条狗就在草坪上，喘着粗气，扭头看着这位母亲和她的孩子。

太扯了吧，她大声说。

是啊，这个场面有点荒谬，可她的心因为这一幕怦怦直跳，因为她非常惊恐，同时也有种糟糕的欣喜。她是不是疯了？家养的狗也会成群结队地闲逛？它们为什么会出现在她家的草坪上，就好像它们是一个小团体，特意过来邀请她加入似的？孩子开始扭来扭去，想挣脱她的怀抱，她只好把他放下。他立刻蹦蹦跳跳地冲进了院子里，直直地向那些狗跑了过去，那几条狗也冲着他疯狂地摇尾巴。它们湿漉漉的鼻子纷纷向他的脸探去，孩子长声尖叫，掉头就朝妈妈跑去。他的妈妈一

1　20 世纪 80 年代受欢迎的情景喜剧的主角。

言不发地站在门廊上等他。

　　嘿，狗狗们，你们好，她说。说完她朝那些狗走了几步，然后原地蹲下，伸出一只手。那条巴吉度是最先朝她小跑过来的，边牧和金毛也马上跑了过来。巴吉度扑通一下躺倒在她双脚之间的草地上，另外两条狗跳起来扑到她身上，爪子一会儿落在她肚子上，一会儿搭在她肩膀上，热情地舔着她的脸，同时闻着她身上令它们感兴趣的各个部位。通常，面对这种不加节制、有谄媚之嫌的表达喜爱的戏码，她会退避三舍。狗总是这样，上赶着，有给不完的爱。她对狗和狗那种乐于付出、不加审视的爱逐渐生出了几分鄙视。它们理应提更多要求，稍微有点脾气，为它们的爱多设条件。可它们偏偏不，它们从来都是那么开心，张着嘴，吐着舌头，眼中有光，祈求能得到爱的回应。

　　可她不知怎么起了变化，她突然觉得这些狗——这些 80 年代讨人喜欢的狗——它们湿答答的舌头、总往人身上搭的爪子和长着一颗怦怦跳动的心的温暖躯体可爱极了。她张开双臂，将它们搂到怀里。它们的冲劲让她一下子仰面倒在了草坪上，她躺在那儿开心地大笑起来，狗狗们则在她周围打转，又是摇尾巴，又是舔她，最后有的甚至干脆躺在她身上。孩子高兴地尖叫起来，也躺在她身上。

　　过不了多久，她身上就都是狗毛、狗的臭味和口水，还有草叶和泥土，但是没关系。她爱死这些狗了，天哪，这是怎么了？

整整一个上午，她和孩子都是在门前的草坪上度过的，他们抚摸狗，问它们问题，告诉它们，你们有多乖。这位母亲还从沙发底下和车库的角落里找来几个球。孩子一个接一个地把球抛出去，开心地啊啊喊着。

在这个游戏中，金毛的表现比其他两条狗都要好。它一跃而起，耳朵警觉地转动着，眼神明亮，在半空一口咬住那球。很美的一幕。而后，它稳稳落地，灵活地转身向孩子冲去，松口让球掉到他的脚下。

孩子弯腰捡球的时候，金毛跑到坐在门廊台阶上的这位母亲身边，将头轻轻地搁在她的腿上。这位母亲一边爱抚金毛，一边看她的儿子伸展双臂，笨拙地追在边牧和巴吉度身后，时而发出尖叫，时而咯咯笑着。她的手指拂过金毛那丝滑的金色长毛，感觉自己从未摸过这么柔软的毛，好像用洗发水和护发素洗过、吹干，然后被人满怀爱意地梳理过。

你的毛是不是刚打理过啊？她问狗。它用鼻子蹭了蹭她的脖子，舔了一下她的掌心。

她把狗拉过去，抱住它，将脸埋进它的毛里。她闻见了草莓和香皂的味道。

草莓！说着她捧住狗的脸，直视它温柔的双眼。真是一条乖巧漂亮、堪称完美的狗。金毛微笑着，她几乎从它的眼神中看到某种熟悉的东西。她眯起眼睛，歪着头，跟狗咕哝了一句，天哪，我是不是认识你啊？

狗轻轻地衔住这位母亲的手，将她从门廊上拉起来，引她踏上草坪，朝人行道的方向走去。

来，它说。狗的牙齿嵌进她的皮肤，她略微有些担心它会咬自己。

我这是往哪儿走？她茫然地想。一条狗想把我带到哪儿？它的家吗？一片铺满了柔软绿草的开阔土地，好让我们在上面跑啊跑啊，感受体内充沛的力量，让血液在肌肉和筋膜之间奔腾；一个能让肺部充分扩张的地方，在那里我们能吸入整个天空；一个没有人类，只有生命的搏动和冲锋的地方？

她任由狗带着自己，拖着步子穿过草坪。她感觉时间仿佛变慢了，像是在醒着做梦。

在前院绿绿的长草中，孩子平躺在一片树荫下，边牧和巴吉度分别守在他的两侧。边牧蹲坐在那儿，一只爪子放在孩子的小胸脯上，和这位母亲在孩子睡觉前把手掌贴在那里的样子一样。巴吉度在孩子耳畔低语，长耳朵摇来摆去。它可能在给他讲故事，也可能在唱摇篮曲。

哎呀，它们在哄他睡觉呢，她想，真是可爱。

她经过时，边牧和巴吉度都跟她对视了一眼，点了点头。

放心吧，没事的，它们对她说。继续走。金毛继续拽着她的手，带她越走越远，离开了她的家、她的孩子和她想要又不想要的生活。

一只鸟叫了起来，声音尖锐刺耳，这位母亲突然回过神来。她低头看了眼金毛，然后望向自己的儿子和他身边那两条狗。她吓坏了，赶紧把手从金毛嘴里抽出来，朝儿子猛冲过去，边跑边对那两条狗大喊大叫。最后，她一把将那好似着了魔的男孩从地上拽了起来。

走开！她摇晃着手大声驱赶它们。回家去！她坚持道。于是，它们往街上走去，同时纷纷回头向门廊上的她投去伤心的眼神。你们这些邪恶的畜生，她严厉地责骂着，快走。然后，她不假思索地把头转过来，从胸腔中发出一声长嚎。此时此刻，她胸中还充溢着上午那粉碎一切的愤怒与快乐、倾泻而下的大片金色阳光、两年多没有完整睡过一晚好觉的糟糕体验、她的孤独、她丑陋的欲望、她儿子头上那丝般柔滑的卷发——这些随着那声长嚎通通爆发出来。那些狗顿时僵在路中央，一动不动地听着。等她嚎完，它们便从哪儿来的跑回哪儿去了。

一群狗？她丈夫在电话那边说。眼下是周一的深夜，孩子已经上床睡觉了，她害怕地哭泣着。

我现在身上长着毛，还有尾巴，然后那些狗，她倒吸了一口气，接着说，我以前根本都不喜欢狗，现在却想养一条。

亲爱的，他镇定地说。她能听见电话中有电视新闻的声音。我确定这是你体内激素紊乱的原因。你有没有跟医生约个时间？

没有，她说完开始擤鼻涕。她不想去看医生，听医生跟她说，什么问题都没有，那些毛病都是她胡思乱想的结果。明明哪儿都是问题——从那天晚上她气呼呼地醒来，一直就没消气开始，她想让别人理解自己的感受，可其他人偏偏能找理由开解她的焦虑和愤怒，说什么生了孩子之后就是这样，烦心事都会过去的；说她真的需要平静下来、别再生气；说她真应该心怀感激、保持好心情；说幸福是一种选择，说她身在福中不知福，太任性，什么都想要，还想一步到位。

一个暗中形成的想法加重了她的焦虑，每当这个想法在她脑海中窃窃私语，她都会拼命把它赶走，那就是：那条金毛和抢眼的金发女人，她们的毛发都梳理得整洁顺滑，都展示出同样的生命活力与激情，身上都莫名其妙地有草莓味，所以她们其实是一回事。

听着，它们再来你就给动物管控机构打电话，她的丈夫说。听声音他嘴里塞得满满当当，应该又是很晚才叫了送餐服务。她仿佛瞧见一块温热的布朗尼蛋糕，顶上有一个堪称完美的香草味冰激凌球，热化了的乳脂软糖倾泻而下。

你在吃东西？她问。

别逗它们，他说，拜托你了，别招惹它们。

好吧，她说，然后就一言不发地待了好一会儿。

你在生气吗？他问。

我只是需要去睡觉。她说完就挂了电话，挂得有点快，但还不至于快到她无法合理地否认自己生气了，下次她还可以辩称这是意外挂断的。

她刷了牙，洗了脸，希望自己不要再哭泣，振作起来。你是个成年人了。她一边用牙线洁牙，一边对自己说，这是她能想到的用来强化成年人身份的最成熟的方式。这就是生活。面对它。但她无法把那些困扰她的简单问题从脑海中赶出去：为什么她的丈夫就不能说些贴心或宽慰人的话，比如我很抱歉，或者谢谢你所做的一切。为什么他没有掌握人类互动中通常要遵守的情绪交流规范？他是否能够共情？会不会就像人们有时开玩笑说的那样，他是个反社会者，只不过他的成长环境非常稳定，充满了爱，因此没有杀人，但无法识别情绪，所以有时 / 总是会伤害她的感情？

在床上，她躺在孩子旁边，凝视着黑暗中模糊的形状，像是轮廓柔和的小颗粒组成的天花板和那黑漆漆的大嘴般的衣帽间。她真希望自己没有在电话里哭。那样的话，也许她的丈夫会更认真地对待她。为了被他理解，她需要一种不同的方法，可在如此特殊的一段时期，度过了如此特殊的一天之后，在这么晚的时刻，她无法保持冷静。

他什么都不明白，不明白她的悲伤或愤怒，不明白为什么那些狗会如此奇怪地令人不安。她甚至还没有开始试着解释自己是如何感觉受到了金毛的召唤，它是如何对自己说话的，它是如何地迷人，如此地抚慰人心，仿佛它理解自己所有的悲伤，所有的冲动与挣扎。不，她永远不会向她丈夫解释这种事。因为那将毁掉她在他那儿仅存的一点点可信度。她的直觉与感受对他来说并不重要，它们都是荒诞不经的。就是这个词——荒诞不经。它们就像那些奇闻轶事、都市传说、民间偏方、外星人、传说中游荡在森林里的神秘生物一样荒诞不经，她的感受立即打了折扣，即使她知道那些感受是她人生经历中最真实的部分，是指路的明灯。

她在床边的一摞故事书里翻来找去，借着微弱的夜色，终于找到了她的《神奇女性野外考察指南》。她不顾疲惫，把这本书翻了出来，因为万达·怀特似乎总能正巧写出抚慰母亲心灵的段落。

万达。万达。她多么渴望见到万达，投进她散发着脂粉香气的怀里哭泣，让这个年长的女人抚摸她的头发，就像她的母亲从未做过的那样。她想在柔软和温暖的羊毛衫怀抱中被溺爱。只需要一点点温柔……哦，亲爱的万达。

"毕竟，"这位母亲读道，她的夜视能力比以往任何时候都强，"有什么比从你两腿之间的小洞里挤出一个小人儿，或者让一个戴口罩、穿长袍的陌生人切开你的肚子，从里面拉出一个哭泣、流血的婴儿更荒诞不经的呢？两者都是绝对不合情理的事，让人无法相信，但孩子就在那儿，是不折不扣的事实，不容否认。"

她停了下来，眼睛噙满了泪水，然后粗暴地擦掉了眼泪。

仿佛这本书是她最珍爱的朋友，仿佛书里的文字了解她的心。她继续读下去。

……这荒诞不经的事不仅确凿可信，而且非常重要，在这个世界上的的确确占有一席之地。我甚至要证明，荒诞不经的事是另一种认知方式，一种组织原则，它并不与科学的组织范式相矛盾，相反二者是一致的。如果一个人愿意耐下心来，去倾听和思考，那么荒诞不经的事虽无法传达直接的真理，但能传达更深刻的真理。

第二天早晨，她带着那股依然活跃于体内的、荒诞不经的感受醒来，感觉自己像是受到了诅咒。她起床给儿子做早饭，她的儿子努力要把一碗酸奶吃到嘴里，结果大半都弄到了自己脸上，三抓两抓，酸奶又糊到他的头发上。这位母亲心不在焉地洗着盘子。万达·怀特是什么人？她着迷地思考着这个问题。在她的想象中，万达·怀特的办公室应该在洒着斑驳阳光的校园里，她的衣橱应该整齐地挂着斜纹软呢外套和裙子。她用力地刮着粘在一个盘子上的已经变硬的蛋黄，心想万达·怀特一定没有结婚，而且非常健康。她一定每天都擦防晒霜，喜欢吃蔬菜，活得充实快乐，为了研究没人相信的生物而周游世界，然后回到校园，在自己的办公室里安安静静地坐上好长时间，仔细研究笔记，将那些记录变成有条理、有价值的资料。或许她在校园里被大家视为怪人，她的学术研究也被系里的其他老师看成笑话，甚至是骗人的玩意儿。可果真如此的话，他们又何必聘用她呢？她的作品比她那所大学里其余所有研究加起来都有趣，也比它们更有突破性。可为什么我从未听说过她呢？这位母亲思考着；与此同时，孩子尖叫起来，拍着手，将一滴滴酸奶甩在本就已经很脏的厨房地板上。为什么她从未上过早间新闻访谈或美国国家公共电台的节目呢？怎么她也没在这位母亲手机上的新闻推送中出现过呢？

也许她只是个江湖骗子，可如果是这样，那所大学为什么会要她呢？显然，她的研究工作的确令人起疑。秘鲁的女性鸟人，尽管听起来挺有趣的，但一点都不像真实存在的事物。

万达·怀特的办公室在哲学系的楼里，这个安排似乎不太合适。难道她不应该在某个科学类专业办公吗？比如说人类学系？她教的科目竟然属于哲学，这让这位母亲不由得想，会不会她的书和学术成果都是经过精心设计的，目的是让读者思考这一切是否真实。

吃完早餐后，她坐在起居室的地板上，和孩子一起玩一辆水泥卡车，她把车向他滑去，他再把车滑过来。孩子开心地咯咯直笑。她在手机上滚动浏览着萨克拉门托大学的网站，寻找万达·怀特的教职员工简介页面。没有照片，信息也寥寥无几。不过，页面上有一个电子邮箱。她点进去，打开了一个创建新邮件的界面，然后又把界面关上，等于存了一封邮件的草稿。她准备今天晚上等孩子睡着了，就把所有的问题、念头和关于怀特的所有想法都写下来。她看着他把一颗又一颗玻璃弹珠放进起居室组装好的塑料管里。他看着它们从上滑到下，先是一圈圈地打转，而后从斜槽里掉下来，发出令人满意的、清脆悦耳的叮铃声。看到这一幕，这位母亲惊奇而欣喜，孩子高兴地尖叫着，起劲地拍手，然后把手掌按在地板上，像驴子尥蹶子似的垂直向上踢了一脚。这个孩子可真行。她的孩子可真行。

她带他去了离家只有几个街区的公园，因为这天的天气奇好，而且这座公园很近。真的，他们应该经常去那儿玩，也许每天都去才好。这天下午特别适合在暖烘烘的夏日树荫下乘凉。荫凉下，孩子爬来爬去，尖叫不断，捡起小木片往嘴里送，而后又会把木片从嘴里拿出来。这位母亲独自待在那里，想着怀特、魔力、女人和不可名状的事物。这时，她听见一群豺狼走近似的声音，便转头去看。原来是她们。虽说她不常去图书馆里宝宝读书团的活动场地，但她依然认出了那些人，那些妈妈们，带孩子读书的妈妈们。她顿时感到一阵恶心，虽然并不知道是因为什么。

还真是巧，打头的还是那个抢眼的金发女人，她推着一辆全地形双人婴儿车——这位母亲非常清楚，这辆车的价格得有一千多美元。金发女人身边是她的两个妈咪闺蜜，其中一个的小男孩无精打采，无论什么时候见到他，他都鼻涕邋遢的；另一个的孩子三岁了，过度活泼，总喜欢丢小石子儿。这位妈妈飞快地把她的儿子从地上抱了起来，因为她不想跟她们寒暄，对买卖保健品也没什么兴趣，不想客客气气地聊什么天气、孩子睡觉或训练孩子上厕所的问题，更不想让这些女人和她们的孩子、她们那讨厌的满足感破坏她与怀特、与这一天、与这个可爱的下午的沟通。

哦，嗨——！抢眼的金发女人边打招呼边挥手。这位母亲说，嗨！我们正要回去呢！

她赶紧收拾尿布包，捡起散落在草坪上的各式各样的玩具，找回蓝色的鸭嘴杯和一袋包装不成形状的即食麦片。尽管动作十分匆忙，但她依然注意到了陪在抢眼的金发女人左右的那两个女人。不管做什么，她俩总是陪在她身边。那个儿子没精打采的妈妈个头比较矮，留着齐肩的直发，双腿和双臂又粗又短，眼神呆板，睫毛却密实得很。另一个妈妈身材很健美，穿着一条瑜伽裤，深色的眼睛透着警觉和智慧，嵌在她那张小巧玲珑、下颌尖尖、几乎没有毛孔的脸上。她的脑袋转来转去，关注着她孩子那不可预测的一举一动。而且，她的动作让她那厚重的、拉直的头发格外显眼。

因为这个公园围着一圈篱笆，这些妈妈又围在唯一的出入口旁边，所以这位母亲无法避免与这个小团体近距离接触。

嗨！这位母亲靠近她们时说道，但其实她真正想表达的是，再见！我们今天有好多事要做！真得赶快去忙了！真是一刻都耽误不起！

我好像一直都没好好介绍过自己，抢眼的金发女人说着站在了公园大门前——你也可以说，她故意把门堵住了——然后她摇摇头，做出拿自己没办法的恼火样子。

这可真是太蠢了！她尖声尖气地对婴儿车里的双胞胎说。妈妈们有时候就是会这样，从始至终都对着她们的孩子说话，但其实是在跟近旁另一个长着耳朵的成年人说话。

噢，没关系的，这位母亲说着瞟向公园大门，她觉得这是个无声且非常礼貌的请求，表示她想过去。

叫我珍[1]就行，抢眼的金发女人说，她们是芭布丝[2]和波普伊[3]。说着她朝矮个子女人和那个健美的妈妈示意了一下。前者歪了歪头，投来一个几乎看不出来的微笑，后者点点头，咧嘴露出了最近刚做过美白的牙。

很高兴认识你们！这位母亲急吼吼地丢出一句，准备从两架婴儿车之间蹭出去。可她匆忙中不小心将儿子的小腿撞到了另一架婴儿车上，儿子疼得号啕大哭。这也许是她头一次、也是最后一次因为孩子哭而松了口气，因为这下她就有立即离开这里的好借口：必须得看看孩子是怎么了，得赶快回家给他准备午餐，他肯定饿坏了，这可属于紧急情况，他情绪彻底失控了。她的确这么做了。

哎呀，抱歉，这位母亲说，天哪，很高兴认识你们，可是我得……她指了指哇哇大哭的孩子，然后瞟了一眼那三个女人。她们都在打量她，神情说不上愠怒，

1　Jen，一个非常普遍的英文名，与智慧、善良和创造力等品质联系在一起。该名字给人的感觉是善解人意，愿意帮助别人。

2　Babs，一个非常罕见的英文名，意思是"外国女人"，也有"天生的旅行者"的意思，被认为是 Barbara 的缩写，在 20 世纪 20 年代至 60 年代的美国最为流行，现已不再使用。"Barbara"是天主教徒圣芭芭拉的名字，她可以抵御火焰和闪电。

3　Poppy，一个女性英文名，源自罂粟花的名字。该名字在 21 世纪变得越来越流行，成为最受欢迎的女性名字之一。

但已经没了片刻之前那种温暖，而是透着怀疑。她们一个个双手叉腰，眯起眼睛，像是在说，你这人怎么回事。她们就算真这么说了，也合情合理。

后来，她想了想，也觉得自己刚才不太礼貌。下次，她一定得客气一点。至少她应该介绍一下自己，问问保健品的事。她刚才是怎么了？那天晚上，她开始给万达·怀特写信了。她真切地相信，怀特是她唯一的希望，不过，到底是哪方面的希望，她也说不清楚。她有那么点相信，那本《野外考察指南》是有魔力的，因为它能和她的思想对话，还让她感觉自己与怀特之间有着精神上的联结。她知道，得出这个结论有点莫名其妙，但她依然觉得是这么回事。

WW[1]：

　　最近，我无意中看到了您的书《神奇女性野外考察指南》，对您在世界各地进行的调查研究有了些了解。我攒了好多问题想问您，还是以这样一个问题起头吧。请允许我占用您几分钟时间，请问从科学和理性的层面上说，您的研究是否，嗯，是否是"真实"的呢？或者说您是不是在表演学术研究，想以此说明一个更宏大的观点？比如说您

1　万达·怀特的姓名缩写。

想说明人的认知是有限的，科学在完整描述整个世界上的失败。

我知道，这算是一个哲学问题，而且我在萨克拉门托大学的网站上看见您属于哲学系，所以我想也许这类问题也在您的解答范围内，没准儿正好对您的胃口呢。

就我个人而言，最近我的人生进入了一个不同寻常、出乎意料、充斥着紧张与压力的阶段——简而言之，我做了母亲。当然，做母亲是无法"简而言之"的。我发现我遇到一些问题，而且无论是从哲学上，还是从经验上，这些问题都与您的工作有些交集。所以我贸然写了这封信，并且期待您的回音。若您能在百忙之中抽出时间来回复我的提问，我将不胜感激。

MM 谨上

在厨房黑漆漆的桌子上，迎着笔记本电脑泛出的微光，这位母亲反复读自己写给万达·怀特的第一封信，一连读了三遍。她不想显得太焦急，不想第一封信就说自己疑似正在变身的事，以免看起来像个全无理性的疯子；她想让对方觉得自己是个周到细致、落落大方的读者，对同样的问题和追求抱有兴趣。鼠标在黑暗的厨房中一闪一闪，现在已经很晚了，算是凌晨，她的儿子已经睡下好几个小时了。估计到了早晨她就该困死了，但她不在乎。关于万达·怀特，她已经想了一整天，为了减轻负担，她必须把这些想法发给那位神秘的学者，借此把它们从脑子里清出去。

一按下发送键，她整个身体就软了下来，甚至无法直起身子上楼、回到卧室、挨着孩子歪倒在床上。这位母亲松弛了不少，还没走到床边，就几乎要睡着了。现在，她处在一种极端放松的状态——已经多年不曾有过的状态。

想象一下吧，得是什么样的自然之力、神力或魔力，才能把她从已经堕入的香甜深渊般的睡眠中拽出来？她几年来头一次度过如此安宁闲适的夜晚，整个身体松了弦似的一动不动，呼吸平缓到仿佛没有，她的梦像生活一般真实。想象一下，什么样的力量才能把她从这样的夜晚拉出来？可偏偏就是有这么一股力量将她从如糖似蜜的睡眠中往外拉，她痛苦地呻吟着，血液哗哗作响，肾上腺素搅得胃里翻江倒海。

在卧室的窗外，有什么东西在抓，在低吼，从湿漉漉的口鼻中呼出气来，发出咯咯声，舔舐声。她感觉有什么动物在紧贴着彼此来回走动，它们兴奋焦躁，紧张不安，盼望着什么。

天哪，她在朦胧中想着。这他妈的是怎么回事？这他妈的到底是怎么回事？

她摸了一下身旁轻声打鼾的孩子的胸脯，坐起来，穿上卫衣、卫裤。她去厨房找了一把切肉刀，把它握在手里，然后又想到了一个更好的主意。她从大厅的壁橱里拿出一根球棒。她又疲惫，又愤怒，准备去外面看见什么，就打死什么。她要亲手杀掉那东西。

她透过高高的窗户向外一瞥，借着满月的光，看到了它们。

是狗。好多条狗。十五条？二十条？她挠着那片现在已经覆盖了整个后脖颈和肩膀的粗糙的毛发，龇起了牙。她能听见任何声音，闻见任何气味。她打开边侧门，站在纱门后面，向夜色中望去。还没等看到对方，这位母亲就闻见了它的气味，金毛身上那股草莓和香皂混合的气味。看见了，它就坐在那些台阶的最上面。它旁边是四条腿短粗、但睫毛相当漂亮的巴吉度，还有那条边牧，即便是在半夜，它的身体也紧绷绷的，充满力量。

它们后面还有大批的狗，现在她看清了，不止二十条。

我认识你们，她对那三条打头的狗发出低吼，但这吼声并不含敌意，更像是在说大半夜的被吵醒，我真是倒霉死了，今天碰到你们的时候我真应该礼貌一些。

正如她所担心和希望的那样，它们是冲她来的。它们想邀请她加入，带她一起走，但是她不去，她不能。

尽管她很抗拒，但内心中的某种东西加快了速度，一想到要加入它们，她就兴高采烈，只是没有清楚地表达出来。那更多是一种感觉，她的身体可能会向前一跃，滚下台阶，然后在没有事先询问大脑的情况下消失在茫茫夜色中；不小心的话，她就会被令人愉悦的夏末蝉鸣和浮满花粉的空气那露水般的重量所诱惑，投入它温暖的怀抱。此外，她眼前所见根本不可能是真实的，这一定是她醒着做的梦，是压力和疲惫造成的某种半梦半醒的幻觉。她剧烈地前后摇晃着脑袋，带动着尾巴也摆了起来，就像她刚从游泳池里出来，正在甩水。

卫裤下面，她的尾巴本能地抽动着。她突然拥有了可以单独控制一侧耳朵的能力。于是她前后转动一只耳朵，想听清楚那些狗的每一声呼吸、哀鸣和大口喘气。

这不是真的。她边想边大胆迈步来到了门廊上，然后走下台阶，被喉间的渴望、夜里各种声响组成的复调、太多丰富的气味驱使着继续向外走去。她有什么可失去的呢？她常常对儿子说，这都是虚构出来的，只是一场游戏。

她把球棒留在门边，站在自家的车道上，这才看到那些狗挤满了车道，有的被挤到了马路上，又溜达回来，躲进遮在她家邻居草坪上的那片阴影中。

金毛像昨天那样衔起她的手，带她穿过动物的海洋，它们中的每一个都和周围的夜一样警醒而沉静。

在车道中间，被狗围着，她一点都不害怕。她等待着。它们等待着。接着，在乱哄哄的狗群边缘的某处，一条狗放开嗓子，发出了高亢而悲伤的长声嘶嚎——这是赞美诗的第一个音符，这位母亲想，一声崇拜的呼唤。

随着这声嘶嚎，金毛咬住这位母亲卫裤的裤脚，开始拽她的裤子。

嘿，别闹，她说。一开始她还笑哈哈的，但马上就不笑了，因为金毛并没有停下，也没有松嘴，而且边牧也围上来，开始拽她的另一条裤腿，一次次往下拖她的裤子。这位母亲紧紧抓着裤腰，裤子才没掉下去。

别闹了，她语气严厉地说了一遍，踢了金毛一脚，又踢了边牧一脚。结果它们不但没松嘴，反而在她的拉扯下咬得更紧了。

天哪，她说。

边牧咬住她的一条裤腿更靠上的位置，然后来了一条狗毛蓬乱、眼睛颜色不同的牧羊犬，开始咬她的另一条裤腿。一条肌肉发达的黑色拉布拉多跳起来，用后腿站着，开始咬她 T 恤的下摆。拉布拉多重新站到地面上时，它的牙齿已经在那件衣服上留下了一个个洞眼，而且它依然死死咬着她的衣服。

这位母亲步伐踉跄，完全慌了神。她对那些狗又踢又打，可奈何越来越多的狗向她围过来。她先是被它们撞到一边，而后又被撞到另一边，最后被撞得双膝着地，爬在地上，这下她彻底拦不住它们了。她索性双手抱头，任它们撕扯自己的衣物，它们从她的背部将 T 恤撕成两半。她那布料薄薄的内裤也被它们轻松撕成碎片。

撕扯突然结束，和开始一样突然，没有一条狗把爪子落在她身上。她赤身裸体，蜷缩成婴儿的样子，躺在地上大口大口地喘着气。她的耳朵一下下地抽动着，她只听见周围那些狗轻柔的呼吸声，闻到了它们一番剧烈运动后散发的气味。

她昂起头。狗在她周围踱来踱去，呜呜叫着，用爪子刨着地面，有的侧眼看她，有的停下脚步盯着她，只见它们的毛顺着脊柱竖了起来。她手指微屈，抵在车道路面上，露出牙齿，眼中燃起火焰。她能感觉到，头发正在快速生长，鬣毛竖起，形成一幅可怕的画面。她臀胯部的肌肉扭动起来。一个念头闪过：你是一头野兽。

她不想思考，只想行动。一切只为了生存。她咆哮着，在周围的狗群中横冲直撞，牙齿寻找着肉。她是皮毛、鲜血与骨头。她是本能和愤怒。她什么也不知道，只知道自己身体的重量和大地对它产生的引力，夜晚空气特有的湿润，从身边飞过的蝙蝠，周围的狗爪、狗腿和狗头的每一个动作。她用嘴去探寻夜晚，期待着把牙插进什么东西里。她闭上双眼，化身为纯粹的运动，纯粹的黑暗，一次肌肉的牵动，一次感觉的翻涌，野兽最初的梦。

第二天早晨，她在床上醒来，身上穿着T恤和内裤，卫衣、卫裤堆在床边的地板上。她痛苦地皱着脸，盯着卫衣、卫裤看了一会儿，扯了扯T恤的领口。

她应该担心才对。鉴于她的衣服都完好无损，她应该想想自己是不是发疯了。她应该立即给医生打电话，约时间看病。可能她还应该找精神科的专家做个评估，吃各种各样的药，等丈夫回来就立刻向他坦白一切，讲述这次脱离现实的经历，狗群向她涌来，衣服被它们撕得四分五裂，可在晨光中，她看到自己的衣服都好好的。这些她都知道，但躺在床上，孩子从她身上爬过，她不禁产生了一种近似于宗教的迷狂，一种灿烂而纯粹的心境。这种感觉从心中溢了出来。

她抓起孩子，将他一次又一次地抛到空中，直到他乐得上气不接下气。她将湿漉漉的鼻子埋进他的脖子里，亲昵地蹭着。他开心地大叫，伸出小手拉她的耳朵，她那对新长出细密绒毛的耳朵。她捧起他的小胳膊，在上面轻轻咬过，他再次大叫起来，跑出了房间。她从床上弹起来，手脚并用地跟着他去了他的卧室。她的头发很长，从来没有像现在这么长过，像溪流一样沿着她的后背流淌，一直披散到她的臀胯部，发梢扫得她双腿后方直痒痒。他们一直嬉戏打闹，直到都没劲儿了才停下。房间里一团乱，玩具火车的轨道散架了，成摞的书倒了，床单在地板上团成一坨。

她在楼下边吹口哨边给孩子做早餐。昨夜发生了什么，她清楚，她应该害怕，可她就是不害怕。一股新鲜的力量在她体内涌动，她爱自己的肉体，爱自己以肉身存在于这世上，她也爱自己的孩子，爱自己造出的另一具肉身。

也许所有的妈妈都会有这样的感觉，只是之前没人告诉她，就像没人告诉她，生孩子之后脚会变宽变肥，洗澡的时候头发会大把大把地掉。也许这就是做母亲的那些秘密之一。孩子吃着薯饼，她挨着他坐在他那张小餐桌旁的小塑料椅子上，心不在焉地望着窗外，用手指梳理着她后脖颈的毛发。她站起来，从冰箱中取出一块牛排，从那片厚厚的肉上切下两小块，然后把剩下的部分扔进了煎锅里。

我们要不要尝尝这个？她一边问孩子，一边把那两小块生肉递到他面前。我们要不要学小狗狗？她问。他点点头，露出微笑，嘴里塞满了食物。他们一人拿起一颗小小的红色肉粒，将它们放进嘴里，咀嚼起来。她低吼了一声，呵痒痒他，他发出大笑。

我们都是野兽！她说。然后孩子说，出去玩！她同意了。

趁孩子往门口跑去的时候，她把牛排煎好，放进盘子里。她端起盘子，从厨房台子前转过身，发现孩子又跑回来了。他大喊，你看！

他举着一只死老鼠给她看，她尖叫一声，旋即哈哈大笑。

你从哪儿捡到的？她问。真恶心！

不恶心，他说，妈妈，来。

她跟过去，他伸出小胖手，指着门廊上的一堆——毫不夸张地讲，真的是一堆——老鼠、松鼠和兔子的尸体，其中竟然还有一只软趴趴的浣熊。孩子把眼睛睁得大大的，因为他想看她会作何反应。

她倒吸一口气。

一份礼物。一个征兆。一个欢迎仪式。

她和孩子被死亡刺激得胃口大开。于是，他们去了市中心他们最喜欢的吃午餐的地方，就在图书馆对面。那儿是一个带熟食档口的精品食杂店，里面的高档曲奇饼干、脆饼和进口果冻摆满好几个货架，还有给大学生准备的冷热餐点。那儿也是妈妈们最爱去的地方。在那里，如果她想的话，完全可以盛一堆芝士通心粉，再来上三条鸡柳。她可以买一整盘葡萄。如果孩子喜欢，她可以在盘子里放两块芝士当眼睛，放一片猕猴桃当鼻子，然后在底下用草莓酸奶划上一道当嘴。此外，那儿还可以论杯买红酒。

她的孩子超爱来这个地方，他会指挥母亲为自己在盘子里放上爱吃的东西。他会像个小将军一样指来指去，咕哝着下达命令，用拍手、生闷气和霸气要求的方式要到自己想要的东西。这位母亲将涂着厚厚一层番茄酱的烘肉卷、炖得烂烂的肉、相当多的鸡柳和堆成小山一样的烤玉米粒盛在盘子里——这份量让她的儿子高兴得直拍手，因为他也很爱吃烤玉米。然后，她又拿了一个小碗，往里面实实在在地放了一勺芝士通心粉。

在收银台前，收银小姐称了一下这位母亲拿的肉食的分量，忍不住瞟了她一眼。她早就等着对方这个反应了，所以微微一笑。她儿子则大笑起来。她说，都是经前综合征害的。收银小姐不自在地笑笑，按下收银机上的按钮。

是啊，肯定是，收银小姐说。

这顿饭花了三十多美元。这位母亲饿得厉害，她的午餐得是很大一份。

她和孩子坐在室外的一张餐桌上。他们附近坐着另外几个带孩子来的母亲。她们都在照顾孩子吃饭，有的非要给孩子吃一种绿色的豆子，有的忙不迭地把酸奶塞到孩子面前，有的帮孩子擦脏了的下巴，有的清理孩子吃饭溅出来的汤汁。

这位母亲和她的孩子挨着坐，她把那碗通心粉放在他面前，开始把一条鸡柳切成小块——这一步她是在一张餐巾纸上完成的。她做这件事的时候异常安静，因为她的心思都在腹中难耐的饥饿和肉的香味上。这位母亲似乎处在某种动物的出神状态，她在切鸡柳，没错，但并不清楚自己在干什么。她的注意力只能放在自己的饥饿感上，这是一种会填满她体内每一寸空间、逼得她近乎疯狂的饥饿感。最后，她终于切完了鸡柳，把视线投向了自己的盘子。

噢！烘肉卷万岁！大块炖肉破开时肌肉纤维的韧性太棒了！一开始，她用叉子吃；然后，她直接用手拿着吃；最后，她不顾形象地让自己的脸直接砸向那堆肉。你可以把这种举动视为一种崇拜行为。这位母亲低着头，把吃的直接送进自己体内。这样的行为有种纯粹感。

她的孩子先是睁大眼睛看着这一幕，然后马上欣喜地尖叫，也有样学样，将脸扎到芝士通心粉里，又马上坐直身子。结果，一侧脸颊粘着一节通心粉，睫毛上沾满芝士。他拍起手来。

这位母亲继续神游，着意体会自己喉咙里被肉充实的感觉。男孩探身吃了一口玉米，她低声咆哮，孩子便缩了回去，把嫩鸡肉叼在嘴里左右摇晃。

她把肉扫到嘴里，兴奋地抽动鼻子，呼哧呼哧地嚼着，把肉咽下去后，为这鲜美的味道发出一声呻吟。然后，她用鼻子把那堆玉米粒推向儿子。她的儿子用胖乎乎的手抓起一把，猛地塞进嘴里，闭上眼睛开始咀嚼。

她吃啊，吃啊，吃啊，带着动物那种不一般的专注吃着。最后，她把盘子舔干净，直起身，发现周围所有妈妈都安静下来，就连刚刚在打电话的几个商人都挂掉了电话，呆呆地望着她。

她拿起餐巾纸，镇定地擦了擦脸，然后深吸了一口气。她要表现得很自然，摆出无所谓的姿态。她不会哭，绝不会哭！

可怕的事情发生了，她不小心和坐在邻桌的一个男人对视了一眼。那个人脑袋上顶着时髦的发型，穿了件开门领且领尖钉有纽扣的衬衫，旁边的椅子上放着他的公文包。

饿了，他说。这不是一个问句，更像是一种口头上的碰拳致意，对刚刚发生的事多少带点敬畏的认可。

噢，她说，脸已变得绯红。她飞快地背过身去，想笑几声掩饰尴尬。

汪！她调皮地对儿子叫道，但最后还是没能发出轻松愉悦的笑声。他们只是在玩！这是一个扮狗狗吃饭的游戏！她是个好妈妈，而这就是好妈妈在带孩子玩游戏而已，她这样告诉自己，也准备这样告诉任何可能有疑问的人。

汪汪！孩子也冲她叫了两声，他神采飞扬，满脸的开心和芝士。她轻轻拍拍他的小脑袋，抹了几把他的脸，结果他又埋头吃了起来。这位母亲则仪态端庄地喝了一小口水。

周围的人似乎又接着吃他们的午餐去了，她没抬头看，因为刚才那段失去自我意识的经历太可怕了，那排山倒海的饥饿感控制了她，驱使她进入一种完全不同的状态。在那种状态下，对她来说重要的事情只有气味、味道和饥饿。

好吧，她对自己轻声说，然后开始深呼吸。

妈妈！孩子尖叫道。他爱她，什么都爱。

扮狗狗，他说。她笑了一下，说游戏结束了，同时打了个手势——冲他摊开双手。游戏结束了，宝贝儿。一会儿再学狗狗。他学狗叫了几声，暂时满意地回身去吃他的饭了。

这位母亲感觉有只手落到了她的肩膀上，她转头看到身后站着一个上了年纪的女人。她身上有种粉饼清甜的香气，花白的短发时尚而优雅。不管是她脸上的淡妆、干净的眼镜镜片、笑意盈盈时双眸周围的细纹，还是她在夏天穿的开襟羊毛衫上的绒毛，关于此人的一切都非常令人舒适。

养男孩可真是太有意思了！她说。

这位母亲笑起来。

啊，是啊，她说，太有意思了。

你是位特别好的妈妈，她补充道，多么棒的妈妈啊！和孩子一起开心快乐地做游戏，这一幕勾起了我的回忆。

哦，谢谢，这位母亲羞怯地说，她多少有点吃惊——这个女人竟然没有责备她，反而陶醉地回忆起自己的过去。

我们以前也玩扮狗狗的游戏！这个女人现在是对着那孩子说，我和我儿子！特别有趣，他超爱玩那个游戏。呜——她说着冲孩子龇着牙，上下晃荡着脑袋，然后轻轻笑起来，再次拍了拍这位母亲的肩膀，然后走掉了。

这位母亲望着那个年长女人离去的背影，希望她能多待一会儿，坐下来陪她聊聊天，讲讲她的生活。你也扮过……狗狗？真的？周围的人会觉得你奇怪吗？你儿子现在多大了？你和他的关系如何？他小的时候你上班吗？你热爱做什么？你做出了正确的选择吗？回望过去，有什么事你会做出截然不同的决定？请你告诉我，我该怎么办，怎样才能过上幸福快乐、心满意足的生活？求你告诉我过上这种日子的秘诀，好不好？我知道这肯定有秘诀，我想全部了解。

她真想坐到那个女人对面，拉着她那苍老、柔软、涂了厚厚的护手霜的手，向她提问，听她解答好多好多的问题。因为渴望，她几乎哭了出来。她的妈妈离她很远，不怎么给她打电话，就算打电话过来，也只是跟她聊园艺、天气、越来越短的白天，还有他们有多希望能下一场雨。她怀孕的时候，有一次试着跟妈妈聊生孩子的事，她想知道接下来会碰上什么问题，还想跟妈妈倾诉自己有多怕疼。结果妈妈只是说，生孩子是件很辛苦的事。她明白，妈妈这么说是在安慰自己。没错，妈妈的意思是，生孩子其实糟糕透了，可既然你是女人，这就是你的命，你的分内事，你就是得辛苦，得承受不可言说的痛苦，沉默地遵守这份契约。

　　这位母亲收拾好她的东西，把儿子从上到下擦干净，飞速将脏盘子放到餐具回收处，然后跟在儿子后面跑出这里，往儿童游乐场去了。她扫视了一圈游乐场和商店门口，想看看那个女人还在不在，但没有看到她的身影。

　　她的儿子在游乐场的某处汪汪叫了几声，招呼她跟他玩捉迷藏。这位母亲面朝太阳发出一声嗥叫，然后便向他冲过去。

　　你一定不会相信。那天夜里，她在电话里对丈夫说。

嗯，他不太认真地回应着。

今天早晨，在咱家门廊上，有一堆动物的尸体。

什么？他说。

有兔子、松鼠，可能还有几只老鼠，最上面的是一只浣熊的尸体。说完她开心地笑起来。

真是怪事，她丈夫说。她说，确实有点怪，不过也很有趣。

你没事吧？他问。

我感觉棒极了，她说，我的状态比过去几个月都要好！

不错，这是个好消息，他说。

是吗？她笑着问，我是说，这对你来说是个好消息？

你这话是什么意思？他问。

她哈哈大笑，笑得停不下来。

WW：

我一直在思考，生命中真正重要的是什么。我知道，我不是第一个思考这个问题的人，但我仍想跟你说说自己的想法，因为我觉得你可能也有过类似的思考。

有孩子之前，我从未渴望过成家，甚至没想过结婚。相反，我满脑子都是美术馆里有回声的一间间展室，纤尘不染的大片地板和白墙，还有这空间带来的某种神圣的静谧。我想的全是在那里工作。这就是我孩提时代最初的幻想，也是最普通的幻想。但多年来，这个幻想逐渐膨胀，起了变化。我开始想花很多钱剪个头，只留一点点刘海，戴上时髦的眼镜，有一间洒满阳光的工作室，而且工作室里同时开展许多有趣的项目。我想有思想深刻、品味绝佳的朋友，想去欧洲旅行，想为某些机构做项目，在项目驻地消夏等等，我就不赘述了。我想说的是，我想象过自己的一生。我是有梦想的。

可我怀孕了。我生下一个孩子。是的，他的确给我带来了巨大的快乐——尽管我曾大声抗议，拒绝母亲的身份，成为一位母亲的这段经历始终纯洁、甜蜜而真实——可洒满阳光的工作室没有孩子的空间。或者，更确切地说，我和我的孩子在家里没有艺术的空间。就好像我所有的梦想都被重置了。墙壁是空白的，和它们在一起，我也是空白的。

我说这么多其实是想表达，女人应该努力去争取什么？鉴于有限的资源、时间、精力和灵感，还有什么值得她去争取的呢？是艺术吗？从宏观上看，这种努力——把自己的观点强加给世界——

有时似乎毫无意义，甚至是自私的；毕竟谁真的需要你的观点，尤其是当一个孩子如此迫切地需要母亲的时候。

艺术似乎很重要，与当母亲一样重要，这是我唯一的答案。艺术对于一个人保持自我非常重要。如果没有它，我也许就不再是人类了。

艺术对我很重要，这个理由够分量吗？

MM

门上有抓痕，内外都有。几本书的边缘被啃过。还有一个枕头被撕碎了。她不会离开家去城里，她不想离开。她和孩子玩了会儿培乐多彩泥，烤了一个派，然后在起居室里伴着歌曲翩翩起舞。现在她全身都覆盖着毛发。那只猫有着毛茸茸的尾巴，软乎乎的肚子，令人无法抗拒。她喜欢和孩子在外面的草坪上跑啊，跑啊。他们玩了抛接球的游戏。

我们是不是应该养条狗？她问孩子，孩子说应该。

也许我们可以问问你爸爸，她说。然后她又说，也许我们不用问他。

他们步行去附近的五金店，买了一些狗零食和一个亮晃晃的不锈钢碗。这是用来盛水的，她非常喜欢那个碗。他们一回到家，她就试用了那只碗，孩子看到乐坏了，也试了试。他想从此以后都像狗一样从那个狗狗专用碗里喝东西，她也想，于是他们这样做了。他们还决定和那只猫共用这只碗，因为他们是好狗狗。

她越来越像狗，因此她这个妈妈也当得越来越好！狗不需要工作。狗也不关心什么艺术。她以前怎么从来没这么想过？

她喜欢做狗这个想法，因为她不需要任何解释就可以放声狂吠、龇牙低吼。只要她想，她就可以自由自在地奔跑。她可以做一具只靠直觉和强烈的欲望行动的肉体。她可以尽情感受饥饿和愤怒，口渴和恐惧，除此之外，再没有别的牵挂。她可以回归一种纯粹的靠神经起反应的状态。生产的时候她就有过这样的自由，肆意尖叫、排泄、咒骂，如果有必要，她可以杀人。当时，她的丈夫差点因为她喊出来的那些噪声晕过去。噪声，他用的就是这个词。有段时间，她躺在那儿时一条腿是吊着的。她的陪护告诉她，如果她无法凭自己的本事让胎儿在肚子里调转方向的话，陪护就不得不让她保持这个姿势。但其实这位母亲已经凭直觉知道这是怎么回事了。她顺应自己的身体，除了这具肉体，她还能顺应什么？如果说她无法参与那个由雄心壮志、财富与事业构成的世界，那么她还不如索性将它完全抛在脑后，退回到她心底最深处梦中的野蛮状态，满足肉体的渴望。她再也不关心什么艺术评选赛的参赛选手有谁；也不再指责自己不够努力，每一天都计划着回归工作，每一天都又失败。她要服从自己感受到的召唤：一头野兽照料自己的幼崽，没有什么愿望，也没有超出这个范畴的关心。就是这样。她几乎能感觉到自己身体上的每一个毛孔都有毛发萌生出来。

她出于纯粹的快乐吠了几声，孩子也跟着吠叫，然后挠了挠她的头。

"……谁能说得清，女性内心深处有着怎样的奇迹和谜团。"在接近傍晚的午后，她趁自己还没在沙发上渐渐睡去，借着昏黄的台灯灯光，开始看那本书。他们今天一整天都沉浸在对狗狗的幻想中，所以她的儿子穿着纸尿裤就倒在起居室的地板上打起盹儿来。

谁能说，自人类历史展开以来，女性做出过怎样的成绩，怎样的蠢事，又有着什么绝对无法想象的存在方式？女性被逼到极限时，会动用所有的官能、技能、生物工具和技巧，不仅为了生存，而且——对于生育过的女性——为了照顾后代。因此，母亲的力量远远超过那些没有孩子的女性的力量，因为母亲——尤其是婴儿和非常年幼的孩子的母亲——处在人与动物之间的特殊位置上，她们既不完全是人，也不完全是动物。正是在这个模糊的另类世界里，我们发现了许多引人注目的神奇女性。在这个位置上，她拥有能具备的最强大的力量，她的体质也处在最容易爆发的状态，这股力量成为各种无与伦比的能力的枢纽。

她的身体又往沙发里沉了沉。她眨着眼，奋力保持清醒。这些文字似乎是从她内心深处的某个地方冒出来的，尽管它们明明就在书页上……

也许最奇怪的是：大多数神奇女性都没有意识到自己的力量，她们进入神奇领域时甚至都没有对这股力量正眼瞧一下。对她们来说，这段旅程就像呼吸和入睡一样自然。从已知的世界进入未知的世界往往是无意识的，但无论是否有意识，这标志着克沃罗人所说的"aga"的开始，也就是第二次生命的开始。

周五晚上，她的丈夫回家了。眼下是夏末，如果你眯起眼睛仔细看，能看到树叶的颜色开始变了。这天一切都很顺利，他虽然一连开了五个小时的车，但心情很好。他有什么可心情不好的呢？

房子一侧的纱门没锁，纱门后面那扇冬季用的沉重的门大开着，他们夏天常常会让它开着。一阵清风从开着的窗户钻进去，起居室传出一阵轻柔的音乐。

有人吗？他说着踢掉鞋子，把公文包放在洗衣机旁。

厨房干净整洁，卫生间光线昏暗，有股消毒剂的味儿。床是铺好的，地毯用吸尘器吸过。他们的大床旁放着一个新的狗窝。通常地板上会堆着脏衣服，但今天没有。通常这儿到处是孩子乱扔的玩具，但今天也没有。敞开的窗户呼吸着暮色，掀动轻薄的窗帘。

他在房子里边转悠边呼唤他的妻子。

亲爱的，他说，你在哪儿？

走进起居室，他看到了孩子。孩子开开心心，干干净净，只穿了纸尿裤，坐在一条狗的旁边。那是一条巨大的狗，它让她的丈夫想到了一匹狼，身上披了一层银黑相间的厚实皮毛，正在地垫上伸懒腰。它睁开一只眼睛看着她的丈夫。

宝贝儿，妈妈呢？他问。孩子拍着手哈哈大笑。

狗！他愉快地说，然后伸出两条面团似的胳膊环住那动物的脖子，将他的小脑袋依在它胸口。

丈夫举起双手，以那种像遭到打劫一样的姿势走近它，它站起身来。

乖狗狗，他说，要乖哦。

那动物的嘴唇向两侧咧开，亮出牙齿，从胸腔深处发出低吼。狗突然闪电般地蹿起，跑向房子后面的法式大门，那处门是开着的，门外便是草坪，是渐暗的天色。孩子兴奋地嚎了一嗓子，丈夫急忙追上去，跟在狗后面从那扇开着的门跑出了家。他想着他的妻子，冲进了即将到来的夜晚。她一定在外面。

PART
TWO

———

赞美女人们放弃她们的每一个梦想，
多么恶毒啊。

隔着很远，她就听到了她丈夫在后院唤她，但她已经不是那个女人了，也不再是那个母亲和妻子了。她是夜婊，她感觉棒极了。她感觉自己为这一刻等了很久很久。

　　她始终在阴影中行进，踩过街对面房子旁精心种植的矮牵牛。那座房子里住的是一个叫斯坦利的老头，他给共和党投票，家里有各式各样的工具，却一把都不肯借给别人。她从他家门前经过时，他很少跟她打招呼。他像溺爱孩子的保姆那样精心照料自己家的草坪，一刻也不能容忍她的孩子踩上去。当这位母亲呵斥孩子，命令他别踩草坪，往回走的时候，老头还会双手抱在胸前，怒气冲冲地盯着孩子。之后，她向他表示歉意，试图用开玩笑的方式化解尴尬，他连笑一下都不肯。

　　他那该死的草坪，她边想边在他房子种草坪的那侧蹲下，拉了一大坨狗屎。她用爪子扒拉了两下那坨屎旁边的草，扒碎了几块草皮。然后，她来到一片绿地边缘，斯坦利之前在这儿的几片泥地上播撒过新鲜草籽。她把那些泥土统统刨到了人行道上。

她穿过房子后面的草坪，一路沿着栅栏走，避免被路灯投下的光照到。就这样，她穿过火车轨道下方的隧道，来到了那座沿溪流而建的小公园。她知道这里的长椅上睡着流浪汉。有一次，她骑车经过时，还瞟见一群年轻人依次传递着吸大麻的烟斗。平时她都尽量绕过这个公园，因为害怕会在那儿遇上什么不好的事，可今晚这儿是她唯一想去的地方。她闻见了各种动物的气味，还有睡在长椅上的那些人身上刺鼻的气味，心怦怦直跳。

真想趁他们睡觉，撕开他们的颈前部！她这样想，一股令人眩晕的力量席卷了她的身体。一股暴力冲动冲击着她，她一时间不知如何处置这强大的力量。她想嗥叫，最后却选择沿着林中的小径潜行，每一步走得都小心翼翼，生怕弄出一点声响。在她感知范围的边缘，冰冷的林地小溪静静流淌着，她想到这条溪在漫着寒意的午夜时分鬼鬼祟祟、无休无止地流淌，再想到自己这些日子以来的表现，感觉这条小溪是自己的亲人。

月光之下，她能看到往常无法感知到的夜晚的生命。昆虫在叶子上爬行，一只鸟突然受到惊吓，飞起，藏到一棵树里。草丛和落叶之下，一条蛇向一只老鼠缓缓行进，对周围的空气造成了轻微的扰动。她听到了夜的种种动静，滴答声，呼噜声，不一而足。月光似乎给一切带来了活力，让这个夜热闹起来。

她瞥见一棵三角叶杨旁有只兔子，立刻停下脚步，一动不动地站在原地。她龇着牙，脖颈后面的毛立了起来。她抬起一条胳膊，放下，又抬起另一条。这些动作几乎是机械的，缓慢且慎重。她笃定要做一个玩转光线把戏的影子，身子一缩一展，轻盈而迅疾地前行。

兔子抽动了一下鼻子，一只耳朵猛地一转，然后向黑暗跳去。她身体的每一块肌肉都紧绷起来，随着动作爆发了。她朝这只小动物冲过去，扑进灌木，在野草中撕开一条路，捉住了它的后腿。它没来得及消失在荆棘丛里。

她咬着这只小动物的脖子，它在她口中喘着气。她双眼冒光，疯狂地将它甩来甩去，最后抛到地上，看看它是否还能动，然后又把它叼在嘴里继续甩。

兔子因恐惧散发出的麝香味！

兔子鲜血的温热！

兔子头骨被她的牙压碎时的弹性！

她把这只死去的动物叼在嘴里，穿过夜色，往回走，最后来到了自家房子的后面。她在草坪上离房子最远的一角挖了个浅坑，将它埋进去。她埋的是她的宝藏，她的奖品。

之后，她在草坪上踱步，嗅了嗅这天早些时候儿子躺的位置，他从门口到草坪常走的那条小径，蓝色球上他的小手碰触过的地方。那球没有人动过，依然在车道一侧。她去嗅泥土、汽车轮胎，还有她家猫喜欢晒太阳的地方——后院的台阶。接着，她嗅了猫前往露台和穿过草坪时会走的路线，循着气味，一路来到海棠树下她常待的地方。在树下，她嗅着海棠果和花栗鼠、松鼠与鸟儿残留的气味。她躺在草地上打滚儿，将各种气味收集到自己的皮毛中，发出快乐的哼唧声。之后，她去了堆肥桶前和自己喜欢种春花的岩石庭院。在这里，她闻见了自己还是人类时的气味，她立即认出了这股气味。

她怎么可能知道，一直以来她需要的不单单是身体和心理方面的医疗帮助，也不单单是选择快乐和调整态度，她还需要把锋利的牙齿插进活生生的血肉之躯，感受它的生命慢慢流逝，直至它成为一动不动、等待腐烂的死物。

她不是缺铁，也不是什么病发作了。她没有任何"毛病"。她只需要一个夜晚，去尽情杀戮，不用在乎任何人的想法，随心所欲地选择排便地点，不被任何活物需要，不只是黑暗中一具会动的躯体，不只是单单听从自身躯体指令的一个影子、一个幽灵，她只需要如此过一夜。

筋疲力尽的她在草丛中蜷起身子，睡了。

早晨，这位母亲——或者我们应该叫她"夜婊"——在体验了那场前所未有的午夜历险，感受到排山倒海的幸福感之后，她蜷缩着以人类的形态醒来，身上一丝不挂，只披着露水。太阳出现在小镇的天际线上，整个后院沐浴在洁净均匀的光线中。每个草尖都在闪光，每只鸟儿都在歌唱。

尽管她在海棠树下睡了没几个小时，但她觉得自己得到了充分的休息，身体强健，活力四射。即便没穿衣服，她也没冻得哆嗦。生下孩子之后，或许甚至连之前也算上，她从未像此刻这般清醒，她不再头昏眼花，也不想乱发脾气，而是充满热情。她感觉自己完全可以去晨跑，尽管她活到现在都没有晨跑过。她鼻腔清爽，双眼有神，头发摸上去似乎也十分干净。她感觉自己的皮肤水嫩嫩的，完全没有这些年因睡眠不足、水分不足、防晒不足、绿色蔬菜不足而留下的痕迹。

她舒展四肢，转动两条胳膊，感受皮肤与骨骼之间的拉扯，而后缓缓伸开腿，活动脚趾，直到它们咔吧作响。她站起来，脊柱从下至上发出啪啪声。她朝天空举起双臂，潇洒自在地伸了个懒腰，这姿势她只在电影里见演员们做过。

她望着整个后院，蜜蜂和各种小昆虫忙碌起来，轻柔的晨光透过树枝与玉簪属植物宽大、晶莹的叶片之间的缝隙偷瞥着土地。她没想到自己会有这么美妙的感受，会这么开心，这么清醒，这么满足。

她蹑手蹑脚地走到车库前，输入车库门的密码。伴随着机械缓慢运转发出的吵人声响，车库门渐渐升起。她伏低身子，从里面取回备用钥匙。然后，她遮着身子，小步疾跑到边门，闪身进了房子。她觉得夏娃走出伊甸园的第一个早晨一定有她现在的感受，说实话，这下可轻松多了，因为她重新认识了自己，不用再徘徊在重重怀疑与假设的边缘了。现在，她已经知道真相。

卫生间的镜子向她展示了一个从未谋面的人类，凌乱的头发糊着泥块，脸上到处抹着血渍与污渍，鼻孔里是结块的焦油般的煤烟。她的双手看上去就像做了几周的园艺活儿。腿上浮现出交叉的红色抓痕。她从脚底拔出一根刺，踏入了淋浴间。

皮肤在热腾腾的水下面暖和起来，她眼看着粗粗细细的毛发被水从身上冲下来。那些毛发混合着手脚上的泥土向下水口淌去，一起被冲掉的还有头发里的碎叶子和小树枝。有些渣滓好像是从她的犬牙上剥落的齿尖，她把那些东西吐进了浑浊的水中。

她擦干身体时，理直气壮的感觉压倒性地袭来，或者说，此时她满脑子都是"我早就说过了吧"这句话，总之她觉得自己无比清醒明智。带着这份感觉，她利落地套上一件干干净净的 T 恤，麻利地钻进被窝，躺在了还在睡梦中的丈夫与儿子之间。

她的判断没有错。无论是关于身上渐渐蔓延的那片毛发，还是关于越来越尖的牙齿，她的感觉都没错。此外，关于那条尾巴，还有莫名其妙出现在她家前院的那群狗，她的感觉也没错。在每一件事上，她的感觉都在理而且精准，这不仅包括与狗相关的事，还包括以前她如此生气与疲惫，以及那份别扭的心情——她辞职在家，事业停摆，艺术创作停滞，人生无限期地搁浅，而她的丈夫志满意得。她觉得别扭，也是因为她养育孩子的劳动价值被贬低了，被贬低为女人的事、家务活儿。她成为家庭主妇之后，自我就开始慢慢消失，最后她只在自己的被监护人面前才是完全存在的。当她回想起自己如何度过每一天，不禁要问：没有孩子的话，她还存在吗？

没错，现在可以得出结论，她是获胜者，尽管具体的论点可能难以确定。她觉得她可以有把握地认为自己在所有事上的判断都是对的，至少在最近那些事上是这样。她感觉她从此以后可以笃定地相信自己的直觉和判断，就算起初这类直觉似乎荒唐至极。现在，她躺在床上，可以、也应该感觉到自己的想法终于得到验证，她理应为自己的正确感到得意，可同时她又无法向睡在身边的丈夫展示她的正确，这让她恼火得很。

不，当然不行，她绝对、永远不能向这个好男人透露自己变身的事。虽然他善良又讲道理，但她依然无法确定，如果自己向他展示最真实的那部分自我后，他会说什么，做什么。他会不会逼她去看医生，或者更糟的情况，逼她去看精神科医生？他会不会逼她服下许多用橘黄色药瓶装的处方药，让她无法再畅快地体验那过狂欢节一样的变身，甚至让她彻底丧失变身能力？他会不会把她送到什么收容机构，将她与孩子分开？她会不会穿着一身毛茸茸的柔软长袍，双臂和双腿都被绑在椅子上，在一间明亮的白色房间里双眼空洞地凝视窗外，就此了却残生？他肯定看不出她的变身有多自然、多健康、多有助于她恢复元气。当然，他也无法看到，尽管她有狗的习性，尽管她和儿子会玩扮狗狗的游戏，但她把孩子照顾得很周到。

你不能这么做啊。她变身后的那个早晨，她的丈夫在厨房一脸关切地说。我回来时你竟然不在家？把孩子单独留在家里？还有那条狗是怎么回事？

夜婊冷冷地直视前方。她两手交叉在胸前，然后又将胳膊放下，用这小小的动作表现她的宽宏大量。她告诉自己，要在这场对话中始终保持友好，不要咆哮，不要把牙露出来，不要表现出哪怕一丁点儿攻击性，因为她真心希望尽可能平和地解决此事。她要这么做主要是为了不让丈夫知晓自己昨夜做了什么，也不想让他知道自己为什么要早早离开家。她希望能保留自己的秘密。这些日子以来，除了母亲、妻子和中年妇女这三个身份，只有秘密完全属于她。现在，她的秘密之于她，就跟曾经艺术之于她一样珍贵，想到这儿，她记起自己的艺术也有秘密的一面。她那些创作点子的梦幻色彩，她开始创作时内心默默生出的狂喜，她畅想一个艺术项目日后可能达到的高度，她完全花在工作上的那些时间，她的思考和想象，她与自己的对话。这些都是她创造的艺术带来的美丽而芬芳的秘密，是那段生活中温馨和令人陶醉的部分。

太快把话题引到艺术项目上只会毁了这场对话。等解决完眼下的问题，频繁地聊艺术项目也只会把它变成一个平常的话题。

最好的办法就是静悄悄、暗搓搓地搞创作，然后突然将它惊艳夺目的样子给世人看。就像分娩一样，她想，将某样东西从你最私密的地方挤出来，让它在诞生的那一刻发出尖叫，让它成为完美而光荣的存在，自己不必为它发一语，只要将它抱在怀里，向世界展示的同时恳求大家：看。

是的。她的艺术。她的秘密。不管它们还残存多少，她都要将它们据为己有。

她的丈夫还在等她的回应，或者说一个解释。

我给你留了张字条，她说。她拒绝道歉，拒绝服软。她又不是莫名其妙地消失，一去不回了。她很聪明，早就在厨房台子上留了张字条，上面写明了，她要出去散心，晚上不回来了，她只是需要一点空间，没什么大事，也不用担心，并且说她很抱歉把儿子一个人丢在家里。但她从手机上的地图看到丈夫的车就在几个街区外，离家很近了，所以就算她早走几分钟也不会出什么事；字条上还说，这座房子要把她逼疯了，她需要出去走走，她爱他，也爱孩子，第二天早上她再回到他们身边。

毕竟，她丈夫从未服过软。他从不道歉，不管在什么事上，他都只会把自己撇得干干净净，或者说努力尝试把自己撇清。他只会站在他的立场上镇定自若地辩解，从来不允许自己的利益受损。现在，她也打定主意要这么做。

她种过一盆花生，悉心照顾了它一年，眼看着它越长越高——为什么它长得这么慢？——随着季节变换，她把它摆到不同的窗前，还用掺了蓝色粉状肥料的水浇灌它。他却把它打翻在地，那次他道歉了吗？那是一个恼人的周六早晨，她竟然睡过了头，她丈夫在给儿子做早餐、讲故事和尝试着给他穿衣服。其间他走到垃圾桶边去扔香蕉皮，结果不知怎么的，糊里糊涂、笨手笨脚地将那盆花生从窗台上撞了下来。他手忙脚乱地将土扫回花盆里，并浅浅地将那株植物摁回到土里。他做完这一切之后，连提都没跟她提一句。后来，这位母亲看到了这片狼藉——地板和窗台上的土他都没清理干净，而且花盆里的植物已经蔫儿了。当她与丈夫对质，他却不耐烦地说，那盆植物摆在窗台上本来就不太安全，迟早要掉下来，所以他没犯错，只是帮助它早日迎来命定的归宿。

再说，种花生本来就是件荒唐事。谁会种花生呢？在这么靠北的维度上，花生真能茁壮成长吗？它多久才能成熟呢？成熟之后，人又该怎么烤花生呢？所有这些问题，而且不止这些，全都向她砸来。但她还是在争论中坚持着，因为这件事有趣，因为这是她的一个项目，因为这是一位母亲面对几乎要抹除掉其他一切的家庭生活时做出的艺术姿态。

它不会死的，他气恼地说，它没道理就此死掉。你就把它放进土里，继续浇水吧。

我是这么做的，她说。

把它打翻，它就会死掉？这怎么都说不通。他继续摆出实事求是的样子，就好像他的一番逻辑推理能把它救活似的。

其实你只要说对不起就行了，她说，这样事情才能好起来。

但我想补救，他说，那样能让我感觉好些。

你说对不起就行了，她说。可他没说，而是走到那盆花生前，开始摆弄花盆里的土，把这株植物扶起来，然后放手，眼看着它再次倒下去。

最后，他终于放弃，往起居室走去。经过她身边时，他小声嘟囔了一句，对不起。

她当时真想一口咬住他的喉咙，或者抡起棒球棍一下接一下地揍他，再或者使出全身的劲儿尖叫，可这些她都没做，她默默地开始洗他吃早餐留下的脏盘子。

所以，这次她强调自己的观点，强调自己留了一张字条。她没有道歉，而是说自己需要这样做，这造成什么不良后果了吗？没有。没有！丈夫听她说了一会儿，表示反对，然后又听她说了一会儿，终于平静下来。她煮了咖啡，两个人一言不发地站着喝咖啡。他们的儿子在起居室，一边咿咿呀呀地说话，一边玩他的——还能是什么呢——火车。

有那么一瞬间，我真担心那条狗是你，她丈夫怯怯地说。

哦，是啊，我变成了一条狗。你听见自己在说什么了吗？

你一直说……他刚开口说了几个字，声音就小了下去，显然他对自己信心不足，怀疑自己一不小心踏上了非理性的疆域。

你不会真的要……，她加了一句。

他们话说到一半便都打住了，笑得直不起腰来。他抓住她的腰，她跳进他怀里，他们滚到地板上，然后孩子也走过来，连滚带爬地趴到了他们身上。

那个周六早晨，他们全家人都在地板上扭打，欢笑，抚摸着彼此的衣服、胳膊和腿上柔软的皮肤，房子里有种美妙的空旷感。他们坐在地板上，讲故事，讲笑话，玩手部游戏[1]和挠痒痒。孩子给他妈妈梳头，夜婊给她丈夫梳头，然后他们一起读了几个小时的书。

那只猫在起居室徘徊，撕心裂肺地叫。丈夫站起来，伸出双手，跟在它后面慢慢走，这是他只有在心情最好的时候才玩的游戏。

咪咪！丈夫一边说，一边尾随这只动物，而她惊恐地睁大了眼睛，摇摇晃晃地想摆脱他。我要把你扔到屋顶上，让你在上面饿死，他说着抓住它凸出的肚子的两侧，它瘪了下去，发出像橡胶做的咀嚼玩具一样的吱吱声。

也许抓小鸡的老鹰会俯冲下来，伸出爪子，抓住待在屋顶上的它。夜婊说着从那只猫疯狂乱舞的爪子上取下一团积灰，大声笑它害怕的样子。老鹰会抓着它飞上天，再从很高的地方把它扔进深深的采石场，那里的

1　指只用手玩的游戏，比如"剪刀石头布"。

采矿设备的履带会反复碾过它摔成八瓣的尸体。

哇，丈夫发出惊叹，这个细节够劲儿。

谢谢，她说。

那天下午，他们的儿子在阴凉的房间里、吊扇的凉风中打盹时，夜婆和她的丈夫做爱了。他们在阴凉的房间里，前所未有地结合在一起。她的工程师丈夫表现得特别性感，她知道这对他这种性格的男人来说是一种挑战。但这一次，他似乎放开了自己，咬她的肩膀，舔她的脖子，饥渴地深吻她，最后他们都摆脱了人类思想的重量，摆脱了抵押贷款和账单，摆脱了地板上的污垢和橱柜里的蚂蚁——这一切都消失了，房子里的活物只剩下合二为一的他们。

猛地敞开门。打开每一扇窗户。欢迎虫子和尘土。欢迎过敏原。这家人像风一样在两个世界自由出入。

然而，有件事不是很奇怪吗？事实上，这事儿也许比这位母亲的变身更奇怪，那就是丈夫没有好好地、深入地追问，那天晚上他回到几乎空无一人的房子，看到的那条狗到底是怎么回事。鉴于他是一个崇尚科学和合理解释的人，这个细节没有遭到他的细细盘问，这难道不令人费解吗？同样奇怪的是，这位母亲竟然根本不觉得有必要对那条狗做出解释。

也许我们可以假设，即使是这位丈夫——善良、稳定、可靠、具备工程师特有的理性、讲常识、对现实有很强的把握——他也或多或少着魔了？

周一早上，她做了任何一个完全正常、只是最近变成过狗的人都会做的事，她坐在马桶盖上，一边听丈夫和儿子的动静，一边在网上搜索，从关于狼人的小知识和真正的怪物开始，接着搜了变身和会变身的印第安人，然后是皮行者[1]和纳瓦霍女巫。她看了好久也没找到自己想要的，她想找的其实是一个母亲变成狗的案例——普通的家狗，甚至可以当宠物养的那种狗——她继续搜，在搜索框中输入关于母亲的神话，madre perro[2]（她觉得输入西班牙语会搜到更理想的结果），激素导致的毛发生长异常，产后毛发茂盛，人类用嘴杀死动物。后来，她突然想到食人族和猎首[3]者，便开始搜这两个关键词，这时她意识到自己已经离题万里了，便停了下来。

尽管那周她打扫过卫生，但卫生间还是一团糟，瓷砖之间爬满了霉菌，每个角落都有纠缠在一起的头发，垃圾桶旁边孤零零地躺着一个棉签。毛巾胡乱地挂着，她的手从那些毛巾上拂过，不怎么上心地做出整理

---

1 来自美国西南部的纳瓦霍人的传说，指能够随意将自己变成各种动物的邪恶巫师。

2 西班牙语的"关于母亲的神话"。

3 泛指人类主动袭击其他人类，将其杀死后割下有象征意义的身体部位（通常是头颅，也可能是头皮、耳朵、鼻子甚至生殖器）并作为战利品收藏的一种习俗。

的样子。

她不会好好打扫卫生间的。她就是不会。事实上，不管她怎么努力，它就是打扫不干净！现在她不想再尝试了。她决定袖手旁观，任由它变得越来越脏，直到某个周末，她的丈夫终于注意到，再由他来解决问题。如果我什么都不做会怎样？她想知道。如果我干脆罢工呢？他会注意到吗？他会做什么吗？到目前为止，她发现这两个问题的答案分别是：不会注意到；什么都不会做。

虽然周末的性爱确实对他们的婚姻和夜婊对丈夫的态度起到了改善作用，但这迷人的蜜月只持续了一天。周日早上，她从床上冲进卫生间，因为感觉到血液在体内蓄势待发。她坐下后，一股洪流涌进马桶，给她带来了极大的解脱，同时激发了一阵终极疲惫。这是她下周必须完成的一项艰巨的任务。随鲜血而来的还有所有的积怨。是的，卫生间很脏。是的，她的丈夫又要离开了。这周，她作为一个母亲和一个人是否会幸福和成功，又成了悬而未决的问题，悬在半空中嘲弄她的问题。

她从马桶上站起来，舒展身体。她看着镜中的自己，对着双眼下面挂着的两个黑眼袋思量片刻，然后掀起上唇，看自己的牙还有没有要变成犬牙的迹象，但并没有找到。她再次决定，要走出这栋房子。他们要去图书馆，去参加宝宝读书团，这样一来，她就可以证明给自己看，她既没有发疯，也没有徘徊在发疯的边缘。还有，她要再仔细看看——仔细闻闻——珍和她的朋友们，只为了确认她们是妈妈，是女人，是只想卖保健品的智人。

是的，她走在一条合理的道路上，她一边告诉自己，一边把玩具、尿布、湿巾、零食、水和孩子的换洗衣物装进包里，以防万一。她吻别丈夫时，奇怪地感到高兴，甚至还没等他离开家，她就走出了房子，看着他在门廊上挥手告别——老实说，这个男人看起来有点泄气。

好，再见——，他一边挥手一边喊道。

她想知道一个人整晚在社区里嬉戏、拉屎、杀戮、嗥叫之后，怎么可能在几天后起床，带孩子去公共图书馆听故事，做这种日常的事。

我是怎么做到的？她一边问自己，一边审视自己放在方向盘上的双手。她的变身留下的唯一物理痕迹是前臂皮肤上的一道黑色长痕，像胎记一样。她很想舔那个地方，但忍住了。

虽然她的皮毛已经消失了不少，尾巴丢在了灌木丛的某个地方，爪子恢复成了手指，但她仍然能清楚地感觉到自己变成那个动物时的脉搏和呼吸。那天早上，她的嗅觉让她分了神，导致她开始打扫厨房中很多不显眼的角落，努力清除每一丝霉菌、洋葱和肉的痕迹。她渴望用自己觉得应该的方式来照顾儿子，充满爱意地舔他、咬他的脚，在玩耍时嗥叫，喂他生肉。尽管她的动物性依然存在，但她还是个完完全全的人类母亲。她之前的担心和不安、对事业的追求，失败带来的压力，婚姻中的怨恨，女性主义者的愤怒等等，这一切都回来了，只不过多少发生了变化。她觉得只要自己还有晚上变成母狗的能力，自己就可以忍受这一切，只要自己还具备这个能力。

夜婊觉得自己就应该有秘密，但这并不妨碍保密激发出的深深的内疚。她没能把变身的事告诉丈夫，而是把它作为一个安静而诱人的记忆留在自己心里，假装什么不寻常的、改变生活的事都没有发生，生活仍像往常一样继续，男孩在客厅里玩他的多轮玩具，丈夫又出差了，这位母亲照旧做她的家务，过简单的生活——假装这一切都是真的，的确在夜婊的内心深处搅出恐惧的漩涡。她通常不会对丈夫撒谎，当然更不会在这么重大的事上撒谎，但她觉得为这件事保密很重要。

在宝宝读书团的活动中，妈妈们和孩子们挤进图书馆的里屋，一位活泼的图书管理员给他们展示书和木偶，然后唱了几首歌，再然后蹒跚学步的孩子们有的爬，有的走，挤在一起，仿佛一团扭动的拳头、松垮的尿布和大脑袋。果然，珍、芭布丝和波普伊也在，她们像往常一样愉快、活跃地交谈着。夜婊坐在地板上唯一空出来的地方，离珍比原本习惯的距离更近，她不知道该说什么，做什么。当她与珍的目光相遇时，夜婊正式而尴尬地点了点头，脸顿时涨得通红。

到底是不是她们！？难道不是她们！？这些女人去过她的家，撕掉她身上的衣服，然后留下一堆死掉的害虫供她欣赏，光想想就很荒谬。

她决定只坐在那里，参与活动，做一个正常的妈妈！就这样！

她听着其他妈妈，那些心满意足的妈妈，谈论她们拿手的、孩子喜欢吃的饭菜。她们似乎都是朋友。她跟她们没有眼神交流，她看着自己的手机，因不关心紧身裤和精油而产生了一些优越感。她觉得自己受过教育。她觉得自己有趣而独立，不想与那些快乐的母亲们有相似之处。是因为她不想快乐吗？不是的。她只是想要另一种选择。

与此同时，她偷偷地瞥了一眼宝宝读书团的硬核妈妈们——那些妈妈们真的很喜欢当妈妈，卖保健品，每时每刻都用在培养自己的孩子上——其中打头的当然是珍。她的睫毛和眉毛都是弯弯的，为了掩盖每一个瑕疵，哪怕是最小的瑕疵，她精心抹了遮瑕膏。她的指甲和趾甲都修过了，腿上的汗毛也剃过了。她微笑着，轻松地聊着保健品，聊那些天她和坏脾气的小鬼一起醒来时，她是多么爱"僵妈"[1]（不管这是什么），好像这位母亲，这位珍，甚至对坏脾气的小鬼有真正有效的理解。

夜婊想说，你根本就不清楚坏脾气的小鬼是怎么回事！半夜你用最大音量对你的双胞胎吼过吗？冲她们大吼，让她们回去睡觉，让愤怒和高音冲击你的膈膜，有过吗？晚上十点的时候，当她们还想喝一杯水，吃一份零食，你是否曾在她们身边抽泣，或者彻底放弃情绪管理，在你的孩子哭得一脸鼻涕时，让她们反过来安慰你？你是否曾把自己锁在卫生间里，看上整整二十分钟的手机，任凭你的孩子一边敲门，一边大声地喊妈妈，直到他或她抽抽搭搭地哭起来，或者很可能遭受永久的身心损伤？

有时候，夜婊渴望用这样一番话让在场所有人都陷入香甜的沉默——我幻想自己坐进车里，日夜兼程，一直往南开，能开多远开多远，开到一片脏兮兮的海滩，住进一家打折的汽车旅馆，然后一整天都躺在褪色的沙滩椅上喝味道可怕的椰林飘香[2]。

有时候，夜婊想象对着她们美丽又快乐的脸，直截了当地说——我会想象抛弃自己的家庭，抛弃眼下的

---

1 "僵尸"和"妈妈"结合在一起的新词，指的是生活中只有孩子，为了养育孩子睡眠不足或对育儿乐此不疲的母亲，在此指某种保健品。

2 一种含有椰子、菠萝和白朗姆酒的饮料。

全部生活。

所以，除非你真的懂坏脾气的小鬼，否则就别招他们。她想尖叫。别招他们。

图书管理员讲了一个想要得到拥抱的伤心巨人的故事。趁着管理员讲故事，夜婊细细端详珍，观察她眼周的小细纹，粉底积在皱纹中形成的白色纹路。这个女人，这个完美的妈妈，最近是否变成过狗？她是否曾在小镇上闲逛？一个人要怎么分辨出哪位妈妈变过身，哪位没有？她肯定不会是唯一变过身的，对不对？她想象着，在这间屋子里，在整个世界上，她竟然会是以半人半兽的形式游荡在路灯林立的寂静街道上的唯一的妈妈，她的胸中绽放出一种可怕的孤独感。

夜婊满心焦灼。她必须在这些妈妈中交一个朋友！她必须开口说些什么！她至少要试一试，比如露出一个浅浅的微笑，比如说一个字。她必须，必须，必须建立起一种真正的人类的情感关系，不然她现在没疯，以后也会疯掉。

其实她只需要轻快地说上一句，你儿子真可爱，或者表示理解，说我们也喜欢吃椒盐脆卷饼，再或者翻个白眼，指着她儿子说，他就喜欢玩带轮子的玩具。她也可以很简单地问一句，这些保健品有什么奇妙之处？漫不经心地说上一句就行，只要能开启一场漫无目的的闲聊就行。可怎么就这么难呢？

她看了一眼左边的妈妈，准备微笑，但是那女人正忙着翻尿布包，旁边还有个不停尖叫、满脸鼻涕的小女孩。她右边是珍，珍闭着眼睛，一边哼着歌，一边前后摇晃在她怀里笑吟吟的双胞胎其中一个。

图书管理员读到了那本书的最后一页，夜婊用手指梳理着她儿子那桀骜不驯的头发，然后不经意地、本能地低下头，开始舔他头顶正中那绺打着旋儿的头发。

舔到一半，还没等她将那绺头发仔仔细细舔完一遍，夜婊猛地坐直身子，就像触电了一样。一股热流和一股冷流开始反复交替地流经她的整个身体，血流涌进她的耳朵，灌得耳朵通红。她直勾勾地盯着前方，然后闭上双眼，深吸了一口气。

没人看见，她告诉自己。人人都在忙着收拾随身物品，马上要离开这里。刚才她只是浅浅地舔了一下，只是舌尖轻轻一触，并不是把整个舌头贴上去的那种舔舐。没关系的。这举动连古怪都说不上。

她反复跟自己念叨着，感受到的事情不是真的，一遍又一遍，以此来让自己冷静下来。

最后，她强迫自己睁开眼睛，用最酷的那种漠不关心的样子扫视周围，脸上呈现出最平静、最镇定的表情。没什么不对头的。她没做任何古怪的事。就算她舔了他的脑袋又怎样？也许她就是不同寻常呢？这只是她一时兴起做出的古怪事，并不能证明她做出了犬科动物才会做的动作。没人看到那一幕会想，哦，那个妈妈一定有时候会变成一条狗。

她好着呢。

那个鼻涕糊一脸的女孩的妈妈正在用湿巾擦拭女孩的脸。这孩子已经不哭了，正在吃一个紫色包装的脆谷乐。另一旁，珍正在和宝宝读书团的妈妈们聊天。孩子们都在玩图书管理员从储藏间拿出来的玩具：塑料汽车坡道、彩色长毛绒球、小动物形象的手指布偶和布满细菌的乐高。

是的，人人都在温柔地说话，没人看见那一幕。夜婊长呼一口气，看着她的儿子将一辆玩具车往后拉了一下，然后放手，看它加速撞上一面墙，大笑起来。

珍还在滔滔不绝地讲保健品，然后芭布丝开始聊紧身裤，波普伊则捡起了精油的话题。她们纷纷抱怨她们的丈夫，说男人们是多么想知道她们拿这些保健品做什么，多少钱花在了这类东西上。

我的意思是，谈到这个，要是他不同意我的想法，那我就一口咬住他的腿，一直咬着，直到他能站在我的立场看问题。珍说完把头偏回来，发出很大声的笑。

你需要训练他们，波普伊赞同道。

珍直接看向一直在留意听她们交谈的夜婊。

你知道我的意思吧？我说的对吧？她问夜婊。后者被吓得一怔，露出窘迫的笑容，回应道，什么？哦……

你说什么？哈哈。当然了。没错。

我是说，你就呜……珍嗥起来，龇着牙，瞪圆眼睛，将脑袋甩来甩去。宝宝读书团的妈妈们咯咯笑起来，夜婕把眼睛睁大了些，嘴角浮现出似有还无、犹犹豫豫的笑容。

哈哈，夜婕说，是吗？好吧。

看，珍说，我一定得跟你讲讲这些保健品。

我其实不太需要这东西，夜婕说着开始收拾她的包，把一个水杯、一个挤压式包装袋、一辆不怎么听话的玩具卡车塞进包里，因为她不知道此时还能干什么。

嘿，这是我的名片，珍说着在包里翻找了几下，然后靠近她，向她递来一张起皱的长方形卡片。本来那天我就想给你来着。这名片我可不是随便给谁都发的，我只发给我觉得成绩会很突出的人。我是说，你会赚很多钱的。这是个特棒的机会。珍说到这儿停住，意味深长地和夜婕对视了一眼，这举动像是珍之前就编排好的，在一间酒店会议室的日光灯下，一圈椅子的包围中，珍曾练习过。

夜婕不知道该怎么指挥她的脸，不知道该做什么表情。令她震惊的不仅是珍的动物行为——露出牙齿和甩头，特别奇怪的是，这似乎与一个普通的中西部金发妈妈的性格完全不符——更重要的是，当珍弯腰递名片时，她的头发又一次散发出明显的气味。草莓，草莓，草莓洗发水。

夜婊告诉自己，这一切当然都是自己想象出来的。我是说，草莓味洗发水也不是那么罕见吧？也许她甚至没有闻到草莓味。她确定吗？那会不会是覆盆子味？或者芒果味？

没错，曾经有条狗出现在她家的草坪上，试图引她离开家，还有另外两条狗把她的儿子哄睡了。如果这位有着奢华金发的完美妈妈身上散发着那条神秘的狗的特殊气味，那又怎样呢？她看了看站在珍身旁的芭布丝和波普伊。波普伊有一头浓密的长发，还有敏捷健美身体。至于芭布丝，有点双下巴，表情似乎有些羞愧。夜婊如果不是吃了一惊，此时一定会笑。这些完全正常的妈妈竟然过着人与狗的双重生活，这事儿荒谬到她一点儿都不觉得好笑。是的，她一直渴望找到其他像自己一样的母亲，现在这个愿望似乎要实现了，夜婊却开始出汗，头晕，因为她们的对视，因为已经减弱的草莓味，因为这一切怪事，那个周末和在宝宝读书团的包围中发生的事情。另外，天知道将来还会发生什么。

哦，天哪，你脸红了，珍说，她的脸因担忧而扭曲。没有什么问题是"平衡"保健品解决不了的，她加了一句，然后又开始在她那超大号包里翻找。

哦，不用了，谢谢，夜婊说。夜婊看着珍的名片，上面说她是"保健品大使"，宣传口号是"过你值得过的生活"。

谢谢，夜婊再次表示感谢，不过我不需要什么。然后夜婊干脆平躺在地板上，大口呼吸着，告诉自己，这都是她想出来的。

珍的脸填满了夜婊眯成一道线的视野，一袋"平衡"保健品从珍的手中垂下，在夜婊面前晃来晃去。喝了吧，珍说，你会觉得好些。以后咱们线上联系！

珍把那袋保健品丢在夜婊胸前就走了。夜婊被孤零零地留在工业地毯上，她的儿子反复从她身上爬过，他的手伸向她的嘴边，同时念叨着妈妈。

在那之前，夜婊一直尽量保持理智。尽管她的生活中发生了不少极度令人费解的神奇事件，但她始终走在生活的正轨上。珍做出咆哮、龇牙的行为，身上有股草莓味，如果你的观察角度正确的话——夜婊坚持要加上这个条件，芭布丝和波普伊都表现出犬科动物的特征，即便如此夜婊依然镇定自若。

这一刻，她突然有了把珍叫回来的冲动。等等！求你快回来！我有好多问题要问你！可她又怎么可能问珍，是这样的，打扰了，我知道咱们不熟，但是我想了解一下——是不是很可笑？——你是否偶尔会变成一条金毛寻回犬呢？我这么想是因为你好像用的是草莓味的洗发水……

可这一刻她错过了。

第二天早晨，她的儿子从长沙发顶上跳到她的肚子上，猛地把她弄醒了。她在看《神奇女性野外考察指南》中"国内神奇女性物种"那部分时躺在沙发上睡着了。这是她这些天以来最爱做的事，因为她在这本书中找到了自己过去知道的或想象有一天能够成为朋友的女性。昨天夜里，夜婊读到了布卢这种相当可爱的物种，由此想到一位很早以前搬走的朋友。读这个章节的时候，她非常想念这位朋友。

"布卢天性亲水，"怀特写道，"其栖息地通常要么在海滨，要么在内海的岸边，她们以妩媚灵动的眼睛而闻名，眼睛颜色从泛着银光的靛蓝到深邃沉静的藏青，不一而足。"

她们喜爱唱歌，喜欢拿起曼陀林或尤克里里弹上一曲——可以说，任何一种怪诞有趣的小型弦乐器都是她们的心头好。布卢这种生物无一例外，皆有灵性（参见：宗教仪式"夏至/冬至"、草药学、志愿精神），不过她们并不渴望加入通常意义上的宗教组织。她们善于以自己为中心建立一个兼收并蓄、才华横溢的圈子。这个圈子由艺术家、音乐家、正在戒毒的瘾君子、堕落的资本家、老人、穷人、浪漫主义者和各种各样爱好的追求者组成。这个可爱的物种最容易被认出来，因为她们有能力让周围所有的女人都与她们自己的月经周期同步，因为她们拥有世界上最强的生育能力（尽管你会发现她们几乎不可能担当任何男人的妻子）。她们的室内植物堪称可以在家中种植的、最健康的植物之一。如果你看到有人用清洗经期卫生布垫的水浇灌植物，那么一定是找到了货真价实的布卢，你真是太幸运了。

她读着读着睡着了，梦见了盛满香甜热茶的大锅，血红的雨水，一串沿着阳光斑驳的林间小路前行的煤灰脚印，从远方传来的女人哼唱的古老歌谣。

当孩子跳到她身上，她从梦中惊醒，感觉自己的肝脏被他彻底压平了。她噪了一声，盼望起居室能突然出现一位布卢，做点母亲和巫婆会做的事，比如烧某种野草，唱一首歌，不管什么都好，只要能让她好受点就行。

嗯啊啊啊啊——！她呻吟着，拉长声，拉高调门，把孩子吓哭了。

哎呀，抱歉，宝贝儿，她捂着被踩到的那侧身体说。抱歉，我没生你的气，她说，然后用手拢了拢头发，用指尖按在自己那柔软的腹部。

趁孩子吃他的即食麦片和切片香蕉早餐的时候，她看了眼手机。一封艺术展作品征集的邮件。删掉。一家画廊发来的新闻信（newsletter），很久以前她在那里办过一场小规模展览。删掉。接着，是一个好友申请的消息提示。珍！！！！！头像就是微笑着的珍。

她通过了好友申请，扫了一眼随之而来的消息。这时，孩子咯咯笑着把麦片扔到了地上。珍的开场白是，昨天在宝宝读书团！见到你！真是太棒了！！！！！其实夜婕很佩服她大胆地在句子中间使用感叹号。但比起后面的句子全是大写字母，这些感叹号已经不算什么了。之后珍反复强调，她绝对应该去参加**即将到来的派对**，参加者将得到**十天的体验套餐**，还有**红酒**和许多其他妈妈代表分享的品牌带给她们的**成功**经验与**满足感**。在消息的最后，珍保证派对会提供一个**对孩子友好的环境**，欢迎她带上小朋友；此外，珍将借此机会为有上进心和事业心的在家办公的妈妈们打造一个完全无障碍的社区。

随之附了一封电子邀请函，夜婕点了"可能会去"这个选项，因为珍提到派对会提供红酒，这是最让她心动的部分。

珍那种企业家式的热情洋溢的措辞，对感叹号的大量使用，对满足感的许诺和通过在家办公取得成功的保证，这些让夜婕心里充斥着一种冷酷的黑暗，就好像珍的消息不过是一个阳光灿烂的外壳，里面藏着某种阴鸷的内里，隐含了某种不祥且有毒的意味。也许夜婕只是在上面投射了自己的心境。

不管怎样，她都不想被卷入兜售保健品的活动。不过，她虽然不认可和同为妈妈的人交朋友这种行为，但不得不承认，发展姐妹情谊的可能对自己产生了一丝吸引。要是她去了，应该至少会有一个愤世嫉俗的妈妈和她一起在角落里，一边呷着红酒，一边开关于杀猫和在草坪上拉屎的玩笑。一个就够了。她只需要，也只指望会出现这样一个人。

她会想一想这件事。她会等等、看看、再想想，然后尝试对与自己不同的人——甚至包括相信保健品的人——持更积极的看法和开放的思想。也许她可以讽刺性地投入这类事情？

在万达·怀特的书里，她读到过一种来去随心的母亲。据说，她们有些人会渐渐出现与消失，总会在对的光线中、以对的角度现身，但常常是透明的。而另一些人则更像郊狼，会突然出现在房间的角落，或者正巧在别人需要她们的时候消失。怀特称这类母亲为"闪现者"。人们普遍认为她们已经灭绝了，但世界范围内还是有零星的关于她们的目击报告。有人称，一个生活在水牛城的母亲就寝时间过后渐渐消失了。她的孩子们说，他们从床上起来想喝杯水，却发现她不见了，或者说只能看到她的影子。那影子总出现在孩子们前面，隔着一个房间的距离，从一面墙飞到另一面墙上，永远神出鬼没。他们的母亲说，她和自己的四个孩子度过了漫长的一天，又是做饭，又是打扫，再加上熨衣服、洗澡、唱歌、跳舞、远足和追逐嬉戏，这一切过去后，夜晚来临，她只觉得自己"支离破碎"。"难道心灵与肉体之间的联系如此强烈？这些女性因对做母亲感到强烈厌倦，竟然可以让自己的肉身实体淡出。"怀特思索道，"我认为情况并非如此，因为母亲迸发的力量是朝着创造去的，而不是以毁灭为目的。所以我希望读者和我自己都能在变化的框架内思考'闪现者'。理解这种生物需要深入的哲学分析，按照这样的思考路径，我们能够更好地进行这项工作。"

不过，这一天，夜婊想的是另一个"闪现者"。那是孟加拉国博里萨尔市的一位母亲，据说她有时会以顽皮的狐獴的形象出现，其他时间则以母亲的形象现身。夜婊一直在琢磨这位神奇女性，尽管她的习性更像啮齿动物[1]，而不是獴科，但夜婊发现她出现和离开的方式、与孩子们的关系都相当有趣。夜婊尤其注意到，据说这个生物会在她的孩子们开始玩室外游戏的时候突然出现。那是一只美丽的狐獴，绸缎般的皮毛上点缀着金色斑点，它会偷走孩子们的球，故意捣乱他们的游戏，逗他们哈哈大笑。孩子们声称，它就是他们的母亲，那是因为叫这只狐獴"妈"（发音为"梅"）或者"乔卡巴

---

[1] 咬食性哺乳动物的总称，其代表动物有松鼠、河狸、鼠、豪猪等。

尼焦"[1]（他们母亲的名字）的时候，它会有回应。另外，他们说，那身皮毛摸起来就像母亲的头发，而且二者颜色一致，气味也一样，都有鼠尾草和香皂味。他们的母亲是人形的时候和这只狐獴的牙齿一模一样，非同一般地尖利，很擅长撕咬。而且，孩子们从未见过狐獴和母亲同一时间出现在同一地点。

这位母亲从未解答过孩子们这个疑问，也没有跟万达·怀特解释过，而是眼眸闪烁，恶作剧般地避开了。她对怀特说，"妈"会看着在街上玩耍的孩子们，所以她训练了这只动物替她来看顾孩子，还说这狐獴其实是她从小时候就开始养的。别人追问她狐獴的年龄，问她这只狐獴怎么可能长寿到陪着母亲长大，之后又陪着这母亲的孩子长大。"妈"听了只耸耸肩膀，歪歪头。她起初声称，它是会吹口哨的印度灰獴的后裔；后来又说，是他们看了讲狐獴从老虎嘴下救出一个婴儿的寓言故事后，它突然出现在他们家的；再后来她说，它是不到一百年前她的曾祖母从一个露天市场买回来的。"最后，她指出人没有必要非去探寻事情的真相，体验才是最重要的。"怀特在书中写道，"她还建议我别再问这么多问题了。"

事实上，这句话，这句让人享受神秘事件本身的

1　Chokkabanijjo，在孟加拉语中，意思是愚蠢的行为。

指令，夜婊记得最清楚。她为了理解和解释整件事做过那么多努力，担心了那么长时间，反反复复，再三思量。但至少有那么一个下午，她想，自己就不能活在当下吗？毕竟，在周中的一个美丽夏日，他们来到了镇子上繁华的商业区。她居然是踩着自行车的脚踏板，拉着后面蓝色小拖车里的孩子上街的。眼下这一幕是她有孩子之前想象过的，那是她对做母亲后的生活之种种精彩幻想中的一幅画面。

她发现这个思路相当合理，相当明智和健康，这就是那种她丈夫绝对会单方面支持的思路。此外，就在张开双臂拥抱未知的这一刻，在这个阳光灿烂的夏日午后，在图书馆旁边的游乐场，她发现自己突然萌生了和儿子玩耍的心情，是真正全心全意同他一起玩的心情。她当然陪他玩过，只是常常勉强自己参与，而且经常感到疲惫不堪，无法尽情地玩，就像她无法消解成年人和现实的压力一样。然而，这个下午，那些压力像滑溜溜的丝绸长袍一样从她身上滑落，她在午后的阳光中轻松喜悦地冲向小男孩，身后长发飘逸，她的小男孩则高兴地连声尖叫。

那孩子的脸从金属小桥上两根立柱之间露出来，对她咯咯笑。她扑向他，欢快地叫着，他转身就跑。一个穿着芭蕾舞短裙的、脏兮兮的女孩在通往那游乐设施的台阶上傻笑着。另一个小男孩张大了嘴，困惑地看着这一切。

汪！汪！她朝那两个孩子吠了两声，女孩听了尖叫起来，那个最多只有十八个月大的男孩开始轻轻啜泣。叫完之后，夜婆便跟在她的孩子后面跑上台阶，一级又一级的台阶，往上再往上，不断往上跑，一直跑到一座小塔楼，那里有一个曲线形的红色滑梯，陡峭地探向地面。

来抓我啊！她的儿子高喊。她用双手挂在地上，开始手脚并用地跟在他身后嗥叫，步伐稳重而缓慢，落点精准。

妈妈，他吐出两个字，一半像是有疑问，一半可以听得出他的高兴劲儿。她爆发出一连串杀气腾腾的吠叫与嗥叫，惊得他尖叫着从滑梯上滑了下去。她也跟着气喘吁吁地滑了下去。

追逐游戏继续，她轻快地跑过去，穿过整个游乐设施，儿子高兴地奔跑，滑下滑梯。其他孩子反应不一，有的兴冲冲地加入，有的被吓得跑开了。很快，聚起了一群孩子，他们朝她喊，来追我啊！她按照指令，汪汪叫着，喘着粗气，追在他们身后；孩子们也发出快乐的汪汪声来回应她，最后整个游乐场似乎变成一个养狗场，响亮的嗥叫和吠声此起彼伏。岁数小些的孩子们都老老实实地待在场地边缘，有的坐在父母大腿上，有的被塞在婴儿车里吮吸着大拇指，眼前的情形他们的小脑袋还理解不了，这对他们关于稳定有序的世界的认知是一种挑战。

场面一时之间相当混乱，这位精力充沛的母亲和她的吠叫相当抢眼，孩子们突如其来的闹腾劲儿也不容小觑。那个穿芭蕾短裙的女孩叼着一根棍子给她困惑的父亲送去。一个红头发的男孩将沾满泥巴的双手拍在他母亲干净的白衬衫上，冲着她的脸狂吠，令她惊愕不已。

太阳落山时，那里的全体人员都陷入一种疯狂的状态。围在游乐场边上等待的父母从未见过这情形：一群孩子发出凶猛的吠叫，东闻西嗅，咀嚼啃咬，你追我赶；一位母亲指挥着这一切，她有着一头蓬乱的长发和一张困惑的脸，在越拉越长的影子中似乎变得越来越像狗了。

很快，其他父母开始对这个游戏感到不安，他们的孩子因为临近就寝时间而感到疲倦，再有就是该吃晚饭了。总之，不管因为什么，这片场地里的人越来越少，最后大家都散了，只剩下夜婕和她那疲惫不堪的孩子。他们蜷缩在小游戏室里，在一个游乐设施的平台下方。她舔了舔他的头，他舔了舔她的胳膊，用鼻子和嘴蹭了蹭她的脸。孩子闭上眼睛时，她又热又脏，满头大汗。

她会把半睡半醒的儿子塞进自行车拖车里，给他裹上毯子，扣紧安全带，然后靠着双腿的力量把二人推回家。但在此之前，在游戏室的掩护下，她的余光瞄到一只小鸟越跳越近，越跳越近，近到她不得不采取行动。她猛地伸出胳膊，手腕一挥，动作灵巧地抓住了它。然后，她把那扑打着翅膀的小小身躯拿到胸口，伴随着几不可闻的咔嚓一声，行云流水地拧掉了鸟儿的头，她怀中的儿子都不曾抖一下。

他们现在是真的上道儿了，生活都要按照妈咪日程来安排，或者你也可以管这种生活方式叫"进了妈咪快速通道"。这周他们先后参加了宝宝读书团，去了游乐场，今天嘛——怎么已经周五了！？如此美好的一天！——目的地是远足步道。下周他们要去购物中心的娱乐城和健身馆，夜婊已经把这些提上了日程！但天上的活动是她的禁区。"气球宝宝"如今非常流行，那是让孩子们体验乘坐热气球的活动，据说可以鼓励恐高症宝宝克服恐惧，激发他们对高空的喜爱。

她身体里奔腾着妈妈肾上腺素，满脑子是自己所做的一切都是为了孩子好，将全部注意力放在孩子的需求上。我这个妈妈怎么才能更完美呢？她想知道。她尽全力将自己那点"妈妈样儿"都投射在这个问题上，想答案想得几乎要口吐白沫了。当然，她会不小心暴露出些许狗样儿，但她也会把自己的这一面藏好，藏在优秀的母性后面。

孩子今天有点流鼻涕，咳嗽得厉害，而且在他们驱车前往远足步道的路上，这个贴心的小王子一直在踹她的驾驶座靠背。尽管她平静地恳求他别闹了，告诉他这种行为既不友好，也不好玩，还说他要再这样她就禁止他看动画片。她几乎从未搬出这种威胁，因为她也喜欢孩子看动画片。她特别想让孩子看动画，这样一来，她就能站在厨房台子前，一边就着意大利咸腊肠吃黄油饼干，一边彻底放空，什么都不想。趁着他看一整集最爱的狗狗动画片的时间，她可以照着放大化妆镜清理毛孔。在那个特定的动画时段，她也可以躺在起居室地板中央，闭上眼睛，不用担心有小人儿直接跳到自己柔软的肚子上，伤到某个重要器官；不用担心那小人儿踢自己的头，然后被绊倒，再次摔到自己的躯干上；也不用担心他朝着自己所在的大致方向吐口水。他吐口水只是因为他觉得人体可以自己制造出液体真是太神奇了！就像这样！妈妈，看啊！你看！

所以，她只能憋着气，任由孩子踹靠背。很快，他们到达了远足步道的起点。她劝自己平复心情，别生气，别大喊大叫，千万千万别发出狗叫，然后告诉孩子，远足时他们不会玩狗狗游戏，结果他听到立刻哭了起来，因为这孩子一直盼着能在大自然中、在林子里玩狗狗游戏！因为这里的气味很丰富！这里还有树枝！虫子！小狗狗喜欢的各种元素。

真的，这都是她的错。是她允许孩子戴那个全新的蓝色项圈的。项圈上有个银色的铭牌，在阳光下一闪一闪的，铭牌和项圈上的其他金属部件碰到一起时还会发出令人满意的叮当声。她允许他在车里把这东西戴到脖子上，只是为了好玩。但是她不曾提醒他，到了远足步道之后就得把它摘下来。

另外，她还同意了，他们在路上时，他可以拿着那根全新的可伸缩牵引绳，玩那上面的快速释放按钮，但是她没有提醒他，这只不过是——至少今天是——在车上玩的玩具，一旦他们开始和其他看着正常的人类接触，就得把这东西扔在车上。

可我们是人，她摸了摸尖叫的孩子的头对他说。他还坐在安全座椅上，系着安全带。她弯下腰，从打开的车门处探进身子，跟他说话，尝试着用自己的身体盖住他的尖叫。

宝贝儿，你跑跑跳跳或跟其他孩子玩儿的时候不需要戴项圈，她开始跟他讲道理。你可以在心里做一条小狗狗，但对外还是要做一个小男孩。

不——! 他喊道，完全是在胡闹，要做小狗狗——!

其他聚集在起点的母亲——带着听话且未戴项圈的孩子们准时到来的母亲——纷纷转过身来，夜婊朝她们微微挥了挥手。

宝贝儿，她低声对儿子说，求你了。她把安全座椅上系着他的带子解开，他不愿主动下车，她只得把他沉甸甸的小身子从低矮的后车门强拖出来，结果他和她的头都撞到了。他打定主意不配合她，所以一出车门就从她手中出溜下来，掉到柏油路上一个湿乎乎的小水坑里。

宝贝儿，她说。

不走路！他高喊。

我们得走路，她坚定地说。他则像个伤心的小狗一样嗥起来，惹得等在起点的那些母亲再次回头，其中还有一个母亲往夜婆这边走了几步。

不，没关系，我们没事。等一下，我们马上过去，她轻快地说着，挥挥手，示意她们不用过来。

好，她再次低声对孩子说，你可以戴项圈，但是我们不需要牵引绳。难道小狗狗不想自由自在地奔跑吗？

玩牵引绳，他说着将双手手掌放在自己胸前摩擦，这是他改进过、用来表示求求你了的手势。妈妈，求求你，他恳求道，求求你了。

他停止尖叫，也不再哭了，转而看着她，用两个小拳头揉揉眼睛，然后用手背把鼻涕抹到两侧脸颊上。他生着病，又很疲惫，一心只想玩，为什么她非要拒绝他呢？

要是其他妈妈觉得他这副打扮怪异怎么办？

这么打扮有创意，还很可爱，去她们的吧。

尽管她想飞速地舔一下他的脸，但清楚大家都看着呢，所以只是从口袋里掏出一张用过的纸巾，擦了擦他那红润的脸颊上的鼻涕。

好，宝贝儿，可以，你可以扮狗狗。但是其他孩子可能会觉得你这样很奇怪。

男孩顿时眉开眼笑，汪汪叫了两声，探出粉红色的小舌头，开始学狗喘气。他这个举动糟糕透了，但她爱他。她在他湿漉漉的鼻子上吻了一口。

孩子用牵引绳领着夜婊穿过那片小小的停车场，直接向宝宝读书团的珍走去，夜婊只好露出紧张的微笑。她的孩子冲着珍汪汪叫，珍哈哈大笑。接着，孩子在珍旁边坐下来，又叫了一声，然后等待着。

他应该是想让你摸摸他，我猜，夜婊说。她决定见机行事，做出她对这孩子在搞什么名堂完全没有头绪的样子。他这样也太搞笑了，不是吗？？？我是说，他如此举动肯定只是阶段性的，明天他的兴趣又会回到火车或怪兽卡车上，你也知道孩子是什么德行。她挑了挑眉毛，露出疲倦的笑容，翻了个不易被察觉的白眼，轻轻摇摇头，用一系列动作传达这些意思。这是全世界妈妈的通用动作，意思是看看这个小精神病，他每一天都在各种小地方将我的精神世界敲得粉碎，可我依然宠爱他，我可以为他去到天涯海角，也允许他扮成一条狗，戴上项圈，我会像遛狗一样遛他——**我会遛他**——因为我是一个好妈妈。

你这小家伙，珍对男孩说，然后拍了拍他的脑袋。其他母亲或犹疑地微笑，或礼貌地咯咯笑出声来。她们中间有不少是夜婊在图书馆见过的带孩子读书的妈妈。

他想当狗，夜婊说，我的意思是……

明白，明白，珍说，孩子们老是想当这个，想当那个的。

他们的远足从树冠下的阴凉地开始。母亲们三三两两聚在一起，展开了她们之间很难被插进去的专属对话。孩子们在她们前头左右摇晃，像某种独立的有机体，一会儿在小路的这一侧，一会儿又晃荡到另外一侧，仿佛一群小鸟。夜婊的孩子偏偏在队伍后面，步态端正地走在牵引绳的末端，时不时为了追一只蝴蝶或闻一朵花而把牵引绳拽得更长。

死蛇！死蛇！前面一个胖墩墩的男孩高喊，他指着一截倒下的原木旁边的地方。

她儿子拉了几下牵引绳，回到母亲身边，边往那边指边说，去看看！去看看！于是她将他项圈上的牵引绳取了下来。他噌地一下朝其他孩子跑去，又变回了一个男孩，或许其实还是一种什么狗，只不过是一条想看死蛇的狗，想用小树枝捅死蛇的狗，如果他勇敢的话，或许还是一条想触摸蛇皮的狗。

读书团妈妈们聚成一堆，留在后面，陷入了警觉的沉默，直到珍转头和她们的新成员说话，才打破了沉默。

嘿，她说。

哦，你好，夜婊紧张地回应。抱歉，我没肯定地回复你的邀请函，我不太确定能不能去。

哦，没关系的，珍说，我们都很忙，不过你最好还是来看看，我们的保健品棒极了。

不等夜婊回应，她就继续说了下去，有的能让你变成巨人，有的能让你缩小，有的能让你开心，还有的能帮你快速入眠。

我超爱那种叫"僵妈"的保健品！一个用带子把婴儿固定在胸前的女人说，或者说她是喊出来的更合适。喝完了让人浑身上下都是劲儿！她大声说，那双凸出的眼睛闪烁着年轻的狂热。

我们都知道你喜欢"僵妈"！挺好的，珍对那个妈妈说，然后转过身继续跟夜婊聊。我们都卖这种保健品，不过大多数时候，我们只是聚在一起喝红酒。她做出说悄悄话的样子，但是声音大得足以让所有人都听到。这是个消磨时间的好法子，她说，也许你能靠这个生意赚点小钱，也许不能，但不管怎么样，你可以在老公回家之后，以此为理由，说你得出门忙自己的生意，从而得到一些属于自己的时间，不过说真的，这件事能让你感觉拥有专属于自己的一样东西，你明白吗？

这样啊，夜婕笑着说。其实她想说的是，可我是个艺术家，没时间卖保健品，随后又想起来，自己已经不是艺术家了，而且事实上她是有时间卖保健品的。

她还想说，变成一条金毛寻回犬不就是你的专属技能吗？诚实点吧！

但是她没有，她努力礼貌地回答，我觉得这生意不太适合我。

真傻，别这么快做决定嘛！珍说着拍了拍夜婕的胳膊。你至少要来我们的派对看看啊！我会提供免费的体验装。珍对她摇摇头就好像在说，你都不知道什么对自己有好处，来吧，你这个小傻瓜。

我是说，我对美容美体或紧身裤什么的都不太感兴趣。夜婕再次推辞。我今天连头发都没梳，她加了一句。但真相是，她整整一周都没梳过头。

是这样的，我们的保健品其实是一种神圣的、有治疗功效的草药！喝了之后你会感觉特别棒，会开始想涂脂抹粉，想穿好看的衣服！珍说。

不好意思，我想问一下，你说的保健品到底是什么东西啊？夜婕说。这周早些时候，宝宝读书团的活动上，珍丢给她的那包"平衡"保健品还躺在她的包包的底部，而且包装袋不知怎的开了个口子，导致整个包包内底覆盖着一层由叶子和小树枝磨成的细粉，气味香甜。

我们的保健品有来自中国的、泰国的，还有日本的。珍瞪圆了眼睛，双手在空中划着圈。珍抬高声音，语气里满是兴奋。瓶子里装满了伟大疗愈者的古老智慧。她放下双臂，挽住夜婕的一条胳膊，就好像她们早已是一辈子的挚友。不过，咱们现在先别管细节，你来就是了。对了！千万带上钱来，差不多六百美元，珍低声说，到时候你会谢谢我的。

那天下午，夜婕把孩子哄睡后，珍还给她发了一条消息。她把孩子和一只毛茸茸的小黄鸭一起放进被窝，孩子一咬，那鸭子就会嘎嘎叫；然后，她给他们盖上一条自己亲手为他做的小被子，那上面有骨头和小狗的图案，被面用的布料让这些图案显得格外逼真。她坐在床上开始读那条消息。

初读时，她印象最深的是，其中所有套话——事实上，差不多整条消息——似乎都是从某个招募启示模板中抄来的，就是鼓励女性走出家门、充分发挥潜能的那种滑溜溜的宣传册里的话。

我期待能打动大家，希望大家愿意与我合作。珍一开始并没有说什么过渡性的问候语，也没有其他迹象表明她是一个感情丰富的人，而不是只知道招募下线和卖货的现代机器人。你已经有一个如此庞大的关系网了，她继续写道，而且我们的模式对忙碌的妈妈们很有吸引力。接下来，她宣称有身份不明的医生和他们那可疑的信誉度做背书，在全球范围内推广一款销量第一的产品。消息里还罗列了一些轶事，说她有几位高中时期的朋友，曾经是成功的律师、教师和皮肤科医生，后来有了孩子，便致力于成为在家工作的妈妈，利用生活的间隙——比如小睡和吃饭之间的时间——开展销售工作，在公园或图书馆利用手机发业务邮件。这是一家好到让人难以置信的公司……但它的的确确存在！在消息末尾，她写道，她真的认为夜婳会事业有成，发展无数下线，所以夜婳真的不该将今后持续多年创造大量剩余收入的机会拒之门外。

夜婳躺在床上，儿子在旁边一边拍手一边咯咯笑，盯着天花板上懒洋洋转悠着的吊扇，看它为这夏末午后蒙上一层滤镜。夜婳想着珍那草莓味的头发、她完美无缺的母性光辉、她的保健品，还有她那执着的招募。一个律师妈妈，一边在家带孩子一边卖保健品，这是夜婳听过的最令人沮丧的故事了，可能比她自己的人生还要令人沮丧。要不是有变狗的神奇本领，她的生活恐怕会是单色调的，内心世界也不像如今这般丰富而古怪，而那个妈妈在这方面不可能与她一样。那个妈妈是律师，在做的事合情合理，喂她的孩子们吃苹果酱，找一份兼职，为家庭贡献一点额外的收入，的的确确巩固了她作为一个慈爱的母亲和养家人的地位。

那个妈妈开心吗？当她就着超大杯咖啡大口喝着来路不明的保健品，同时不停地给同样痴迷于这类保健品的其他妈咪发消息，还拼命推着儿童秋千上刚学会走路的孩子，她会有成就感吗？也许她不需要夜婊需要的那种成就感？也许她有孩子就心满意足了？夜婊极度渴望得到这样的东西，渴望她儿子那莫名其妙的咯咯笑，胖乎乎的小手腕，以及口齿不清的爱的话语来抹去最后一丝野心。为什么做母亲、买菜做饭、打扫卫生、清洗衣服和参加宝宝读书团不能真正给她带来快乐、幸福和美好生活的感觉呢？也许她需要服用那些保健品，需要参加派对，做一次合群的人，然后也会觉得心满意足？

我们度过了精彩的一周！那天夜婊的丈夫回到家，她开始跟他汇报。他的车停在私人车道上，发动机依然在运转，他还坐在车上，车窗是摇下来的。她站在前院，怀里抱着湿漉漉的猫，猫被裹在一张旧的大浴巾里。孩子则在撕扯地上的草，然后开始扮狗狗，细细地闻草坪上的花。她整个人的气场都变了，她的丈夫说。她容光焕发，光着脚，脸上生着雀斑，脸颊被太阳晒得通红。

我们去参加了宝宝读书团，她像抱婴儿一样抱着怀里的猫，这时她丈夫下了车。她刚刚才又一次洗过这猫的屁股。夜婊的眼睛闪着光，就好像被脑袋里燃烧的一团火照亮了，头发一缕缕地披散在脸庞，随风飘荡。我们还去游乐场玩了呢，对吧，宝贝儿？她问孩子，孩子欢快地答了一句汪！然后两只小爪子探进了她的花坛里。

是吗，丈夫说着取出他的行李箱，大力将车门关上。这时，猫突然发动，想要逃跑，但终究没逃出夜婕的怀抱。

对了，还有件事，她说，这猫把我的耳机弄坏了。

又发生了这种事？他问，顺便抓了抓那畜生的脑袋。它可真讨厌。

我真想像踢球一样把它一脚踢出去，她补充了一句，怀里那畜生一副战战兢兢的模样。

可想想它那可爱的小爪子，丈夫说。

我真的恨透了它，夜婕继续说。

是啊，她丈夫说，等会儿我就把你做掉，他对猫开玩笑地说。

夜婕盯着那只猫空洞的绿色大眼睛。猫的黑鼻子以那种可爱、但又不够可爱的方式抽动着，它把耳朵平贴在脑袋上，发出嘶嘶声。

我觉得这猫让我染上了弓形虫病，她说。

是吗？他问。

我读过一篇文章，里面说人的暴怒与弓形虫病有关。我的意思是，他们不知道其中是否存在因果关系，或者说不知道其中的原因是什么，结果又是什么，但二者之间绝对有联系。

她丈夫什么都没说。

你觉不觉得我脾气暴躁是因为脑子里有寄生虫？她进一步问道。

可能吧，他说，可是你有没有寄生虫都可能会发火啊。

我他妈恨死这只猫了，她说着，猫又发出了嘶嘶声。这一次，它挣脱了她的怀抱，飞掠过门前的草坪，往门廊下去了。

周日的早晨，孩子爬进起居室，嘴里叼着一块生牛排，牛排上布满了脂肪形成的美丽大理石纹。他把那块厚厚的肉丢在他父亲的脚边。

汪！他叫了一声，然后小舌头从张开的口中探出些许，喘息着。

天哪，她丈夫说，你这是在干什么？

学狗狗，孩子说，然后舔了一下她丈夫的腿。他再次抬头看，同时在口中活动着他的舌头，扮了个鬼脸。

毛，他说，用手指捏住自己的舌头。毛！他尖叫。

过来，她丈夫说，给我看看。他仔细检查孩子的舌头，把上面的毛拿掉。现在好了，他说，不过，宝贝儿……他继续说，我们不能把生肉放在地板上，也不能放到嘴里，恶心呢。他说着做了个鬼脸。

孩子摇摇头。

妈妈，他说。是的，妈妈。肉。是的！

亲爱的！丈夫朝着卧室叫道。

夜婊在卧室里听到了全部的对话，和往常一样，在她丈夫没完没了地在手机上划拉的时候，她正在收拾洗好的衣服。尽管她提醒过孩子，扮狗狗的游戏只能他们母子二人玩，还告诉过他，爸爸对这个不感兴趣，任何时候都不要向爸爸提出玩这种游戏的请求，比如让爸爸从狗的水碗中喝水，让爸爸把一根棍子叼在嘴里。其实她一直担心孩子会不可避免地告诉丈夫，他离开的时候他们玩了这种游戏。

该死，她压低声音说道，妈的，该死，妈的。

在厨房里，她丈夫在水槽边捡拾肉块上的杂质，孩子在他脚下哼唧着。

吃一口！他叫道，我要吃一口！

恶心呢，她丈夫又说了一遍。宝贝儿，我得先把肉做熟你才能吃。

不，他大叫，然后看到了自己的妈妈。妈妈，要吃。

她拍了拍孩子的头，尽可能用一种冷淡的语气对丈夫说，他喜欢吃生肉，咱们能拿他有什么办法呢？

你怎么能这么说？她丈夫说，他看着她，眼神中满是恼怒和难以置信。还有他特别善于用皱起的眉头来传达我早知道会这样的意思，就好像她注定会把事情搞砸一样。

这孩子的味蕾就是这么考究，她继续说。鞑靼牛肉不也是用的生肉嘛。这有什么关系。

咱们的孩子什么时候开始吃生肉了？丈夫琢磨着。我是说，他是怎么开始吃的呢？

嗯，夜婊说，她对孩子微微一笑，伸出手去胳肢他，痒得他在地板上扭来扭去，咯咯直笑。

我想可能是我做饭的时候，他偷了一小片生肉。她提出一种可能，顺便从碗橱里拿出一个杯子。

不是，地板上的孩子说。妈妈给的肉。好吃。扮狗狗。

宝贝儿，她先是温柔地跟孩子说了一句，然后对丈夫说，他可真是个小傻瓜，是吧？

我的小狗狗，她对孩子说，捋着他头上丝绸般的头发。孩子闭上眼睛，享受着她的抚摸。

你是不是喂他吃生肉来着？她丈夫问。

喂过一点吧，她有点为自己辩解的意思，没什么事。

有寄生虫怎么办？他可能会感染寄生虫，丈夫说。

我倒是觉得不会，她指着孩子说。这孩子的确看起来健健康康的：泛着光泽的金色卷发，红扑扑的脸蛋，从婴儿时期一直到现在都鼓鼓的小肚子——她希望这个小肚子能永远留着。孩子对他的父母露出微笑，他们二人现在都把注意力放在他身上，接着孩子仰着头欢快清晰地叫了一声汪汪。

行啊，他似乎挺开心的。那天晚上，在床上，他们俩分别睡在孩子的两侧，丈夫隔着孩子小声对夜婊说。他抓着这个问题不放，这是他的习惯。

他就是挺开心的，夜婊小声回答他。

我只是觉得他那学狗狗的行为咱们得制止，丈夫开始反击了。

可他就是爱狗，她强调，那些行为无伤大雅。

除了那块肉，她丈夫说，还有那个狗窝，是买来让他……在里面玩的吗？就在起居室里！这不正常，这太过了，他总结道，就好像这是整件事的最后判词，就好像他下的结论他们都得接受一样。

黑暗中，她翻了个白眼。

他又没有吃多少生肉，她说，而且扮演动物是很好的活动，没事的。

要是他病了，那都怪你，她丈夫声音低沉却急促，要是其他孩子觉得他怪，那也怪你。

自然是怪我，夜婊说，什么事都得怪我，每个部分都是我的错。

他们在沉默中躺在那儿，像今天这种架他们吵过成千上万次了。她等着他再开口，但是房间里只剩下儿子均匀的呼吸声。她想象着鲜血的滋味进入了梦乡。

夜婊这辈子都不想再做跟孩子说晚安前的那一套了。这天是周一，她丈夫一大早就走了，她和孩子一起烤了松饼，玩了火车和培乐多彩泥，还一起散步到火车轨道；拿出水管，把它装在洒水器上试了试；玩了追逐与球类游戏；还在室内和室外都玩了抛出和衔取的游戏。他们的脚脏了，鼻子也脏了。太阳落山的时候，他们在门廊的台阶上吃了花生酱和果酱三明治。他们的肌肉热得发烫，疲倦又快乐。孩子似乎筋疲力尽了，眼神空洞地发着呆，嘴巴上糊着不少果酱。

是啊，夜婊傻傻地以为今晚可以利利索索地跟孩子说晚安，轻松过关！她以为亲一亲，抱一抱，孩子就能睡着。但事实上，这样的晚安时刻在孩子截至现在的整个人生中都没出现过，不过夜婊拒绝承认这一点，反而欣然接受积极的态度和富有成效的思考。

是的，我将会拥有一个美好的周一晚安时刻。她一边这样告诉自己，一边给孩子洗澡，给他穿上小睡衣，然后把孩子和他身上的一切送到她床上冰凉的蓝色被单下。

是的，她刚在孩子身边躺下，就惊骇地发现自己之前充满希望的想法有多愚蠢，因为孩子开始在被单下面翻来覆去，一会儿要喝凉凉的水，一会儿要用冰凉的洗脸巾，一会儿要吃胡萝卜、苹果和动物饼干。

不行，她说，然后又说了一遍不行。现在是睡觉的时间，不是吃东西的时间。现在应该让我们的身体好好休息。快做个好狗狗，躺好别动。

当孩子发现纠缠妈妈没用后，在床上坐起来，尝试与自己玩拍手游戏，他拍呀拍，拍呀拍，笑得歇斯底里，同时因疲倦而语无伦次。她实在太累太累了，身上所有的力气都用完了，一心只盼着能沉入记忆绵床垫里，或者其他什么地方，清清静静睡上一晚，逃过令人厌烦的睡前流程，比如翻来覆去讲同一本书，讲故事，讲完一个再讲一个，然后用手机放一首歌，躺在那儿，等着孩子睡着。

的确，自从孩子出生后，她几乎每天晚上都要负责哄他睡觉。当男孩还是个小婴儿的时候，负责哄他睡着的自然只有她，因为他只想喝奶，一直喝到进入梦乡，梦中都是蓬松的大枕头和热乎乎的奶水。所以，从某种角度上说，难道不是她丈夫亏欠她无数次哄孩子睡觉的活儿吗？他难道不应该一有机会就高高兴兴、满怀感激地接下哄孩子睡的任务，以此致敬几年来她承担这项任务的那么多个夜晚？

是的，这才公平。不过，当然了，他们家可不是这么回事。就连她丈夫出差一周归来后的那个晚上，周五的晚上，也是由她来跟孩子做睡前的那一系列事项，因为他累了——他就没有不累的时候，有时候他肚子不舒服，究其原因是他在回家的路上喝咖啡喝得太猛，又吃了不少炸玉米粒，随之而来的腹泻让他没了精气神……再就是他其实只想回到他的电脑前，玩他的电子游戏，刷网页，看他的文件夹，放松一下，大家都懂。夜婊也不想大吵大闹或者制造事端，也不想真的与丈夫针锋相对，因为她除了这个家什么都没有了。对夜婊来说，在哄孩子睡这件事上的显失公平不过是她气愤的又一个原因。她别无他法，只能躺在床上，看窗外的萤火虫明明灭灭，任由身旁的孩子没完没了地折腾。

一个小时过去了，两个小时过去了，孩子还在说话，大笑，拍手，翻滚，叫喊，忽而要妈妈抱，忽而又因太热而挣脱妈妈的怀抱，过会儿再次要求喝凉凉的水，然后因妈妈没有满足他的要求而哭闹，再然后继续在床上翻滚。这一切足以让夜婊绝望得想死。

我正躺在一间黑屋子里浪费生命，她心中默想，我正平躺着，把自己最有创造力的年华浪费在徒劳的等待上。

求你快睡吧，她乞求道，然后在床上静静地哭泣，因为她太累了，她真想有一个小时的时间独自躺在床上，没有孩子在身侧；她真想好好看一个小时的电视；她真想坐在沙发上，盯着墙壁放空一个小时。一个小时就行。干什么都行。可她没有，她只能躺在那儿，躺着，就这么躺着，一晃就十点了。

她一直推迟给孩子断奶。她为什么要给哄孩子睡觉增加难度呢？又为什么要让自己过更令人厌烦的生活呢？事实上，这些日子以来，奶嘴一直是孩子哭闹的源头，一旦不小心掉到地上，让男孩看到那塑料奶头上粘着一星半点的土、松针或树皮，无法立即放回他的口中，他就会发出源源不断的尖叫。

自然，除了这个，他夜里醒了也是麻烦事。奶嘴从男孩嘴里掉出来，他就会醒，这种事接二连三、没完没了地发生。紧接着，大人就得慌乱地摸黑寻找奶嘴，然后安抚孩子。要是她能睡上哪怕一个整觉也好啊……她幻想着，她还幻想过熟睡一整夜后第二天早晨身体会有什么感觉，想过自己会做怎样的梦。睡一整夜之后她会变成怎样的人？一定是一个和现在的她完全不同的人。

另外，现在这孩子年龄大了，不适合总是叼着奶嘴。图书馆里那些与他同龄的孩子都已经不嗫奶嘴了。他们在图书馆的时候，她指出了这点。看见了没？只有小婴儿才这么做呢。可是孩子摇摇脑袋，手里紧紧攥着奶嘴，嘴上固执地嗫着。

我只是个婴儿，他会坚持这样说，我只是个婴儿。

这个周一的晚上，她又要完成说晚安前的那一套的时候，身上又热又乏，心里堆着对丈夫的怨气。这样一个夜晚，她陪孩子在床上折腾了两个小时之后，终于决定把孩子的奶嘴拿掉。

通常情况下，她要这么做的话，先得编一个有关精灵的复杂的背景故事，完成一个仪式，比如把奶嘴包进纱巾里，然后在室外挑一根合适的丁香花枝子将这纱巾挂上去，就好像这是献给精灵的礼物。可这天晚上，夜婊的血流过她的血管，她告诉孩子，他们要玩一场扮狗狗的游戏，这个游戏唯一的玩法就是一切行动以狗狗为标准。

咱们得遵守狗狗的规矩，她严肃地跟孩子说，孩子点点头。

首先，她说，狗狗不用奶嘴，对不对？夜色清辉中，孩子认真地看着她，毫不抗拒地把黄色的奶嘴交给她。天哪。几个月前她就该这么干了。

很好，她继续说。那么狗狗在哪儿睡觉呢？孩子皱了皱眉头，然后抬起胖嘟嘟的两只小手，做了个手势，表示困惑。等着，她说。她呻吟着从床上爬起来，下楼把那个超大的狗窝从起居室拖上狭窄的楼梯，最后拖进了她的卧室。狗窝正巧可以在墙角放下。孩子吃惊地看着他的母亲将一床鸭绒被放进狗窝里，然后转过身冲他比画了一下，示意他狗窝闪亮登场！

他指着那个跟蹒跚学步的小孩一般大的狗窝说，嗯？

很好！夜婊说。狗狗要怎样才能把狗窝收拾得温馨舒适呢？

孩子一句废话都没说，就去收拾自己的东西了，包括那条柔软的蓝色毯子，那个曾经属于她的破破烂烂的泰迪熊，还有他的火车枕头。她看得出来，他十分兴奋，因为这是一场新的冒险，是新的体验，是在晚上玩扮狗狗的游戏。母亲刚刚拒绝给他拿一杯凉凉的水，现在她会陪他玩吗！？她看得出来，这孩子觉得在今晚的斗智斗勇中他赢了，而这正是她希望孩子相信的事。

她帮他在狗窝里布置好那些柔软的东西，然后他乖乖地蜷着身子躺了进去，大小正合适。

门开着还是关着？她问。

开一小点，他说。于是她把门关上了一半，然后伸进手去拍了拍他的脑袋。

她盘腿坐在地板上，像经常做的那样从一百开始倒数，在黑暗中轻轻摇摆着。数到一的时候，她小心翼翼地站起来，朝卧室门走去。她以为会听到孩子的声音，听到他的叫喊，但什么声音都没有。

她不出声地呼出一口气，笑了起来，一开始是半憋着的干笑，后来演变成失控的大笑，她只得走到门厅接着笑。她滑坐在门厅地板上，又哭又笑，觉得相当疲惫，但也松了口气。她现在只想睡觉，睡在地板上。一次美好的胜利，但现在已经十点了，看什么节目都太晚。于是，趁儿子在狗窝里做梦，她洗洗脸便四仰八叉地躺到了自己那张空得喜人的床上。

那位还在上班的职场妈妈想跟她一起吃顿午饭。那个人曾经和她一起读研，然后平稳地进入婚姻生活，当上了母亲，还在事业与生活之间成功找到了平衡点。

一起在公园吃顿午饭怎么样？她在消息里说。你带上你的儿子，我午间休息的时候去找你，然后咱们聊聊天，叙叙旧。好啊，夜婊想，当然好啦。她已经很长时间没见过这位职场妈妈了，她们上次一起喝咖啡时，她还在打理美术馆，其实——重新联络一下当然是件好事。她可以给她的职场妈妈朋友看看，她真的完全融入在家陪伴孩子的生活，她有多么开心和满足，现在她甚至不需要艺术或事业了，完全不需要，全心全意地养育儿子，和他度过美好单纯的母子时光已经足够了。而且坦白讲，这么说并非全是装出来的，至少从某种角度上，她说服自己相信这一点，相信自己是幸福的。另外，她已经开始考虑保健品生意了，脑子里常常会闪过珍还有妈妈们聚在一起的场景，因为除了这些，她还有什么别的选择吗？难道她要告诉朋友，自己变得如此可悲、如此气愤，这些情绪的能量导致她的细胞产生变化，让她变为一条母狗？告诉朋友，自己以狗的形象在小镇上跑来跑去，并且接受了这就是自己的命！？这不是，也不能是解决方案。

于是，她们制定了计划，那位职场妈妈和这位不在职场（活儿也没少干）的妈妈在约定好的那天，于约定的时间见面了。

那位职场妈妈因工作而得到认可。她干的活儿不属于家务，所以不仅被视为是有价值的，还能挣到一份工资。总之，她依然在做艺术教学工作，依然在搞艺术创作，拥有现代女性应该毫不费力地拥有的一切。她还带了包装完美无瑕的午餐，将其装在一个环保隔热包里。她用环保蜡纸包三明治，那种纸可以水洗和反复使用，吃饭的叉勺是植物淀粉制成的，可用于做堆肥。那位职场妈妈的一切都无懈可击，起码这位不上班的妈妈从中挑不出错，因为她带的是便携吸嘴袋装饮料、一包金鱼薄脆饼干和一个塑料袋装的杂牌曲奇。

咱们这位妈妈挑了一张树荫下的长椅，位置正好挨着游乐场。

你真是相当有生活啊，那位职场妈妈边说边看着咱们这位妈妈的儿子在游乐场玩耍。

的确如此，夜婊骄傲地说。因为她确实很有生活，居家育儿的生活。在这个晴朗的夏日，她头一回体会到发自内心的感激，长久以来深藏内心的恐惧与梦想，那些像巨石一样压在心上的需求与向往，终于有所松动了，那是一种微小而深刻的松动。

啊——她说，这声感慨似乎哪儿都挨不着，但那位职场妈妈笑了。

她的朋友小口咬着三明治，开始谈论自己的艺术实践，在实践中的种种困难，以及自己的孩子。但其实这位朋友刚开口，夜婕就没有往下听了，因为她被公园附近树林边的动静吸引住了。

她因动物的警觉僵在原地。就在那儿，很近的地方，一只非常驯顺且蠢得要命、长着一条蓬松大尾巴的松鼠正在吃人类丢的垃圾。

你没事吧？那位职场妈妈问，不解地皱起眉头。

嘘！夜婕示意她安静。夜婕一动不动，然后低声说，抱歉，等我一下……

她从长椅上站起来，目光锁定松鼠，向它缓缓走去。但松鼠感觉到了夜婕对它的威胁，立刻向树林跑去。

松鼠！她朝着游乐场上玩耍的儿子高喊，同时指着松鼠逃走的方向跑去。

松鼠！松鼠！她再次高喊，但这两声并不是具体喊给谁听的。她像狗吠一样带着纯粹的喜悦喊出这个词，跟在那小动物后面疾跑。她儿子不想错过这个乐子，赶紧从滑梯上滑下来，也一起追赶。

松鼠在树林边上的灌木丛中停住了，夜婕和儿子也一起停住，他们和松鼠之间只有几码[1]远。

1　1码约等于0.9144米。

抓住它，孩子咕哝了一句。

她把他教得很好。他是个非常机灵的孩子，知道这时候不能动，动了容易把松鼠吓跑。所以，他在原地等待着母亲的指令。

你得等着，她低声说，等时机到了再……猛扑过去。这后半句说出口的同时，她就这么做了。她像离弦的箭一样蹿出去，双臂前伸，嘴张大发出暴烈的狂吠，跟在她身后的儿子也叫道，汪汪汪，汪汪汪，汪汪汪汪汪汪汪。

此时，松鼠在她眼中化为几张特写：一双满怀恐惧的大眼睛，抽搐着的小鼻子，还有一对小爪子。夜婊离那小东西越来越近——她一定能逮住它！它一定会成为她的猎物！——就在她的手触到那松鼠的皮毛时，它的尾巴唰地摆了一下就不见了，从她那笨拙的人类手指间溜走了。

嗷呜——！夜婊大叫。现在的她仰卧在草丛中，伸展着胳膊，人字拖在她身后几码的地方。

嗷呜——！孩子嚷叫着，重重地倒在她身边，然后哈哈大笑起来。

我们差点就捉到它了！夜婊狡黠地对孩子说，然后转过身看着他。地上的草叶刺痒着他们的面颊，孩子伸出手，摸了摸母亲的头发。

没事的，妈妈，他说，松鼠！

我们下次一定能捉到它，她说。然后他抱住了她。她把他抱在怀里站了起来，开始往游乐场的方向走，那位职场妈妈在那边等她。

玩了个小游戏，夜婊不自然地解释说。她走向那个职场妈妈坐的长椅。

这可真是……职场妈妈寻找着合适的措辞——让人吃了一惊。

带孩子嘛，就是这样。夜婊转着眼珠子说，说完露出一个浅浅的微笑，只盼能赶快换个话题。

真行！职场妈妈感叹道，你似乎真的很适合当妈妈。

是啊！夜婊边说边留神着正往滑梯上爬的儿子。我觉得我确实适合当妈妈。不过我干的活跟上班不一样，她说，和你的不一样。你知道我的意思，跟挣钱啊、搞艺术啊那些不一样。

哎呀，行啦，职场妈妈说着从大腿上掸去并不存在的食物残渣。你做的可是全天下最难的工作。

我真的很讨厌人们这么说，夜婊说，尽管这句话没错。

这周末你应该来参加我们的晚宴，职场妈妈说，就好像她这个想法是宇宙中最有创意的一样。原来是一个摄影师——也是她们的研究生同学——秋天要回来做客座讲座，为了她们曾经共同参与的一个项目。有那么一刻，夜婕心里燃起了熊熊妒火，之后又突然陷入熟悉的自我厌恶中。毕竟，她还能期盼什么呢？她白天和孩子一起追逐松鼠，一直以来她都没有像她们那样工作。她最新的艺术项目在哪里？过去三年里，她有什么能拿出来见人的成绩？

好。行。她会去的。不过只是为了找乐子！听她们聊聊工作、为她们所做的一切折服，该多好啊。她会当她们的好姐妹，一个支持者，一个女性主义者。她会讲述自己作为一位全职妈妈的成功，庆祝她们事业的成功，同时也会发自内心地积极倾听她们对自己扮演母亲这个角色、对自家孩子的担忧，这些担忧无疑是她们每天都在抛弃的。是的，所有的观点、所有的选择都可以在餐桌上被表达出来，她们会在那里一起进餐，努力建立一个支持女性的团体。夜婕是如此积极，如此乐观，甚至我们会说她有妄想症，她不知道自己的想法错得多么离谱，她怎么能决定消除自己最基本的冲动之一艺术创作呢？然而，她认为，她希望，她已经做出了可以放弃的决定。

那周周末，她丈夫在家的时候，她想让他从后面来。她想让他咬住她的后脖颈。她想跟他缠斗，咬来咬去，她还想狠狠操他。她想来点野的，想要做完之后他拍拍她的头，抚摸并理顺她的头发，挠挠她的下巴，也挠挠她的肚皮。

体贴的好丈夫顺应了她的渴望。他这么做的时候，她夸他是个好男孩，他很喜欢这个说法。他喜欢这一切。

之后，他说，我不知道你是怎么了，但你千万别改变。

我答应你，她回答，然后含着爱意轻咬他的手臂。

周六，像上面的活动他们进行了很多次，某次结束后，她懒洋洋地躺在被他们弄得皱巴巴、脏兮兮的床单上，在和谐的夫妻生活创造出来的清爽、开放的空间中，一种不易察觉的感觉悄悄降临了。那时他们的儿子奇迹般地在他的狗窝里打盹儿——他们已经把狗窝挪到他自己的卧室了。这感觉若有还无，要不是她丈夫去叫醒孩子，她裸身躺在床上，终于有了属于自己的片刻，她一定会忽略这感觉。他们刚做完爱，又没有孩子打扰，她沐浴在这罕有的、令人神清气爽的宁静时刻，一丝恐惧暗中涌起，惹得她喉咙根儿直发痒。自从她度过那个神奇的变身之夜后，这种恐惧就一直盘桓在她周围。她清楚，要是她把注意力放在这种感受上，那么她一定会很快被压垮，被吞噬。毕竟，不到两周前她从人变成动物，这种事到底意味着什么？这种变身的根源在于谁，或者说是因为什么？是什么力量让她成为夜婆？她不允许自己深入考虑这些问题，也不允许自己细想是什么样的黑暗从她人性最深邃、最阴暗的缝隙中召唤出一个怪物，一头野兽，一种生物。她不允许自己反复探寻心中那团紧绷的恐惧，放任自己的代价她承受不起。她每天必须下床照料她的孩子，她的家和她自己的健康幸福。简单来说，她必须振作起来，为了她的家庭，除了这么做她还有什么别的选择吗？如果她崩溃了，那么他们所拥有的这一切——房子、家庭和生活——也全都会化为乌有，所以她必须挺住。这件事一定有一个合理的解释，她提醒自己，并决心找到这样的东西：理由。她要找人给自己解释明白。除了万达·怀特，还有谁能做这样的事？

她先是为家中的和谐氛围感到欣慰，接着开始对周遭的一切可能会化为泡影感到恐惧。于是，这个周末她又给万达·怀特写了一封长电子邮件。因为她发的第一封电子邮件没有收到回复，她怀疑自己搞错了邮箱地址（那是萨克拉门托大学的邮箱），甚至疑心怀特已经不在世了（根据怀特那本书的出版日期和夜婊拼凑出的其他零碎信息，她无疑已经八九十岁了），不过夜婊最终没能找到她的讣告。事实上，她没在互联网上找到关于怀特的任何资料。这确实很奇怪，因为她认为自己的搜索能力相当强，她运用广撒网式的搜索方法（即在目标主题相关的范围内和相关程度比较低的的范围内搜索每一个可能的词和词的组合）。她想把怀特的事告诉丈夫，但不知道该怎么开口提这个女人，这个偶像，以及怀特代表的那个若隐若现、事关重大的想法。

我迷上这本书了，她朝他挥了挥手中的《野外考察指南》说道。此时，他正在厨房的桌子上查看办公用的笔记本电脑的设置。

哦。他说话的时候连头都没抬。跟我说说吧。

这是一本古怪的书，是针对世界各地的神奇女性的野外考察指南，不过里面讲的应该都是真的，她继续介绍，写这本书的女人是一位学者。真正奇怪的是，我在里面读到的内容正巧与我当时的所思所感是同步的，好像有什么魔法一样，还有点像手机上出现的广告。

她丈夫瞟了一眼那本书。

不错啊，他说，我能看看吗？

她不自觉地把书抓在胸前，像是突然要守护书中的智慧，给丈夫看里面讲了什么似乎不太妥当，因为现在她感觉其中的内容非常私密，甚至神圣。通过阅读这本书，她一直在跟比她更高的存在沟通，同时也是在和怀特，和她的报告文学中讲到的女性交流。突然间，这本书变成神圣又娇贵的东西，不好示于人前，尤其不好给她丈夫看，因为他一定不会对它有什么好评，不会像她一样感觉自己与这本书之间有某种联系。对，现在她觉得自己是与其相关的读者，与这本书、与怀特建立了一种关系，她不欢迎丈夫的介入。

好啊。她嘴上这么说，手里却依然抓着这本书，把它贴在心口。等我看完吧。

我就看一眼，他说。现在他朝她转过身来，伸出一只手，因为感觉到了她不想把书给自己看，他现在更想看一看了。快给我看看吧，他催促她。

可我得先写点东西，她说着朝客卧走去，她的笔记本电脑就放在那个房间。

喂！看她离开，他大声抱怨了一句。

她坐在自己的书桌前，把那本书放在腿上。为什么怀特没有回复我的邮件，她想。此时的她像是一个热情受到打击的心碎少年，但同时也被激发出了无限渴望。带着这样的渴望，她再次给怀特发送了一封邮件。

WW：

你好，我又来信了。自从上次给您发邮件之后，我就一直等待您的答复，既然还没有收到您的回信，我想还是再写一封吧，希望我没有打扰到您。但愿您能看出来，按照通常的说法，我"受到了精神层面的蛊惑"，所以一定要给您写信。我的意思是，您的书和研究让我深受触动，您笔下的内容与我最私密的想法和欲望展开了如此亲密的对话，我想要认识写出这种作品的作者。

我想知道，在您所有的游历中，您是否在美

国中西部的某个小镇上见过一位美国传统家庭的主妇或一位母亲，她表现出某种动物属性？比如她的毛发比平常更浓密？变得好斗？喜欢嗥叫？我要提醒您，我说的这种女性并没有精神疾病，只是喜欢像狗一样嬉戏玩耍，可以说是以一种怪诞的方式践行母职。

请您告诉我，您是否见过这样的女性？如果见过，能否请您帮我与她取得联系？

另外，您对于在美国中心的一座小镇上做神奇女性有什么指导性意见吗？您是否写过这样的指导手册，教给人们在政治、公共话语甚至天气出现霾兆的情况下，如何在理性世界与想象世界之间生活？

我在网上没有找到关于您的信息，也没有找到《野外考察指南》之外您的其他作品的相关信息。我很想更多地了解您丰富而传奇的职业生涯和出版史。

我说话真是啰唆，就写到这里吧。祝身体健康。

MM

事情似乎真的开始好转了，她的孩子现在会在自己的狗窝里睡觉；她对性生活的激情也重新点燃；她开始结交同样做妈妈的朋友；而且她竟然比以前更享受当妈妈了，可能是有了她发明出来的扮狗狗游戏的缘故；另外她也不再为自己的事业焦虑，就像网上很多文章和好心人说的，她的母性似乎渐渐聚拢，变得有模有样；她开始主动走出家门，参加各种活动，在周末的晚上和研究生时期的老朋友相聚，也就是之前和她一起吃午餐的那个善良的职场妈妈，还有她们的旧相识摄像师。

和其他事业有成的女性一起吃其他人做的晚餐，来上一杯白葡萄酒，聆听令人兴奋的对话！多么新奇！多么高兴！这是一个机会，让她们可以在相互尊重与欣赏的前提下分享各自的挫折与痛苦！

她们还没点餐，那位在大学里当老师的职场妈妈就迫不及待地聊起了她的工作，讲解她将 Instagram 的帖子在艺术作品的范畴内再语境化，通过这种形式对抗并复杂化挪用、艺术所有权和公众形象的概念。这个女人——这位毫不费力便拥有一切的职场妈妈 / 职场艺术家——她只是简单地把 Instagram 上的帖子放大打印了出来，这就算完成了，就算是艺术了。也对，现在大家都主张策展以及并置[1]的重要性。可事实上，她浏览 Instagram，找到一些照片，然后借助一个大型打印机，好了，请看：艺术。夜婊在她的个人网站上看到过这个

---

1 Juxtaposition，指由各种不相关的元素并排放置或相互叠置组成的作品，易产生有趣的对比效果。

项目，后来还在《泰晤士报》上看过相关报道，从报道中她得知其中一张卖出了五十万美元。

另一个研究生朋友——那位摄像师——一直在忙着做一个实验性的项目，研究观者与被观看对象之间的相互作用，以及我们连接现实的方式。说得就好像这是个新事物一样，夜婊想，就好像这项目里真的有什么原创性的想法。这个朋友刚刚在凯利双年展上展出了两段实际上没法儿看的视频。其中一段是这样的：随着接入与切断电源，画面也会切入和切出，旨在激发人们思考我们与信息、与权力/电力的关系。夜婊感觉这个装置只会让人厌烦。这个想法根本不需要装置来体现，艺术家稍加阐释就可以了。另外一段视频，摄像师解释说，是一段二十四小时实时视频，关于她一天的生活，同时有一个女演员在一模一样的空间中表演她当天的生活。她的朋友说了一些关于表演的见解，被观看的时候我们还能真的做自己吗等等等。夜婊点头微笑。是啊。好了。

你在忙什么项目呢？她们问她。她先是磕磕巴巴地说了几句有的没的，轻笑几声，然后脸就红了，盯着墙壁愣了一下才开始讲述她当妈妈的疯狂经历，现代母亲的暴力冲动，以及愤怒那变革性的力量。她的朋友们纷纷眯起眼睛，疑惑地歪着头看她。

我要做的艺术项目还在概念阶段，夜婊加了一句，不过我想最终呈现出来应该是一件表演作品。

这样啊，那位职场妈妈说。然后摄影师补充道，你的作品一直非常有戏剧性。夜婊想说的是，你他妈这是什么意思？至少我没做那种给艺术抹黑的狗屁社交媒体项目，或者说，如果你想做的是那种穷极无聊的作品，那么恭喜你，你成功了。但她什么都没说，只是平静地点了点头。

这本该是一场愉快的晚餐，一次研究生同学聚会，是和差不多八年没见的朋友叙旧的场合。一开始都很好，她们相互问候——你好吗——各自聊起了生活近况，说说这个老朋友或那个老朋友。但是很快，夜婊就看明白了，她彻底看清楚这是怎么回事了。

这些老朋友做的工作比她多，事实上，比她多得多。她们曾经是同行，也是友好的竞争者，多年前在学校的时候，她们齐头并进，不分上下，截至她的孩子出生都是如此状态。可自打她生下孩子，这些朋友就大步流星地向前走了，她们取得了合理的进步，以她们的天赋和技巧来看，甚至可以说她们做出了卓越的成绩。反观夜婊，她像下班一样离开了艺术家的身份，加入了在家带孩子的妈咪大军。她可不想让孩子和戴着橡胶奶头的可怕女人成天待在一起。她曾经迫切地想要抱他，亲他的小脸，闻他的脖子。虽然她不想，但在别人给他喂奶的时候，她还是忍不住哭了。因为白天他在日托机构由那些可怕的女人照看，怎么都睡不着，或者说拒绝睡觉，他特别疲惫，简直是筋疲力尽。等她把他接回家后，他倒头就睡，她没有机会逗他笑，给他读他最喜欢看的书。因为这种事，她又忍不住哭。她实在无法在美术馆上班，做艺术项目的同时，在丈夫频繁出差的情况下独自照顾孩子。她做不到。所以最后她选择了孩子——孩子，孩子，他有着梦幻般令人陶醉的吸引力——把其他一切都抛到了身后。于是有了现在的情况。眼下的情形。

而这些女人——她们曾经是她的朋友！——她们也有孩子，可其中一个创作的艺术品卖出了五十万美元，而且雇了一个住家保姆；另一个竟然可以忍受由那些可怕的女人和日托机构来照顾自己的孩子，至少没有表现出什么负面情绪，也没被那些情绪打垮，不仅如此，人家干脆把孩子送进了全托机构，那里能提供上学前和放学后的活动安排，甚至可以服务学龄前的孩子。夜婕知道这些是因为摄像师聊其他事的时候笑着提了一嘴。她竟然还笑得出来！摄像师说她没有遗憾——她喝完第三杯葡萄酒后竟然说了这种话——没有遗憾！——说完大笑着和夜婕碰了杯——完全不纠结。多么清晰生动的画面，她在工作室，她的孩子在别的地方，她不在乎那是什么地方。就这样，除夜婕之外的其他女人，这些事业有成的女人，她们自然火热地聊着她们取得的种种成就，尤其兴奋地交流着策展人和艺术经纪人的名字，听到其中一人宣布要布置一个新展，另一个人得到一笔新的拨款，她们便发出快乐的刺耳尖叫。之后，二人又比照了一下她们来年的展览日程和教职安排。

坦白讲，我的问题就是眼前的机会太多了，那位职场妈妈说，我得舍掉那些让我觉得无聊的。我每天的时间都不够用。

夜婊点点头，希望这样能让对方觉得她完全理解。的确没有足够的时间去追求那些创意十足的抱负。完全同意。确实如此。

夜婊点的是一份羽衣甘蓝沙拉，沙拉顶端有一小片可爱的三文鱼，越往下吃，似乎盘里的羽衣甘蓝就越多。她勤奋地叉起沙拉，把它们往自己微笑的嘴里送，嚼啊，嚼啊，嚼啊。圆桌对面的那两个女人聊着聊着，竟然把她们的椅子朝对方的方向转了过去。就这样，她们聊啊，聊啊，聊啊，夜婊则继续嚼啊嚼。

我是一头母牛，她默想，我是一头母牛，在令人平静的绿草地上冥想。

她需要这种冥想来抵消从肠胃深处翻涌而上的"反刍食物"。带着一阵强烈的恶心，她发现这是因为她把所有的愤怒、悲伤和对自己生活的失望都推到了那里。那里也埋藏着那个有才华、有勇气、有抱负、有观点的年轻女人。下面，那个年轻女人在肠子里守候着，或者已经死了，溺毙于大便之中。上面，夜婊还活着，呼吸着空气。在古朴的大学城中，一串细长迷人的砖砌建筑里有一家灯火通明的餐馆，其中一张餐桌旁坐着一个中年妈妈，她离开艺术圈已经很久了，不算圈里的新面孔，也谈不上有名气，甚至不曾进入艺术圈人士的视野，只参加过几个小型地方展，零星发表过几篇文章，除此之外就没露过脸，短期内也没有再次被大家看到的希望。可夜婕不是这么看待自己的，绝不是，因为她一直保留着复出的想法，因为她觉得自己还有无限的时间、潜力和机遇，因为她的年纪还没有那么大，她的人生还没有结束。但坐在那儿，两杯白葡萄酒和一整盘羽衣甘蓝下肚后，她相当清楚地看到她之前对自己的认识都是误会——与之相反，她无足轻重。她现在看到的自己和那些女人眼中的她是一致的，她就是个安静发福的女人，小口喝着葡萄酒，在整场对话中说不出一句精彩的评论，也提供不了什么独到的见解。她实在是太无趣了，她们甚至整整半个小时都没理会她。这并非她们刻薄，只是她没能融入对话。（她们不是有意的，对吧？她曾经那么有天分，要是当初没中断工作，现在一定和她们一样事业有成。她以为她们明白这点，基于这点共识，她们在一个平等的竞争环境中。坦白讲，她未曾清楚地考虑过这些，直到这一刻，她被迫在这种可悲的情形下、以这种可悲的方式看待自己。）

一开始，她以为自己会哭，但后来她意识到，她会做出糟糕得多的事。

变身夜婊前那漫长的几个月里的愤怒和绝望潮水般地向她涌来。她的朋友们如此表现自然全无恶意，并非有意羞辱她，甚至根本没考虑她的感受。但恰恰是这种漠视对她的伤害最深，让她再也无法参与她们的对话。倒不是说她想参与这种涉及自身的戏谑性聊天，只是她希望能得到她们的邀请，然后她再拒绝——她至少配得上这样的待遇。至此，她的思绪又回到了种种糟心的场景，比如她丈夫坐在一家安静的小店里，一边小口喝着咖啡，一边悠闲地看着学术期刊；在漫长的一天又一天里，她看着孩子玩火车，想打个盹儿却总也腾不出时间，还要鼓励孩子坐在便盆上拉粑粑，带着孩子散步到火车轨道，接着还是没完没了的火车，火车，火车。

她愈发沉浸在自己的愤怒中，感觉自己要像儿子一样情绪崩溃了——她儿子在起居室的地板上撒泼打滚时，会胡乱蹬腿，又抓又挠，在闹腾的过程中伤害自己，同时越哭声音越大。她不能这么干，她一定不会这么干，快控制住自己。这股怒气她要么得发出去，要么得消化掉，总之她不想再留着了。为了表现得文明大方、礼貌成熟、通情达理、头脑冷静，她不会从心里把自己撕得粉碎，不会把自己的肠子搅成一团酸浆，不会在睡觉时磨牙，也不会扭断自己的脖子。

那个摄像师正在开玩笑，她说，听着，我知道我喜欢拿自己是自恋狂开玩笑，但其实我觉得我就是自恋狂。就在这时，夜婊噌地一下从椅子上站起来，掀起桌子，桌上的银餐具哗啦啦往地上掉，一个玻璃杯倒了，里面的水洒到了那个职场妈妈的大腿上。她眼睛瞪得溜圆，嘴张成 O 形，似乎在发出无声的呐喊。这动静打断了餐厅里叽叽喳喳的交谈声，这里立时跌入一片可怕而惊人的安静。她站在原地，愤怒地喘着粗气。

她对那两个女人发出低吼，然后开始狂吠，不停地吠，闭着眼睛，迫使自己发出野兽的声音。她的腹肌剧烈收缩着，盆底肌在经年累月的凯格尔运动[1]练习的加持下有力地起伏着。

我的阴道能夹碎核桃！她并没有冲什么具体的人说，但这声高喊立刻吸引了周围所有人的注意：坐在桌子对面的她的朋友们——那两位艺术家——其中一个伸手遮在眼睛上，就好像她在直视太阳，另一个脸上浮起一丝浅笑。她们后面那个卡座上的一个老大爷吃惊地合不拢嘴。旁边卡座上的一个小女孩害怕地缩进妈妈怀里，她妈妈气呼呼地瞪着夜婊，同时抚摸孩子的头发，小声地安慰她，告诉她保持安静。

一时间夜婊羞愧难当，大汗淋漓，什么话都说不出，只张着嘴大口大口地喘息。她心中闪过一个念头，

---

1 凯格尔运动，又称骨盆运动。其训练目的在于加强盆底肌肉，减少女性产后尿失禁。

会不会是更年期早早到了。尽管拼命克制，最后她还是流下了愤怒的、滚烫的泪水。她边哭边拿起自己的包和外套。

那位职场妈妈压低声音，想说句宽慰她的话。但夜婊抬起一只手。

别。说完她就拖着笨拙的步子往餐厅外走去，但她的行动比人类这种两足动物更具破坏力。她冲向餐厅门口的过程中，经过的一切都被她搅得乱七八糟，桌子上的餐巾纸被刮了下来，杯杯盏盏也纷纷被碰倒。她磕磕绊绊，跌跌撞撞，用力地抽动着鼻子。她的目标是趁着还没有完全变身，赶快离开这个地方，可因为刚刚难捱地嚼了半天羽衣甘蓝，她现在对红肉的香味全无招架之力。

餐厅门口有张双人高脚桌，那里坐着一对年轻情侣，其中的女子在爱情的滋润下容光焕发，左手戴着一枚闪闪发亮的戒指。夜婊离开就餐区时在那儿停下脚步，从年轻女子的盘中抢过吃了一半的汉堡，狠狠扯开，汉堡胚、生菜、洋葱和西红柿都落在了地上。女子被吓得紧贴座椅靠背，生生憋住了尖叫。夜婊冲向街道，口水横流地咀嚼、吞咽着汉堡里的肉饼。她大步跑过布满小水洼的街巷，出了市中心便飞速钻入灌木丛，心想但愿没有被人看到。她始终在阴影中潜行，因为在那里，她可以尽情地喘息、呜咽、喷出鼻息。

她决定往自然保护区跑，那是一片幽暗且舒适的森林，就位于这座小镇的中央。她要在树下的黑暗中哭泣、咆哮，在溪流中嚎叫、散心。她站在小溪中，任由自己那双流着血的、酸疼的脚在冰冷的溪水中逐渐变得麻木。她知道，如果她一直沿着小溪走，最终会在它的引领下回到她家附近，这正是她的计划。回家的途中，她不知道把凉鞋丢在哪儿了，但赤足涉溪的感觉太好了，她不禁从喉间发出阵阵低嗥。鼻涕淌下，与脏兮兮的滚烫泪水混在一起。她沿着溪流左冲右突，时而跃过横躺在半路的原木，时而钻入岸边的灌木，寻找着能让自己冷静下来的东西。她的目标就是肆意破坏，留下一片狼藉，从儿子出生后这些年来所有的愤怒、悲伤和疯狂中解脱出来。她一直把这一切藏在她那皱巴巴的生面团似的大腿里，藏在挂在她身子中段的那圈可怜的小肚子上，藏在那日夜框在眼睛周围、似乎永远无法摆脱的黑褐色眼圈中，藏在她的手指关节里——现在每当她感到疲惫、生气与悲伤，她的手指关节就开始疼痛，而她的疲惫、生气与悲伤从来不曾停止。

　　哦，那些女人！那些讨厌的女人！她抽抽搭搭地跑进森林腹地，一路溅起无数水花，最后坐在一根倒下的原木上，哭了起来。上次有如此感受是什么时候来着？高中？还是初中？不如别人，被忽略，拙于社交，这些青春期的感受击溃了她，让她觉得只是拥有这些感受就是件愚蠢的事。现在她是个成年女性，她不想有这种感觉。这太荒唐了。然而，她依然静静地啜泣着，这是十年来她都不曾有过的。

过去几年，她为育儿付出了艰辛的努力，承受了种种失望，牺牲了全部，却依然担心自己不是一个好妈妈。她焦虑，因为自己可能无法重拾艺术事业，如今的命数里只有当妈，再无其他。这一切感受在她心中激荡，让她哭个不停，哭得像个苦恼的少女。她才在家里度过了一个性冲动满满的、无比美好的周末；而且她作为妻子、妈妈和狗妈妈拥有了正常而平静的家庭生活；另外，做狗妈的事完全在她的掌控中，不是吗？多亏了她对艺术的否定，多亏了她过去几周来为控制自己的冲动、驾驭自己的欲望做了艰苦的心理建设，她才如此、如此接近完全不含冲突矛盾的、真正的满足感。

她逼迫自己发出一种她从未听过的声音，那是一种长而刺耳的咆哮，由愤怒与呼吸、渴望与哀伤交织而成。为了发出这声音，她绷紧了每一块肌肉，声音中蕴含着一种巨大而可怕的力量。此时的她，腹肌紧收，喉咙紧缩，脚趾紧扣，双手蜷成爪子状。这像是一头盲兽朝着别的东西发出的哭嚎。随着这个声音，她把憋在心里的一切都赶了出去。

旁边，一只浣熊在隐蔽的洞穴里用它那渎神的说话方式回应了她。她不假思索地一头扎进了岸边的黑暗中，因为她看到了浣熊闪闪发光的眼睛。它把她吓了一跳。她气坏了。放肆。好大的胆子。

她抓着它，没等被它咬到，就迅速地扭断它的脖子，扑通一声将它扔进了小溪。她仰天长嗥，随着有生以来最响亮的这声嗥叫，她的眼泪奔涌而出，肾上腺素飙升，肌肉充血。就这样，她猛地冲进夜色，不顾一切地向家的方向奔去。

跑到她和孩子曾在阳光灿烂的午后往水里扔石子儿的地方时，她已经杀掉了不幸出现在归家路上的三只小型啮齿类动物和一只无助的小兔子。从这个地方再往前就是火车轨道，过了火车轨道，不一会儿就能看见她家后院。

在她家后院，她趴在草地上伸展四肢，闻着土地的味道，在蕨类植物柔软的绿叶上蹭着脸。她的双腿和双臂都有擦伤，双手脏兮兮的，带着血渍。

她冲进房子，没有像往常一样友好地喊一声有人在家吗，提醒丈夫她回来了，而是径直走进卫生间，锁上门，脱掉脏了的衣服，从纠缠在一起的头发里拽出小树枝。她把淋浴的水温调到最热，站在莲蓬头下面，努力恢复平静，洗去夜色中发生的一切。

她哭着在客卧的床上睡去，醒来发现丈夫和儿子还没醒，便坐起来又哭了一会儿。她看到手机上有二十六条未读消息，干脆关掉手机。她再也无法面对那些朋友了。

她很生自己的气，因为她没想到自己竟然如此在意别人，因为她感觉自己是个失败者。事实上，把自己视为失败者难道不是成为真正的失败者的第一步吗？她不能那么想，因为那么想没用。她现在只想穿着睡衣看几部愚蠢的电影，这事她能做，因为这天她哪儿都不用去，只需要在家陪孩子。她没什么了不得的事要做，没人指望她的专业技能过活，也没人激动地盼着看到她的新作品。除了她两岁大的孩子，没人需要她。她做什么都好，就是不能哭；非要哭的话，她也会假装上厕所，躲在卫生间里，利用有限的时间哭。

那只讨厌的猫愚蠢地喵喵喵叫个不停，直到夜婊打开一个罐头，喂了它恶心的糊糊状早餐，它才不再叫，呼哧呼哧地把罐头舔光了。她往灶上小小的平底锅里放了四根冷冻的香肠，将冷冻的华夫饼放进烤面包机，把香蕉切片，然后洗了些草莓。把洗衣机中湿答答的衣服拿出来，放进烘干机的时候，她很想一拳接一拳地把墙打穿。然后，她开始用一块海绵擦厨房的餐桌，随后又擦了孩子用的那张超小的塑料桌，在这个过程中，她始终想象着用手扯掉一只鸣禽的头。她擤了擤鼻子，倒上咖啡，听起了新闻。她给家人做好早餐，帮丈夫找他需要放进手提箱的东西，因为这个可怜的家伙连自己的东西都记不住在哪儿。这只呆头鹅，他就没怎么在家待过！他当然不知道东西都放在哪里！

她丈夫想知道出了什么事，她告诉他，她只是来月经了，她到了中年，荷尔蒙不稳定。他担心地说，嗯，我从来没有见你哭成这样过。她只是挥手让他走开，自顾自地又哭了起来。

我到围绝经期了，她边说边啜泣，在绝望的深渊中越扎越深。但还不到十分钟，她脸上就浮现出笑容，这是为了不让丈夫担心。他是个好男人，不该为了担心她承受多余的压力——倒不是说他离家出差后还会持续担心她。她无法想象他离开家后还会关心她的情绪状态。

第二天早晨，她送丈夫出门。此时，他已经吃过了她做的早餐和热咖啡——他醒来之后这些东西就等他了。他起床后先是慢悠悠地拉屎，似乎借此机会恢复元气，而后又花了很长时间冲热水澡。出浴后，迎接他的是从烘干机里出来的一摞暖烘烘的干净衣物。是她在卫生间喷了空气清新剂，然后将那些衣物叠得整整齐齐，放到那儿的。做完了这些，她更加厌恶自己了。现在，看着丈夫开远的车，她满心恨意。

哪天我也要慢悠悠地拉一次屎，她悻悻地想。

她努力摆脱那些消极的想法，但终究没有成功。她只好打开电视，和孩子坐在一起看动画片，屏幕上两个虫子之类的东西用木槌砸向对方的头，她儿子一边看一边疯狂大笑。这画面对他来说太暴力了，但他喜欢看，喜欢得又是拍手又是咯咯笑。是的，她是个坏妈妈，是个糟糕的妈妈。她感觉自己又要哭出来了，赶紧站起身去吃东西，因为她虽然想到了要给这房子里住的其他人做饭，自己却忘了吃。这时，她又瞧见了那只讨厌的猫，它吃完早餐还不到一个小时，就又等在厨房水槽前那张小地垫的角上了，它老是埋伏在那儿。

垃圾桶里的烂土豆难闻得要命，空气非常干燥，外面的云层特别厚重，这个早晨格外阴沉。她躬身站在打开的冰箱前面，尖着嗓子叫了一声，因为这时她才发现，家里一点肉都没了，只剩下那讨厌的猫吃的讨厌的猫罐头。那只猫之前就喵喵叫个不停，现在盯着罐头又发牢骚似的喵了一声。于是，夜婊又打开一个罐头，将里面的东西舀进猫食盆里。她好奇地闻了闻那玩意儿，觉得它只是些黏糊糊的碎屑，不知是什么东西混在一起做成的，反正无法让她胃口大开。她嫌弃地看着那只猫对着那堆难以形容的肉狼吞虎咽。孩子看的动画片发出叮叮当当、滴滴嘟嘟的声音，夜婊在厨房里强压怒火，一边拿着杯子小口地喝着温热的咖啡，一边恶狠狠地瞪着那只猫，腰际的带子松了，浴袍垮垮地裹在她身上。

她强迫自己认真听新闻广播，这反倒令她对鲜血更加渴望。于是，她关掉收音机，在水槽边来回地踱步，只觉得脑袋里一跳一跳的。她想从碗橱里找到能让脑袋安静下来的东西，可没有找到一样能当布洛芬用的，最后砰的一声将碗橱门关上。她拿起一把刀，想切……切东西，于是她转身开始寻找，苹果、胡萝卜或者该死的牛肉干，什么东西都行。结果，她踩到了那只蠢猫。它刚刚吃完第二顿早餐，奇怪地凑过来，一声不吭地在她脚后跟边上绕来绕去。夜婊自然被它绊了一跤，成"大"字型重重地摔在了厨房地上。她对猫破口大骂，猫瞪圆了绿眼睛，飞快地往起居室跑去，疾速摆动的细长猫腿似乎只存在于动画片中，球一样的身体上下起伏着。

夜婊的膝盖一阵一阵地疼，腰腿部位也一样。她眼中闪烁着沉默的怒意，盯着那只猫就蹿了过去，一下便抓住了它的两条后腿，拖着它走过硬木地板，然后猛地将菜刀插进它的胸膛。虽然她认为这是不可能的，但猫的绿眼睛睁得更大了，它们背后没有任何智慧的迹象，只有麻木的本能，让这样一只愚蠢的动物活下去所需要的最小限度的本能。

她又在猫的肚皮上横着捅了一刀。它立刻像紧身裤一样裂开了。夜婊低吼着弯腰叼住猫的后脖颈。她莫名愤怒地抬起头，疯狂地来回甩着猫的身子。她每甩一下，猫就会随之勉强发出微弱的吱吱声和呼吸声，最后像泄气了一样瘪下去，溅得白色橱柜和磨损严重的木地板上尽是血点。一圈紫色的肠子从伤口中流出来，像条湿围巾一样甩来甩去。一种厚重的暖意从夜婊的下巴一直延伸到她的胸前，她更加疯狂地陶醉于左右甩动猫的身体。那畜生的内脏和器官纷纷拍打着她的脸，而后落到地板上。她更加用力地、狂暴地摇晃脑袋，鲜血飞溅到厨房的各个角落，直到传来清脆的咔吧一声，猫的身子终于软下来，不再有任何抵抗。她也停下动作。血滴滴答答地淌在她的赤脚上，淌进她的趾缝里。她把嘴里的猫放到手里，先是闻了闻，又用鼻子推了推，依着动物的好奇心查看了一下它的状态。她做梦一样地看着它，一动不动地站在这场扣人心弦、异乎寻常的混乱中。

*

　　直到现在，她才在记忆中为最近几周发生的事件
找到合理的解释。她从小和守旧的父母生活在阿巴拉契
亚山脉的山麓丘陵地带，那一座座山丘被厚重的黑暗笼
罩，它们之间的山谷牢牢抓着数十年、数百年的秘密。
在那里，她按照古老的德国养育方式长大。在她眼里，
母亲的双手从来都不会闲着，这双手能用细细的线钩编
出线条复杂的天使；能在香草园中开展各种劳动；能将
采集的植物枝条扎成捆，晾在厨房的屋檐上；能料理宰
好的鸡，掏出它肋骨间的脏器，举起鸡的叉骨，借着窗
前的光线细细欣赏它；能在一大碗草莓上这样或那样地
舞弄一把水果刀；能把冰箱收纳盒叠放在一起，在里面
放上一个个塑料袋，往袋子里倒入汤汤水水，然后用金

属扎丝束紧袋口，固定袋子的位置，最后将它们一个个摞放整齐；能在比她高的灌木丛中采集到成千上万颗蓝莓；能伸进自己的卷发中给头皮挠痒痒；就算闭上那双疲惫的眼睛，也能给丈夫打领带；还能揉面团，在肥皂水下摸出脏餐叉。她还记得母亲在储藏冻肉的冷库中一年到头都穿一件海军蓝的大衣，大衣上有一道粗拉链。母亲常常以惊人的力道猛地拉上拉链，然后触摸冻肉的每一个面，就像是在安慰它们。它们在她的唤醒下轻轻摇晃，就像得到了安慰。冷库中唯一的灯泡会在肌肉和骨头上投下冷硬的光。她还是个孩子的时候就早早知道了血的气味，知道暴力的后果。她的父母和他们信仰的宗教都主张和平，但在他们的日常生活中，暴力处处可见，比如小鸡的脑袋和破碎的蛋壳，干草小窝中死去的小猫，被挂在三脚架上放血的猪，树林间鹿缓缓转动的身体。

她的母亲曾有志成为一名演唱家，一名歌剧演唱家。她有着能直插云霄的歌喉，那嗓音似乎能把空气带到高处，将它变成某种晶莹剔透的完美利器。可她并没有尽情展示自己的好嗓子，而是每周日都梳起头发，戴上头巾，去教堂唱四部和声。融入集体是美德，以集体为先也是美德，她正是这样做的，一辈子都是。很久以前，她还是个小女孩的时候，在一个周三晚上的礼拜中，她独唱了一首歌，台下的观众只有不知什么人的一个表亲，是个从大城市来这儿体验乡下生活的男人。礼拜结束后，他走到她母亲跟前，用一块崭新的白手帕擦去眼泪，说他从未听过这样的歌喉，说他在一家剧院工作，还说他本人愿意资助她去欧洲顶级声乐学校学习，然后他递给她一张小小的白色名片。她把这张名片藏在了梳妆台上一个音乐盒的底座里，因为她家里人都认为梦想去欧洲学唱歌实在愚蠢到了极点，也虚荣到了极点。她跟自己发誓，要等以后长大了再去，可她当时不懂。这个故事在她口中就是这个样子，结束时只有一句我当时不懂。于是她女儿总会缠着她问，不懂什么啊？不懂什么啊？——她迫切地想要知道答案。然后她母亲就会哈哈大笑，这笑声持续的时间格外长，音量也格外大。再然后，母亲就会跟还是孩子的她说，时间太晚了，上床睡觉去吧。

在那之后很长一段时间里，即便在母亲诞下一个完美无瑕的女婴后，她还会聊起这个关于欧洲的梦，因为聊得太过频繁，这个故事开始变得不那么受欢迎了，甚至要被贴上"以自我为中心"的标签了。为此，她丈夫提醒她，对教会来说，个人没那么重要。她的父亲是个好男人，而她的母亲称得上是个不一般的女人。她还记得在温暖的夏夜，母亲赤足坐在草坪上，一台唱片机将歌剧撒遍草地、空气与纹丝不动的树木。只可惜，现在那些草和空气都变黑了。当时，每晚她都是那么睡着的，歌剧声像风筝放线一样悠悠飘出开着的窗子，母亲光着脚，身穿一件花朵图案的连衣裙，躺在外面，痴痴地望着星空。一天夜里，她做了一个关于母亲的梦，梦见母亲在外面的草坪上遭到了狐狸、浣熊和狼的袭击。她母亲发出像猫一样喵喵的叫声，而且每当其中一只动物对她母亲发起攻击，撕扯她母亲的身体，她母亲都会满怀爱意地摸摸对方的头，发出猫叫。女孩从梦中的窗口看着这一切，内心越来越绝望。我就知道，她自言自语，我一直都知道。她大口喘着气从梦中惊醒，跑下楼去找母亲，想确认她是安全的，因为她醒了之后觉得那个梦很真实，整件事让她非常困惑：她母亲竟然和几只猫待在门外？可她母亲其实不喜欢猫啊。不，等等。她在唱歌……借着月光，她看见母亲一动不动地躺在草坪上。她吓坏了，以为母亲死了，赶紧呼唤母亲的名字。她母亲被吓了一跳，惊慌地坐起来，在脸上抹了几把。你为什么哭了？女孩问道。母亲却说，我没哭。我只是累了。去睡觉吧。

后来，每天早晨那些猫都会在她去公交车站的那段不短的路上尾随她。她为它们跟着她哭过，拿石头扔过它们，也厉声呵斥过它们，叫它们回家去，可它们知道她的手指上有牛奶味儿，想舔她的手指，让她把它们裹在她暖和的夹克衫里。她求父母把那些小动物关进家里，好阻止它们继续尾随她，不然它们离家太远，等她上了公交车，一定会走丢的。她想象这些小猫在遍地乱石的小路上哀号，挨饿受冻，然后溜达进森林中，最后被狐狸吃掉。她抽泣着求父母，他们睁大眼睛看着不知所措的她。猫儿们没事的，他们说，同时也被这个哭泣的小女孩搞糊涂了。快走吧，要错过车了，他们说着把她推出家门。他们不愿意费心看顾那些小猫，因为它们不过是几只畜生。她拼尽全力快速跑过她家与公交车站之间那半英里，边哭边跑，双腿像是着了火，肺里像是塞满了石子儿。她这么做是为了甩掉那些小猫，因为她很爱它们，甚至把它们当成了自己的宝宝。她爱护它们，可她的父母却不想为它们操心，通过这一点，她看到了自己与父母之间横着一条永远无法完全跨越的鸿沟。等车的时候，她感到非常孤独，脸上湿漉漉的，鞋子也沾满了泥巴，在没有太阳的天空下，在黑暗的树林里，那个时期的空气总是很冷，出乎意料的冷。

她向外婆寻求帮助，外婆是一个满脸皱纹、近乎失明的女人，住在他们家的一座小房子里，从来只穿朴素的衣服、朴素的鞋子，坐在阳光下微笑。外婆基本上不会说英语，喃喃自语时说的都是令人费解的德语。但她仍然去跟外婆求咒语了，因为她知道外婆有本咒语书，它破旧的封面上画着巫术符号和一些陌生的标志，里面全是德文。我需要一个保护小猫安全的咒语，她对这位老妇人说。老妇人静静地坐在小小门廊里的一把直背椅子上，笑了，整个脸都亮堂起来。她把孩子叫进她那散发着大蒜、泥土和蜡烛味儿的小窝，从床头柜上拿出那本小书，用拇指翻开那柔软的书页。还是小女孩的她纳闷外婆要怎么才能看清小书中褪色的文字，这时外婆拿起了床头柜上的放大镜。她仔细看了一会儿，找到需要的那一页，然后走到厨房的桌子旁，把书摊开放在上面。她从架子上拽下几个罐子，把一口沉甸甸的金属锅放在明火上，还不时查阅那本小书。在女孩的注视下，她在锅中倒入一些干的与新鲜的草本植物，还有她用手动泵从粗制的水槽中抽上来的水，水量也是精心称量好的。她吩咐女孩去草坪上采三朵蒲公英，女孩听话地去了。当她再次走进那座黑魆魆的房子，正巧看到外婆将一只小型啮齿类动物的尸体放进锅里。所有的配料都备齐并调配好后，她们喝起了洋甘菊茶。等到锅里的水开了，外婆用毛巾裹住锅的把手，从火上将锅端起，走到牧场边缘的栅栏旁，一边用德语小声咕哝着什么，一边沿着栅栏将咕嘟冒泡的混合物倒在了地上。

好了，外婆说，女孩环抱住她的腰，深深嗅着她的气息。女孩最爱的就是她的外婆了。第二天，在她们倒下那锅混合物的地方，所有的杂草都死了，那只啮齿动物的尸体不见了。另外，她出门去上学时，小猫们都乖乖在窝里睡觉。

她母亲是个善良、负责且神圣的女人，似乎总是神游千里之外，要么就是在头疼，要么就是在打盹，再要么就是嘴里念叨着求求你，让我单独待会儿吧。别老惦记你外婆和她的咒语书了。认真点。懂事些吧。女孩总是感觉母亲想把她拒之门外，想让她离远点，再远点，赶紧走开。她把这种行为视为对她的遗弃，但现在她明白这是怎么回事了——这代表了她母亲对她的爱。多少代的女人想迟一些再攀登事业巅峰，但最后等来的是永远错过登顶机遇？多少女人感觉时间不够用，男人却不知道如何打发时间？夸这样的女人神圣或者无私是多么卑鄙的手段啊。赞美女人们放弃她们的每一个梦想，多么恶毒啊。

过了太久她才回忆起这一切，过了太久她脑海中才浮现出过往的影子，原因是她离家时出现了严重的失忆——一次故意的失忆，因为遗忘童年意味着她从那段岁月中幸存下来。

她那些将木材与骨头结合在一起，给游乐场设施做"新装"的艺术项目都需要用到她在阿巴拉契亚地区安静的成长环境中学到的技巧。她知道如何养蜂、制作蜡烛、梳理羊毛、用手纺车纺线、晾晒洋葱与大蒜、利用植物汁液制作照片、做任何烘焙食物、编各种花样的辫子、唱随便什么类型的歌、在森林中追踪动物。她知道如何判别基本的方向，怎样通过马脸看出哪匹马跑得快、哪匹马跑得慢。她非常清楚要如何完全靠自己过完一生，可家里赚钱的那个是她的丈夫，是他利用他的电子与工程方面的知识和技巧赚钱，尽管她能创造一个世界，还能创造一个小人儿，让他在那个世界里生活。

那个小人儿呢？她那个美好到无以复加的孩子呢？他每天早晨睁开眼睛，开口喊的第一声就是妈妈。他需要她把他从床上拎起来，因为他太小了，也太困了，还需要她给他穿衣、喂饭、洗澡，跟他玩，给他唱歌，胳肢他，把他抱起来荡秋千，荡得高高的，追逐他。他需要妈妈，快看我，他醒着的时候，几乎每一秒都会这样说。有时候，他会把一只柔软的小手放在她脸上，把她的脑袋扳向他想让她看的方向。通过他的这个举动，她看到了一整个近在眼前的未来，那就是这个世界的一切都要围着这个孩子转：无论是她醒着，还是她在睡觉，无论他们去哪里，买什么，包括孩子母亲的目光所向，都要以他为中心。她一不留神，他就会逐步形成一个印象，这世界会按照自己的每一个心血来潮的想法运转，她也的确想依着他的想法，因为她爱他，可是在那些最艰难的时刻，比如说她将那只猫软绵绵的身体捧在被鲜血染红的手中的时刻，她开始对这个无辜的小生命升起一股恨意，他过着那么安逸的生活，他知道他能得到无微不至的照顾，想要什么都能得到，非常真实地感觉到这世界都是他的。她不想拒绝他的要求，让他的生活变得艰难，可她已经感觉到了这种冲动，她想从根儿上把他塑造成一个为自己负责任的人，想对他说，不行，不要，不可以。另外，她也在努力训练他，改变整个世界曾给他留下的印象，她在试着告诉他，你看，我不属于你，我不是只为了你而存在，可是当然了，说到底，她就是属于他，完完全全属于他。

PART
THREE

值得过的人生？
这是什么？诅咒吗？

完了。

她的小猫咪。

毛发蓬松的小东西。

这个蠢笨又可爱的小小松脆威化饼。小扁糕。小毯子。毛茸茸的爪子和铃铛一样清亮的叫声。她曾想用一些小装饰品来打扮它，因为它戴过一顶圆锥形的帽子，坐下时恰好像一棵圣诞树。她的芭蕾女伶。她的小宝贝儿。完了，真的。

她站在自己制造的这片血色狼藉中有多久？两集动画片那么久？还是五集？孩子走进厨房，发现他的母亲满脸是血，手上也是。她从口中拽出几绺黑毛，身上滴答淌血的浴袍从肩膀处荡开，露出脚边一动不动的一坨皮毛。橱柜上是血，地板上是血，天花板上还是血。

孩子顿时僵住了，睁大了眼睛，看看那坨皮毛，再看看他的母亲，然后目光又回到了皮毛上。

哦不。孩子！她都做了些什么？她像块石头一样，一动不动地站在原地，看着男孩尝试性地一点点向她靠过来，嗅她的浴袍，然后嗅那只死猫。他用鼻子推了推那具尸体，拎起猫的一只爪子，然后眼看着它落了下去。

他再次看向母亲，然后发出一声小小的、欢喜的噪叫，接着用他的小脚推了推猫血糊糊的尸体。

哦，亲爱的，夜婊说，她猛然回到了这阴沉天气的干燥空气中，回到一个穿着浴袍的母亲的身份中。她清清楚楚地意识到自己的孩子穿着睡衣，正在厨房里为一只死猫兴高采烈；意识到这孩子一边噪叫，一边戳弄那只死去的小动物，就连他那完美的小脚趾头都沾上了血；意识到这幅画面看起来是什么样子，可能意味着什么。

她不想让他完美无瑕的皮肤沾上血，不想让他踏入这疯狂的场景。扮狗狗的游戏之类的都必须得叫停，得冷却下来。哦，天哪。她之前都在想什么啊？

她就没做任何思考。就是这么回事。她纯粹是受到了情绪、渴望和愤怒的驱使。不会有人深思熟虑后还能做出这种事。

可怜的小猫咪，她边说边抚摸这只小动物，眼下它只是地板上的一坨死肉了。她看着那毫无生气的眼睛，看着肚皮上的可怕伤口，爆出来的紫色内脏。她想把它们全都塞回去。于是，她从水槽下面抓起一条毛巾，想着把它裹起来，给这个毫无尊严可言的场景一些体面。

哦，天哪，她说。

抓小猫咪！孩子发出刺耳的尖叫，显然死亡的气息让他热血澎湃。这让夜婊更加焦虑了，她担心扮狗狗的游戏终究是玩得有点过了，担心自己失控了，过界了，担心这样的童年可能给她儿子留下了永久的伤害，担心有人看到的话，会把此事解读为虐待、家教失格或精神病。为什么，厨房里会到处都是血？这事是谁干的？所以，她需要立即进行彻底的清洁。

小猫咪好可怜啊，好可怜，她反复嘟囔着。这是个意外。它绊了我一下，我一定是⋯⋯她说到一半停下来，没有再继续说下去。我一定是一时间失去了人性，像狗一样疯狂地对待这只可怜的猫来着！我的确讨厌它，可它也不该死啊！它虽然非常非常傻，但它也非常非常美啊！

他们一起看着这只动物。

吃了它？想了好一会儿后，他问。

哦，不，夜婊说完摸了摸孩子的头顶，不可以吃小猫咪。咱们把它埋在后院。告个别吧，小猫咪。我们爱你。小猫咪是我们的朋友。

于是，母子俩就这么度过了他们的下午——在后院里挖坑。一开始，他们用的是铲子，之后就用手了。他们的挖掘越来越深入，泥土在他们身后飞溅，总而言之，整个过程非常愉快。土壤的气味，蠕虫的扭动，粗壮的树根——让人忍不住一口咬住，拉呀拉呀拉。

他们终于挖出一个大到足以把猫放进去的坑之后，母亲和儿子都因为这番辛苦劳动变得黢黑，脸上糊着泥巴，手指酸疼，但挖掘的过程实在太有趣了，再辛苦也值得。

他们把猫裹在一张旧婴儿毯里，然后放到坑里。孩子肃穆地看着它。

我们得说几句赞美它的话来跟它道别，她说。

哦，小猫咪。你生前如此美丽，喵喵的叫声如此甜美，好像铃铛一样。谢谢你做我们的小猫咪。

小猫咪软软的。孩子说完跳进坑里，将最后剩的那个没开过的猫罐头放到了猫身边。

她现在很害怕，真的真的很害怕，比第一次变身和夜游还害怕；而且，她不但没能及时从这种情绪中抽身，反而深陷其中。这和她二十多岁时感到的恐惧是一样的，当时她喝多了，早晨只剩下模模糊糊的恐惧感。她都做了什么？去了哪儿？她得改变一下。她一定，一定，一定得清醒理智起来。她慌乱之中（再次）做出判断，再不做出改变就来不及了，她不能再这么下去了，不能再这么愁眉苦脸地过下去，现在这种失控的愤怒也得好好管理一下，尤其是不能以这样的状态生活在儿子身边。那可是她可怜又可爱的小天使，是她永远不会伤害的人，永远都不会。可看看她对那只猫做了什么，这件事太吓人了，她真的被吓坏了，她可能会咬住儿子的后脖颈——这个想法从她脑海中一闪而过，好似一辆装满歇斯底里的孩子的无人驾驶校车向悬崖驶去，这时候她几乎要把自己吓哭了。她真的要把精力投入到设定目标并取得成果上。不管发生什么，她都要真正回到正轨上。她现在要按照母亲过去一直吩咐的那样，深吸一口气，净化自己，回归理性。

尽管她内心世界慌得仿佛陀螺一样嗖嗖乱转，但她必须维持表面的沉着，继续给孩子以慈母的关怀照顾。不喝咖啡，多吃蔬菜，烹煮肉类，打扫房屋，出门散步。她要每天有固定的就寝时间和起床时间，要拥有充足的社交……但同时她依然无法让自己真正意义上离开这座房子，只能安安静静地度过一周：做手工、看孩子玩火车、做饭、养护草坪。

首先，她从上到下打扫了一遍厨房，用水和醋把这里的每样东西都擦了个遍，还给了孩子一个小桶和一块抹布，让他把桶里的水泼满地板。

随便乱泼吧！她指着那桶堆着泡沫的水发出指令。

他睁大了眼睛，开始认真对待这项工作，真正做到了随便乱泼。泼完水之后，孩子从她手中接过一根真空吸尘器的软管，按照母亲的吩咐开始吸地上的小树枝、树叶或泥土。他以一种与他这个年龄不匹配的热情干着这个活儿，还要求母亲把烤箱稍稍搬离墙边，好方便自己吸干净那后面的蜘蛛网。他还把一张彩色美术纸撕成了碎片，然后把每一片纸都放在软管末端，让它精准地将它们吸进去，心满意足地看着它们都被吸进了吸尘器透明的塑料尘斗中。

收拾完厨房之后，她开始深度清洁卧室。她拽起床罩，想抖平褶皱，可孩子钻到床罩下面，给她帮倒忙。最后，她和孩子一起从床罩下面掏出两个旧网球和一根狗狗磨牙棒，还有孩子的牵狗绳——他把这根绳子举过头顶，因为他早就忘了这个宝贝。然后他们还发现了一根两端系着绳结的短绳，这是一样方便狗狗磨牙、拉扯或衔取的玩具。她将天花板的风扇叶片上积的一层厚厚的灰擦掉，把成堆的衣服统统敛到一起，扔到了刚刚铺好的床上，准备把它们叠整齐。

她在床边堆着的卫裤、运动文胸和 T 恤下面，发现了孩子睡前喜欢看的一摞书，那摞书的最底下是她的《野外考察指南》。她一定要再读读这本书，就在今晚！可她刚刚做出这个决定，就开始反思，这本书可信吗？这本书真的是原创的吗？从现实的角度出发，她能将神话人种志领域专家视为科学权威吗？另外，万达为什么不回她的邮件？

接下来你还打算做什么呢？她问自己。在这样的时刻，这样的情况下，你要怎么做呢？就算她清醒理智起来了，答案也显然不是能通过逻辑分析找到的，不是医生和处方能给出的，也无法在同行评审期刊中觅得，不会在太阳东升西落的世界上存在。她要的答案，她只能去逆时针旋转的世界寻找，去只有艺术家、算命师和踩高跷的艺人的国度寻找。万达·怀特这种神话人种志学者不就是这样的国度中的土著居民吗？不管她是不是科学家，她都踏上了一条类似的旅程。所以，夜婇会读《野外考察指南》并把里面的内容记在心上，因为这些日子里，她的心实际上已经放不下太多其他东西了。

杀死一只野兔是一回事，杀死一只家猫，尤其是在幼子在家的情况下将猫残忍地杀害，完全是另一回事了。午休的时候她躺在床上思考着这些，与此同时，她的孩子躺在她身边发出从未有过的轻轻的呼噜声。当然，他们给猫下葬的时候很开心，可无论孩子的心理多么坚韧，他的母亲在厨房的画面都将给他留下难以磨灭的印象：她的双手沾满鲜血，滑溜溜的；一团团黑色的猫毛在空中飘荡；深蓝色和紫色的动物内脏出溜到破旧的木地板——需要重新刷漆的木地板上。血溅到地板上清漆被磨掉的地方，形成了斑驳的血渍，不管她怎么擦洗都擦不掉。

操，她嘟囔了一句。

紧接着又是一声操。

周五她的丈夫就回家了，然后肯定会同往常一样，问起那只猫。到时候她要怎么说呢？

她为了拿出最佳对策沉思了良久，她希望能想出一个法子，让目前的情况以最小的冲击力呈现在他面前，就像一片羽毛轻轻落在他脑门上一样，很轻很轻，让他几乎没有任何感觉。

他不是那种会反应过度或者草率下结论的人，但他也不愿冒险，对于任何需要仔细观察的事，他从不会选择视而不见。

她应该撒谎吗？要不要歪曲事实，编个不那么可怕的故事给他听？

再说了，孩子能记住今天的事吗？毕竟他才两岁。她就不记得自己两岁时的事，一丁点都不记得。所以，这事或许不会给他留下任何永久记忆和／或任何伤害？

她只要把整件事说成是一起可怕的事故就行了。也许可以说她把铸铁炖锅从灶台搬到台面上时，不小心砸到了猫？要么就说她发现这个可怜的小东西在马路上被压扁了，那个不知名的肇事司机早就跑到了小镇那头？这是一起肇事逃逸事件！她会这么说。

不过，当然了，她还要防着孩子说漏嘴，毕竟他看见、知道，也记得一些事。他肯定会自然而然地说起母亲双手沾满鲜血或者那只猫格外稀奇的内脏。所以她不能过分扭曲事实。她想啊，想啊，终于想到了一个完全合理的解释，而后她又想了许多，想着想着就在午睡的孩子旁边睡着了。

因为下午睡饱了，再加上上午发生了那件可怕的事，这天晚上她失眠了，怎么努力也睡不着。最后，她只得打开《野外考察指南》，看万达笔下的掠食性女性，那些虽然吓人但"真正罕见的物种"，她们"即便对自己不利，也永远不会伤害自己的孩子"。（上帝保佑万达，她如释重负地想。）"以善于用毒的药剂师部落为例，17世纪中期，她们身处饥荒之中，可她们不仅没有饿着孩子，还把孩子喂胖了；与之相反，该物种的成年人一个接一个地饿死了。"

万达继续写：

大量证据证明，神奇女性在其物种发展延续方面有着强烈的奉献精神。其中一个例子就是西伯利亚狼母……一个尤其隐秘的物种。目前我们尚不清楚她们的发源地，也不清楚她们是如何在没有男性从旁辅助的情况下抚育幼崽的。（要注意，这个物种可能根本没有男性，因为根据经验，人们从未确认过雄性西伯利亚狼母的存在。另外，大家还应该注意，因为狼母似乎可以自行受孕，所以雄性狼母没有存在的必要。文中稍后将就此展开阐述。）但人们零星见识过这一颇有王者气派的物种的真面目。

西伯利亚狼母是我有幸亲眼见过的几个物种之一。在一次与研究无关的个人旅行中，我发现自己踏入了正值隆冬时节的一片地区。那里的白昼只有六个小时。尽管我的补给充足，但还是免不了担心自己的安全与温饱问题。

苏联军方的一架直升机把我放到了东西伯利亚的针叶林腹地，这片区域在纬度上跨越了二十度，经度上跨越了五十度。尽管他们建议我不要在天气如此严酷的时期去那么偏远的地方（温度会偶尔下降到零下六十华氏度[1]），我还是设法让他们相信我有探险的天赋，强壮耐寒且意志坚定，他们便默许了我的请求。

在落叶松森林中，我背着四十磅[2]重的背包，在覆盖着一层浅雪的多年冻土上跋涉。我擅长冬季野营，也准备好了在此地带度过三周。然而，第一夜我就被从未体验过的强烈的恐惧征服了。我会把它归为精神上的不适、非理性的表现和迷失方向的感觉。

在清晨的月光下，我发现自己只穿着袜子和多层保暖服在雪地中游荡。我浑身冒汗，体温过低。我不知

---

1 1华氏度约等于17.2摄氏度。

2 1磅约等于453.59克。

道自己是谁，为什么会出现在这样的地方。正如大家猜测的一样，这与我的性格完全不符。我认为自己是一个极度理智冷静的人。

前方，一片洒满月光的空地上，两个毛发浓密的女人在跟我打招呼。她们似乎都怀有身孕，躯干臃肿，身边围绕着各种年龄段的幼崽，有二十到四十只。狼母是用四肢行走的，不过她们的前"爪"——如果我可以这么叫的话——生有对生拇指[1]。其实它们不像爪子，更像是改良版的人手，和智人的手离奇地相似。我发现她们的脸非常美丽，混合了人类和犬科动物的面部特征，有着突出的口鼻部和一双充满感情的大眼睛。尽管我对自己关于那一刻的记忆的准确性无法打包票，但我记得那些生物告诉我，她们来自乌克兰的普里皮亚季，大概四十年前还生活在此地以西三千英里的地方。不过她们并不使用通常的方式沟通交流，而是利用一种类似心灵感应的能力将这些信息直接发送到我的大脑中。

我向狼母走去，当时我对自己的行为和这些生物惊人的外观几乎毫无察觉，不过之后这些难以忘怀的画面时时在我脑海中闪过，让我犹如进入了被催眠状态，或者说像是在做某种白日梦。

这群幼崽聚在一起，合力凑成了一个平台，其中

---

1 opposable thumb，指能够轻松碰到其他手指指尖的拇指，一般认为是灵长类动物进化出来的一个重要适应性性状。

一位母亲将我推上了这台子。我躺在这群幼崽背上，舒展身体。她们活动起来仿佛一个整体，载着我从树下走过，将我送到了一个受到了周全保护的洞穴中，那里是她们温暖的小窝。"真是好孩子。"我只觉得头晕目眩，仿佛失智一样一遍又一遍地重复着这句话。她们栖息的洞穴中燃着一簇微弱的篝火，黑魆魆的洞穴深处闪烁着几只眼睛。我估计里面应该住着十二只狼母，还有她们数不清的幼崽。

在洞穴中，借着火光，我可以更清晰地端详这些狼母，尽管我当时已经是筋疲力尽的状态。她们的皮毛棒极了，和熊皮上的毛一样厚实，而且有些毛发仿佛纯银打造的一样，闪着银光。其中一只狼母将一条厚厚的、以羽绒填充的法兰绒毯子裹住我。这条毯子是从哪儿弄来的成了一个谜，但我不能否认它的温暖与舒适。

幼崽们挤在毯子下面，它们暖烘烘的小小身体相当快速有效地提高了我的核心温度。一只狼母递给我一个木碗，里面盛的东西很像鸡汤。幼崽们吠叫起来，我感觉自己好像能从她们的叫声中听出一种语言，模模糊糊，好似俄罗斯方言的语言。我应该从中听出了"球"与"玩"之类的词。另外一只狼母舔了我的脸，那感觉像是一块温暖的湿毛巾，让我想到了自己小时候。

我有没有联想到新出炉的面包的香气？那天夜里，我在半梦半醒间有没有出现幻觉，以为自己听到了摇篮曲？尽管狼母那硕大的犬齿格外恐怖，但她们其实是这世上最温柔的生物。另外，我完全相信她们是技艺精湛的猎人，是保护幼崽的能手。我还想过，假若我是个男人，那天晚上我发疯似的在森林中游荡，最终会等来怎样的命运。讽刺的是，也许那天我的女性身份终于没有给我带来不幸，而是救了我一命。

在那次旅行剩下的时间里，我都是和那群狼母同行的。我见证了许多幼崽的出生，还观察到了成年狼母在孩子出生几天后自发怀孕的现象。要是当初我可以把更多的时间花在调查这种世界上最可爱的物种上，我会满心好奇地去了解，如此生命周期是如何度过漫长时间的。

就在一年前，我再次来到这片地区寻找狼母，尽管我肯定自己计算的地理位置完全正确，但我再也没找到她们存在的丝毫痕迹。

那一周，她都在密切关注孩子，观察他之前见到的场景是否给他留下了精神创伤。她还在网上搜索了看到过暴力场面的孩子。不过她的孩子并没有表现出任何相关症状——没有没来由的疼痛，没有做噩梦，也没有分离焦虑（不是说他们分离过）或突如其来的攻击性（除了会和平常一样狗吠）。孩子只是喜欢咯咯笑，看动画片，在起居室里玩玩具车相撞的游戏，把成桶的沙土从沙坑倒到草坪上，再用他的儿童玩具耙将沙土耙平，让它们平平坦坦地铺在草根上。总之，他看起来很好，不过，那周她带他去河边的小摊上买了两次冰激凌吃，他们还往河里扔石子儿，让平静的河面上泛起浑浊的涟漪。他们去了有老旧游乐设施的那座公园，坐玩具火车坐了足足八次，每一次乘坐的都是守车[1]。孩子怎么都玩不腻这个项目，每当她告诉他没票了，该走了，他都会哭闹一番。

没错，她会去参加珍组织的保健品派对。没错，她会投资这个生意。眼下，她需要抓住一切能抓住的东西。她们有没有消除怒气的药？有没有哪种药能避免她变成像得了狂犬病一样的狗？能不能别让她跟狗再扯上什么关系？

第二天，夜婊为了取得一点点进展，让生活翻开新的一页而持续努力着。她坐在厨房里她孩子那张小塑料桌旁，在一张带着凌乱蜡笔痕迹的美术纸背面用大写字母写下，**我死前想做的十件事**。这是一次折磨人的自助练习，她要写下的东西是她永远都不会向第二个人泄露的秘密。孩子坐在一个大砂锅里，手上拿了把塑料抹刀，锅中装满了未爆开的爆米花。他在玉米粒中扭动着他那双光着的小脚丫，开心地大笑。他旁边放着一个烤

1　列车末尾供列车职工使用的车厢。

盘、各种各样的勺子、塑料碗和几乎洒到起居室里的许许多多的玉米粒。

夜婊盯着堆满了水槽的盘子发呆。十件事，十件事。天哪，她连一件都想不出来。"体重减掉十磅"，她勉强地写上了这条，然后就停了笔。

她真的没什么追求了吗？对什么东西都无法产生深沉的热爱了吗？她二十多岁时那种尖酸刻薄劲儿和热情挥手的行为都跑到哪儿去了？

哦，天哪，她到底想做什么？总得能想出来几件事吧。

她强迫自己草草写出点什么——随便写，只要动笔就行——于是她歪歪扭扭地写下，"我想裸奔穿过一片草地，抓一只兔子，拧断它的脖子，然后撕开它的喉咙，吮吸它的伤口，喝下温热的血液"。还有：

我想说出真相

我想操腿

我想在谷仓前的空地上追着马跑，追得它们不停嘶叫，踢腾得尘土飞扬

我想穿一身长袍站在教堂唱诗班中，不唱歌，而是放声嗥出赞美诗所有的音节

我想永远都不梳理头发

我想一件亚麻裙子穿一整年

我想臭烘烘的！

我想跑啊跑，穿过玉米地，一直跑到河边，沿河跑到大海边——抱歉，但我确实不准备回头——我想和陌生人做一场激情四射的爱，我还想不穿内裤坐在周身裱花的蛋糕上，匿名大肆糟践好东西，我想做艺术家，做女人，做母亲——我是说怪物，我想做一个怪物

她的愿望确实受到了早先读到的关于狼母的内容的影响，她发现那些段落如此迷人，好像将她从闷闷的卧室直接送进了寒冷但空气清新的森林，狼母在那里结伴而居，守望相助，接连怀孕诞下婴儿。她爱小婴儿！她爱有另外二十个妻子和自己一起生活的主意。想象一下那种便利的生活！想象一下那种友谊！当然了，也许你得以半人半狼的形象存在，但那种生活依然相当诱人。对夜婊来说，拒绝所有确立已久的社会形态，转而选择某种遥远而富有魔力的生活，选择加入一个自给自足且只用考虑自身需求的群落，这个想法太有诱惑力，而且令人兴奋。自由自在地做你想做的事，做你想成为的那种人——完全随心所欲——这样算不算骇人听闻？如果算，那也没有错，而是一桩美事，一种值得庆祝而非逃避的生存方式。

她一反常态，带着孩子去了商场。他开心极了，因为商场里有华丽的大型旋转木马，而且商场的购物

手推车外形好像玩具火车，他还能坐在上面。那天，他的每一个想法她都尽力满足，尽管通常情况下，她非常讨厌商场，但因为她现在要全天照顾一个孩子，这里变成了一个乐园，不仅可以无限供应咖啡，还有适合蹒跚学步的孩子参与的种种活动，所以每三个月逛一次还是挺让人开心的。每每她放自己带着孩子走进商场，就完全沉浸在像试用香水小样一样的简单快乐中。在为比她小十几岁的顾客开的快时尚服装品牌店里，她买了一条廉价的黑色人造革长裤，他儿子则在她身边吮吸着一根巨大的葡萄味棒棒糖，那种她从未允许他吃的棒棒糖。她还买了一件人造皮草马甲和一件镶边特别像郊狼皮的大衣。她买了焦糖色、午夜黑和象牙白的皮靴，还有一对挂着紫水晶的耳饰，一条用干燥的种子制作的项链。她给孩子买了一份炸薯条和一个甘堡——他管它叫这个。她允许孩子自己吃，任他把番茄酱厚厚地涂在T恤上，还把芝士抹了一头；她则大口地吃着汉堡，大大小小的购物袋就放在脚边。一到家，她就一个人进了屋，把孩子留在汽车座椅里睡觉。他在回家路上就坐在里面沉沉地睡着了，午后的阳光把他照得暖烘烘的，虽然浑身邋里邋遢，但看神情应该心满意足。进屋后，她换下有很多洞的T恤和对她这个年龄的女人来说过短的短裤，穿上最喜欢的宽松破洞亚麻长衫和带流苏的柔软麂皮鞋，围上之前给孩子买的一条红色羽毛围巾。

整整那一周，无论昼夜，她始终在穿着打扮上随心所欲。不管是有破洞的还是带污渍的，皮的还是亚麻的，她想穿哪件就穿哪件。其他母亲或是斜着眼看她，或是先目不转睛地盯着她看，然后很快收敛，带着几分狐疑悄悄地打量她。男人向她投来的目光则既有渴望，又有惊骇。总之，从那些人的眼中，她看出来，自己变得更加强大，也更加吓人了。

谅你们也不敢跟我说话，她用意念告诉他们，然后诚如她料想的，他们的确没敢说什么。

就在那天晚上，她丈夫竟然一改往日的习惯，突然想跟她视频聊天，就好像即便在奥马哈市的酒店房间里，他都察觉到家里发生了一些事。可她无法以目前的状态与他视频，她多天没有洗澡，头发盘得高高的，全身上下都裹着皮草，眼里透着野蛮的凶光。所以，她按下了取消键，可紧接着他又发来了视频邀请。

他很有一套，特别会挑错误的时间点反复联系她。

后来，那天晚上他第三次打给她的时候，他说，你怎么都不给我打电话了。

通常情况下，都是她在白天给他发信息，一条接一条地发，因为她无聊、孤独，想跟其他人类有点接触。她会发个在吗，过会儿发干吗呢？再过一会儿，今天一定很忙吧。最后，她会发第二遍在吗。他多半不会回复她的信息，而是会在晚上，在电话里用字正腔圆的一声喂来回复她的呼叫。

你还在工作吗？她会问。

正在整理一些资料。怎么了？他会在回答时体现出他正在忙公事的状态，好像眼下这场对话也是待办事项中可以勾掉的一条。

嗯，是这样，你有空了给我打电话吧。她会说。然后他会松了口气似的再匆匆回上两句。她会想，跟我说说话有那么难吗？问问我今天过得怎么样，问问孩子的情况，到底他妈的有多难啊？

可现在变成他给她打电话了。这感觉可真妙。

我们今天忙了一天，夜姨说。

时间已经很晚了，孩子在他的狗窝里，蜷缩在一摞靠枕上睡着了。这是他有生以来头一回靠自己入睡。以前，为了把他哄睡，大人得给他念书、讲故事、唱歌，折腾很长时间；期间大人还免不了要给他喂水，跟他拥抱，忍受他的哭闹。但现在，她只要舔舔他的脸，仰头轻轻地嗥上一声，就可以快活地跑下楼去了。孩子会蜷成肉嘟嘟的一小堆，把狗窝的铁丝门拉上。不过，他并不会插上门闩，这主要是为了营造一种安全感，在他自己和衣橱里的怪物、走廊上的怪物以及周围吓人的黑暗之间设置一道屏障。

他完全靠他自己入睡的。她补充了一句。

真的？她丈夫惊讶地说。

离开时，我告诉他，过五分钟我会去检查他有没有睡着。等我上楼去看的时候，他在狗窝里睡得跟昏死过去一样。这回我可没给他讲故事，我什么都没干。她一口气说了好些话，没有给他插话的余地。她想从积极的角度好好跟他解释，让他看看这是个多么好的主意。我知道你不喜欢狗窝什么的，她继续说，可他就这么在里头睡着了。

她的丈夫大笑起来。

看来他长大后可有精彩的故事给别人讲了，他说。

谁说不是呢，她说。

但愿能保持下去吧，他加了一句。

会的，她说，你真应该看看他的样子，他特别喜欢做个乖狗狗。

第二天，她推着孩子荡秋千，孩子发出快乐的叫声；他们之前用手、爪子在后院沙坑中刨坑时，就会这样；她在午饭时间专为他煮通心粉时，就会这样；他们傍晚散步，穿过附近的街道，惊奇地欣赏着树干的纹理，把蜜蜂追得从一朵花飞到另一朵花上，聆听鸟儿的歌声，然后也冲着鸟儿歌唱时，就会这样快乐地喊叫；她思考动物与逃跑，自由与欲望，渴望成为一个怪物时，就会这样。

她逐渐意识到，正是现在，她需要集中注意力，保持安静，眯起眼睛，仔细研究未来，看自己未来的成功在什么方向，然后朝着取得成功的方向努力。别再噘着嘴生闷气，也别再漫无目的地玩什么扮狗狗游戏。她必须一心扑在自己的追求上，让自己的努力更有效率。而且，她还要设法让孩子帮自己取得成功。

周四白天，她和孩子在网上看狼、狐狸和狗的视频，看带着一窝幼崽的母亲和追踪猎物的独狼；看狐狸猛地一扑，将脑袋扎进深深的雪里去逮下面热乎乎的老鼠。他们还去了图书馆，检索出儿童区所有以"狗"为主题的非虚构图书，然后来回三趟才把那些书搬出来装进车里。到家后，他们把借来的书摊在起居室的地板上，看图，阅读，讨论，做角色扮演，尝试着打猎、猛扑、追逐、隐藏、对抗、闻嗅、转圈、战斗和依偎在一起。

她站在卫生间里梳理头发，直到整个头型的宽度和头发的长度一样才罢休。然后她开始给牙齿美白，尤其用心刷洗了她的犬牙。她已经不剃腋毛和腿毛了，就连腿根处细嫩的皮肤褶皱和脐下三寸生出的一堆毛，她也不再打理。那里长成了真真正正的动物皮毛。她用指尖抵着胳肢窝的毛茬揉了揉，身体新出现的这部分让她感到十分欣慰。此外，她不再用蜡去除嘴唇上方的绒毛，也不再拔除多余的眉毛，那一周她还练习着不再去照镜子。没必要化妆了，没必要买死贵的美白霜或防晒霜了，也没必要买什么用来消除细纹、抗老或保护皮肤不受环境污染影响的酊剂了。她将自己买来或寻见的皮草类衣物朝卫生间的镜子和卧室随意一抛。那天晚上，她将孩子的脸舔干净，孩子也舔舔她的脸，跟她道晚安，然后就缩到他的狗窝里睡了，就这么简单。

　　第二天，夜婊穿着她那身破洞亚麻长衫去参加宝宝读书团的活动，被磨损的衣服边缘似乎随时有开线的危险。她一周未洗的头发在头顶硬挺挺地立着，层层卷发形成一张杂乱交错的网，其间点缀着大大小小的头发缠成的疙瘩。她不仅被夏末的阳光晒出了雀斑，而且因为日复一日和孩子玩衔取游戏而把肩膀晒成了红色。她脚指甲盖上的指甲油已经掉光了，脚底板出现干涸开裂的情况，需要好好去去角质，但她决定用精致的穿戴让人忽略她仪容上的不足。她耳朵上戴着一对细细的金环，金环上坠着紫色水晶，脖子上围了一圈柔软的皮绳，一条胳膊上戴有数个金色手链，其中有树叶形状的链子，纤细的圆镯，还有蓝绿色的珠串。她浑身散发着薰衣草的香气。眼下已经是周五了，时间飞逝，这一周如此轻盈丝滑地溜走了，好似专注地跳了一支单人华尔兹，她想。

　　我的天哪！珍一看见她就发出惊叹，读书团的其他妈妈也纷纷扭头看过来。好惊艳的波希米亚风啊！珍说，我喜欢你这副打扮。

其他人看她的眼神没有珍那么热情，你甚至可以说她们对她的打扮有几分不屑。

大家伙儿，珍转身对芭布丝、波普伊和其他迟疑的读书团妈妈们说，她看起来感觉太像……约书亚树[1]。

谢谢你这么捧我。夜婊说着在珍身边捡了个座位坐下，把孩子放开，让他随意在房间中奔跑、吠叫。

你是从哪儿得来的灵感？珍捅了捅她，其他读书团妈妈已经开始聊幼儿园咨询会的事了。

哦，你知道的，夜婊说，我想你应该可以把这看成是我开展的一个艺术项目。

喔！珍瞪大了眼睛说，你是个艺术家啊！

以前是，夜婊说。

这个项目具体是怎么回事？珍问。此时，她的那两个双胞胎跑过来让她评理，她们为了把一个小猪玩偶据为己有尖叫不止，到头来谁都无法安安生生地把玩它。

夜婊开始在包中翻找，其实她什么都没找，只是为了手头能有个事做，好趁机想想要怎么说这个项目。说这项目与狗相关？和神奇生物有关？或者不提神奇生物，而是说项目主题是力量？终于施展出来的女性力

---

1 Joshua tree，得名于《旧约》中的英雄人物约书亚，学名短叶丝兰。19世纪，摩门教徒于沙漠中看到这种树，认为其树枝形状像极了《圣经》中高举双手向天空祈祷的约书亚。

量？殖民时期美国的女巫——民间医生、稳婆，不就是因为这个被烧死的吗？女性若是掌握了太多的力量，人们就会觉得她危险，这就是她的项目：创造与力量。

解决完小猪玩偶之争，珍再次转身面向夜婊，不过她已经忘了自己刚刚问了什么。

我其实私下里一直是个嬉皮士，珍小声坦白，然后挤了挤眼睛。

对了！珍一惊一乍的。你要参加我们的派对，我真是太激动了！我看见你在回复中勾选了参加。

是，夜婊说，然后她又说了一遍是，因为她没想出后面要加什么评论的话，比如好期待啊或者我都等不及了，这种话并不能如实反映她的想法，而且这些天的自在随性让她无法遵照日常人际交往礼节说出这些客套话。

到时候咱们一定会很尽兴的，珍拍了一下手，尖声说。

再跟我说一遍，她丈夫说。那天，他到了家，抱起孩子，把他高高抛到空中，再接住，逗得他哈哈大笑，然后脱掉鞋，收拾好他的行李箱，靠着厨房的台子喝了瓶啤酒，便立即开始追问那只蠢猫到底跑到哪儿去了。他抬起一只手，拢过头发，专注地盯着他的妻子。

再跟我解释一遍，他说。

好，她说。这时，她看见地板上的孩子正忙着往垃圾车里放弹球。亲爱的，她对他说，宝贝儿，去捡捡起居室的垃圾。

呜呜——，男孩开心地把垃圾车开走了。

是这样的，我刚才说了，夜婊开始解释，那是一个忙乱的早晨。我起床后依然感觉十分疲惫。不知道是因为荷尔蒙还是什么缘故。说到这儿，她顿住，紧张地笑了笑。当时我切了苹果，准备做苹果酱。我端着一口沉甸甸的锅，里面盛满了水和苹果。你知道那得有多重吧？

知道，他说。

我双手端着锅转过身，不知怎么，我手里还有一把刀——我应该是想同时做好几件事——然后它就出现了——你知道的，它总是悄无声息地在人脚边转来转去——锅正好砸在它那可怜的小脑袋上，然后我的刀也掉了下去，正好插到了它身上。

你掉了一把刀，刀插到了它？

我掉了一把刀，刀插到了它。

一把刀？

特别锋利的刀。

不过我觉得它应该没感觉到疼就死了，夜婊以极快的语速继续说，因为那口锅绝对已经把它砸死了，或者至少把它砸晕了，我想说的是，它当时没呼吸了。我非常认真地检查过了，我还努力，嗯，努力把那些玩意儿都塞回去，可是，天哪，当时真是乱成一团。

说到这儿，她开始轻轻哭泣。她的眼泪并不是假的，因为她的确发自肺腑地感到懊悔，为发生的事和她做的事隐隐感到了一丝悲痛。

真是一场灾难，她说。她善良仁慈的丈夫伸出胳膊，将她搂入怀中。

咱家孩子是怎么看这件事的呢？丈夫问，他抓着妻子的胳膊，将她支出一臂之外，脸上浮现出挖苦的微笑。

他问我，我们能不能把猫吃掉，夜婊边哭边说。然后他俩不约而同地爆发出一阵大笑。

哦，老天爷呀，他说。

我们把它埋了，他还挺喜欢干这个活儿的，她接着说。

想到了。好吧……至少我们不用再忍受它随便拉屎了。

也不用再听它哼唧着讨要食物了。

可怜的小猫咪，丈夫说。

可怜的小东西，夜婊附和，真是可怜啊……

周六下午的派对，夜婊迟到了。珍的家位于小镇东边一个叫"草原微风"的新建住宅区。夜婊从来没机会涉足这片地区，而且说实话，她之前也不知道这地方的存在。她驾车缓缓驶入住宅区，这里的房子开始凸显各自的存在感。她越往里开，越觉得这些房子奇形怪状、杂乱无章。这里的车库安装着乙烯基壁板[1]，屋顶窗是用仿石材料做成的，平台安有纱窗，门廊上摆放着精致的花盆和微笑青蛙的摆件，标语牌上写着"爱"或"感恩"。总而言之，这些房子看上去像是自行建成的，许许多多造型并不优美的房子像细胞迅速分裂一样喷涌而出，拔地而起，进而在材料和面积方面完成了自己的使命。它们先是长出了两层，而后长出了第三层楼，在规模上非常之怪，在外观上却又普通得要命。乙烯基壁板、仿砖、仿石、仿雪松的屋顶板——这就是此处建筑选择的表面材料，颜色由紫褐色、米色，再到深奶油色，不一而足。

夜婕发现珍的别墅坐落在住宅区的最深处，那栋别墅竟然有两座带乙烯基壁板的角楼，每座角楼都配有屋顶天台和过时的护墙。此时，天空的颜色好似一株即将枯萎的紫罗兰，她把车停在跟珍的家差不多隔着两栋房的位置上，SUV、面包车和旅行车已经在这条路上停成了纵队。

该住宅小区的这一片儿，每栋房子都围着一圈宽

---

1 一种建筑外墙材质，质地轻盈而坚固，易于安装，工程造价低，适合较为湿润的环境，但耐久性差。

宽的草坪。草坪修剪得很整齐，颜色一致，没有杂草，也没什么特色可言。唯一例外的是，珍的房子周围有一圈小小的壕沟，一座弧形的小桥跨过壕沟，探向她家的前门，看造型是中世纪风格的，配有黑色的铸铁栏杆。

还没等夜婕敲门，珍就从里面猛地把门打开了。

你来啦！珍先是尖叫，然后一把抓住夜婕的一条胳膊。大家伙儿，我的时尚偶像来了！她激动地宣布。珍的打扮的确变了，原先缎子般柔顺的金发现在梳成了和夜婕的头发一样的长短，脖子上戴着至少四条金项链，项链上还挂着不少宝石。上身是一件无袖背心，下身是一条宽松但合身、质地柔软的灰色亚麻长裤。脏兮兮的赤足之上是针脚外露的裤腿。

今天我也是波希米亚风！她说完拖着夜婕走进了客厅。你喜欢吗？

我喜欢，夜婕说，真的很喜欢。

珍一边领着夜婕往沙发处走，一边解释说，自己这座房子是仿古城堡建造的，因为她真的很想通过那两座角楼和壕沟彰显自己的个性，而且她一直怀有在一座古堡中生活的梦想。

当我发现坚持一下就能实现这个梦想时，我选择了坚持，她总结道，我告诉亚历克斯[1]，在这方面我一

---

1 Alex，一个常见的名字，意思是"人类的捍卫者"。

点都不能将就。

哇，夜婊说。珍突然变得这么放飞自我，让她又惊又喜。

对了，介绍一下，这是珍，珍说着转头向右，跟向她们招手的那个妈妈点头示意。

她也是珍，珍拍了拍旁边一个妈妈的肩膀。

珍！她又叫了一声，将一条胳膊环在另一个妈妈腰际。她大笑起来，其他珍也大笑起来。

怎么这么巧？夜婊说，她微笑着，努力表现得友好，对珍这个名字如此普遍不做评判。

我是说，这儿所有人都叫珍吗？夜婊问。

哈哈，第二个珍用"哈哈"二字代替了真笑。

我们喝一杯吧，原版的珍回答，然后朝酒水桌走去。

来五杯！另一个珍叫道，她的声音立即淹没在欢笑、热烈的交谈和飘来的阵阵八十年代舞曲中。

夜婊不太情愿和这个多重珍宇宙融合，但还是被它迷住了，跟着珍来到酒水桌前。

我们看看都有什么，白葡萄酒，白葡萄酒，白葡萄酒，还有一瓶粉红葡萄酒，珍挨个儿检视每一瓶酒，然后转身面向夜婊。

白葡萄酒就行，她说。珍便应声给她倒了一杯，酒几乎要漫过杯沿。

交际时间到！珍欢快地说，然后便回到房间中央，夜婊也很快被人们围了起来。

一个珍的丈夫是一家本地银行的行长。另一个珍的丈夫是一名急诊医生。有的珍的丈夫开了一家户外服装店，有的在大学担任行政人员，还有的每周都要去郊区鼓捣毛细管电泳机器，做一些神秘的工作。

那珍呢？原版的珍呢？那个抢眼的金发女人，有可能会变身成金毛的珍呢？

珍，你以前上学是学什么的？夜婊问。她现在已经有了三分醉意，也和五六个珍聊过了，她发现大部分时间她无法分清她们哪个是哪个。

珍醉意深沉，原本在哼哧哼哧地大笑，听到这个问题突然中断了笑声。

很久没人问过我这个问题了，她陷入沉思。我以前学的是传播学。

这样啊，夜婊说，你都从事过哪些相关工作啊？

起初我加入了一家公关公司。珍开口之后就滔滔不绝，继而讲起第一份工作的故事，那工作的激动人心之处，那身职业装让她感觉自己终于成熟了；除此之外，她还聊到了中午的工作餐，升职带来的喜悦，成为一个系统至关重要的一部分的感觉，每两周一发的工资——虽然那笔钱不足以让她过得舒服，但想起来依然觉得那是一大笔钱。

当时拮据的日子过得依然带劲，她说，我感觉自己像是个能呼风唤雨的石油大亨。

夜婊爽朗地笑了。对，她懂那种感觉。

不过，后来我遇见了亚历克斯，很快我们就有了双胞胎，那可真是个惊喜。我的意思是，回去工作太可笑了，所以我就放弃了——我是说我做出让步，顺其自然了，反正也没人真的喜欢工作，另外我也没有选择……说着说着她的声音弱了下去。

是啊，是啊，夜婊说。她感觉珍不想说话了，现在珍想放空一下。这正是珍此刻要做的事，在客厅的某个角落里，心不在焉地嚼一根胡萝卜条，流露出那种当妈的人才有的迷茫神情，就这样发一会儿呆。

没错，她现在开始担心珍了，因为她问了珍不应该问的问题，让珍想起了一些不该想起的事情。她不希望任何一个母亲再遇上变身夜婊这种事，她当然不希望——当个野性难驯的妈妈固然有好玩的地方，会感觉自己生机勃勃、充满力量、毫不在意旁人的目光，但其实它的内核非常私密与悲伤，是一个母亲将深沉的梦想埋在心底一个冰冷黑暗的角落。你不该走近那个角落、打开灯、掀开被单去查看那些梦想，否则母亲心中那已经休眠的梦想将不复存在，取而代之的是一条母狗，它疯狂地游荡着，伺机撕咬猎物。

珍在角落里飞快地连续吃了不下十根胡萝卜条，

之后借口去取些零食，消失了半个小时。再次出现的她显然补了妆，身上散发着热带水果的清新香气，脸上洋溢着灿烂的笑容。

保健品展示时间到！珍劲头满满地呼喊道。女士们，大家都把酒满上！端着你们的酒在客厅找个地方坐好！

珍在高耸壁炉前的一张桌子旁落座。那壁炉用粗粝的石头堆砌而成，气派非凡，从客厅的地板一直向上延伸至别墅的山墙，是这栋建筑真正令人叹为观止的特色。夜婆看着壁炉，很想此刻面前能有一根硕大的火鸡腿，还能有一高脚杯的蜂蜜酒。

桌子上错落有致地摆着各种瓶瓶罐罐，完全符合一个人对这类活动现场布置的期待。

好了，大家伙儿，珍开始讲话，我知道你们中有很多人参加过很多次今天的活动，但我此时要给新成员介绍我们的产品线，也想让大家了解一下秋季主题的新品，所以我的心情无比激动！

谁准备好了迎接满满的元气和充盈的快乐？她大喊。然后在场所有母亲都齐声喊道，我！

谁今天是为过值得过的人生而来？珍高声发问。"值得"一词滞留在空气中，仿佛某种抹不去的判决或威胁。

我值得过的人生？夜婆琢磨着，这是什么？诅咒吗？

我！大家再次异口同声地回答。

天哪，夜婊想，全完了。

尽管她用尽全力抵抗，旧的思维方式还是没有放过她。她螺旋向下，向下，再向下，被卷入一个可怕的旋涡。通常情况下，她会对这个世界抱着一种批判的态度，这说明她不是傻瓜，没有上当受骗，说明她不会仅仅因为世事如此，因为好玩、简单或随和友好就认可且相信时下人们普遍接受的思想见解。成为夜婊意味着面对她的丈夫、母亲身份、她的事业、这些女人、资本主义、追逐名利的念头、政治与宗教，这所有的一切，尤其是面对这个保健品销售计划，她得永远提高警惕，永远敢于质疑、对抗、批评和提问，可是——她不敢相信自己现在竟然有这种感受——她觉得自己需要这个，需要其他女人，其他母亲，就算她可能不该需要这些，这些是一个开始。杀猫事件那刺骨的恐怖让她迫切想求得心灵的平静，回归自我，或者说至少回归那个改造后的自我，拥有梦想与欲望，同时又能坚定地运用自身力量的自我。

她环顾灯火通明的客厅，目光扫过中世纪风格的巨大枝状烛台，气派的餐桌，莫名其妙摆在前窗处的大炮，三十多张满怀期待与希望、体现团队精神与进取态度的面孔。

珍拼命做出一副积极阳光的表情，开始讲一流的养生之道，边说边挨个去摸那些瓶瓶罐罐。

这瓶叫快快冷静，她说。

这瓶叫活力四射，她肯定地说。

她把一个白色小碗递给右边的人，然后又把另一个同样的碗递给左边的人。女人们顺从地参加了这场奇怪的圣餐仪式。只见她们一个个将药送至唇边，咽了下去。因为这些药的配方不同，喝的人反应也不尽相同，有的大睁着双眼，有的则闭着眼。

多亏了医生的帮助，我们才得以在心灵保健的市场上与其他品牌一争高下，珍说。在场的所有女人都纷纷点头，甚至还有一个哭了起来。

那个哭了的女人站起来，流着狂喜的泪为珍的话作证。一道光穿过高处的彩色玻璃窗，照亮了珍的面庞。此时的珍好像文艺复兴时期油画中的圣母玛利亚。

珍拯救了我的人生，那位哭泣的母亲望着珍说。我得到了拯救。我对这个产品有信念，因为它改变了我的人生。我现在的生活是我这辈子过上的最好的生活。她说完便坐下，大声地呜咽。她旁边的女人一边给她揉背，一边凑到她耳边说着什么。

我们每个人加入这项事业，都有着自己深层的原因。珍说着双手合十，做祈祷状。大家陷入了沉默，不少人都在默默流泪。珍传给旁边的人一碗"幸福"，在场的每个人都尝了一片。

我是为了活力与满足感，为了打造一个金融机构，珍说。然后她继续解释公司悠久的历史，神圣的起源，为什么这些配方流传了上百年，甚至上千年之久；解释为什么这些保健品研发出来并非只为了售卖和赚钱；解释这些保健品最初是如何在古代由学识渊博的圣人调制出来献给统治阶层的。

如果他们献给国王的东西有毒，那他们就会丢掉性命！珍大声说。听到这句话，大家纷纷交头接耳，表示肯定，房间里像是漾起了一片涟漪。这些药方经过了数百年的改良，承载着神圣的知识，曾经只有皇家才配享用，如今你们也能有缘一尝。

这时，珍的那对双胞胎突然从房间的另一端破门而入，尖叫着从客厅中央跑过，弄洒了两杯葡萄酒，然后飞奔上楼了。她们后面跟着一个年纪应该不满二十的保姆，她尴尬地道了一声抱歉，就追着孩子们上楼去了，然后上面传来保姆重重关门的声音。珍闭起眼睛，深吸了一口气。

好了，她说，这些久经考验的产品如果能与我们在家工作的机遇、支持性的营销策略相结合，就能让我们所有人立于不败之地，实现自己的梦想，拥有最精彩的人生。

更多的人站起来分享感言，更多的人开始哭泣，投影在墙上的一张表格列出了她们这个分部本季度赚到的佣金。接着，投影变成了详细的流程图，展示出每个母亲的收入潜力，她们如何为彼此编织了一张强大的资金支持网。她们都需要好好规划成功。她们都需要亲自体验公司产品，好在销售时现身说法，更好地宣传其滋补功效。她们要擅长交际，能和陌生人迅速搭上话，无论是在飞机上，还是在商店收银台前的队伍中，只要那地方有毫无设防且暂时无法离开的人，好让她们借机传播保健品的福音。

谁准备好了加入我们的团队？珍高举双手，闭着眼睛问道，仿佛陷入了布道的狂热状态。

我，一个母亲站起来回答。

还有我，另一个母亲加入进来。

客厅里鸦雀无声，珍睁开眼睛，直直地看向夜婊。

好吧，夜婊说。珍向她跑去，给了她一个超级热情的拥抱，然后又依次跑到另外两个女人面前，紧紧握着她们的手，对她们轻声送上祝福，并朝她们收取六百美元。她们也都递上了现金。

这真是一场完美的销售风暴：红酒、保健品、同辈压力、由衷的快乐。这种感觉就像漂浮在一个温暖的池子里，和入睡一样自在舒适。

她们都隆重地收到了新的保健品套装，那是一个硬纸板做的极大的手提箱，打开便可以展示一系列的瓶装保健品。那些瓶装保健品被固定在精心设计的泡沫底座上，每一个瓶子上都贴着标签，上面写着"希望"和"惊喜"之类的产品名，标签上还有一行文案："请在一筹莫展的清晨喝下"或"把能量集中在阴部，获得飞升般的高潮"。

母亲们开始起身活动，朝着茶点、酒水或后院走去。夜婊瞟见一个母亲手中拿着一盏酒杯，走进了毗邻大片草坪的玉米地。太阳落山了，那人也消失在田地中。夜婊思忖着自己要不要跟谁反映一下这个情况，但她终究没有付诸行动，因为她想那个母亲难道没有消失的权利吗？也许她受了电影《荒野生存》[1]的影响，需要避开人群躲个清静？夜婊决定不去阻拦她——不管她想去干什么。于是，夜婊转过身，发现这些妈妈七倒八歪地待在客厅各处，醉到什么程度的都有。

一个身上的丝绸衬衫歪歪扭扭的珍说话了，她那双颇有女人味的穆勒鞋[2]散落在奶油色的长毛绒地毯上。她问夜婊这是怎么回事。

你加入我们的事业的原因是什么？她醉醺醺地问道。说真话，别搪塞我。

嗯……夜婊忖度着该怎么回答，可字词仿佛在她

1　*Into the Wild*，一部由西恩·潘导演的电影，改编自真实故事。

2　Mules，指包裹脚背，不露脚趾，只露脚后跟的鞋。随着潮流的发展变化，出现了露脚趾的穆勒鞋、平跟的穆勒鞋、尖头的穆勒鞋等，但露脚跟是必要条件。

脑海中游泳，浮浮沉沉，组不成句子，那些白葡萄酒她可没白喝。白葡萄酒，再加上她刚刚参加的这场像搞宗教崇拜一样让人晕头转向的仪式，这周特有的压力，那只死去的猫，这个夏天特有的压力和她的变身，更不用提过去这一个小时里她为了提高活力吞下的那一把叶与梗做成的小球，这一切都促使她来到了大摊牌的边缘，也许这样做太随便了，她跟这些女人可以说毫不相识，但是谁又真的在乎这个呢？

嗯，夜婊又嗯了一次。我的原因太可怕，也太丢人了，我实在不知道该不该说……

说啊，醉醺醺的珍强烈要求道。

这周我意外害死了我家的猫，这件事突破了我能承受的极限，我想你可以这么理解。我只是需要一些平衡，一些活动。我在寻找某种能让我心灵稳定下来的东西。

客厅比她开口前更安静了，不知道是因为有些母亲带着醉意在柔软的地毯上不省人事了，还是因为她们被夜婊的坦白吓到了，这很难说。

我曾经意外害死了我家的宠物——长尾小鹦鹉，醉卧地毯的珍说。她在说"意外"这个词的时候做了个打引号的手势，还做了个鬼脸。

我害死了我家的鱼，沙发上的芭布丝也坦白了，她抬了抬那只拿着白葡萄酒的手。那应该属于善意的忽视。可我就是不想照顾它们了，也不想清洗鱼缸。孩子们根本不关心，原本照顾那些鱼是他们的责任。

我踩死了珀西[1]，波普伊轻声承认，她的声音小到只有旁边的夜婊听得见。

珀西是什么？夜婊问。

一只沙鼠，她喃喃道。

那天挺晚的时候，她无比激动地给丈夫讲了一遍派对的盛况——珍那座城堡一样的别墅，投影介绍的内容，所有人为保健品背书时的那股热情，她们用眼泪和高举的手表现出自己对这项事业的感情之深，派对尾声卧倒在地的女人们，还有派对本身有多精彩，那荒谬的愉悦心情——他俩哈哈大笑。她给他看了她拿回家的保健品，像游戏节目上的主持人一样将那些瓶子一一放在手上展示，给他念瓶身上贴的文案，沉浸在这产品之新奇带来的欢乐中。她还说起他俩都不是那种会购人这类东西的人，可她买了，是不是很搞笑？

这么说——等等——你非买不可吗？丈夫问。嗯，是啊，她说，为了接触这些……无法用言语描述的女人，这点代价不算什么。再说了，我把这件事视为研究。

什么的研究？

一个艺术项目吧，她说。不过我不想聊这个。

1　Percy，意思是"穿越山谷的人"，含有贵族、贵气的意思，大多被用来称呼男性，很少有女性会用这个名字。

他抱了她一下，笑了笑。

好吧，他说，好吧。

那周，她写给怀特的邮件里开始有了哲学与诗意的调调，她还在里面写了她的思考，内容逐渐模糊了焦点。她已经很多年没写过日记了，现在这些邮件从某种意义上成了她的日记，梳理了她在各个时期里泛滥的思绪——夜色最深时；孩子睡觉时；夏末午后那漫长迟滞的时光里；太阳从空中走过、时间开始又停止之时；气温升高，光着屁股的孩子在私人车道上的儿童泳池中嬉水，戴着软塌塌的遮阳帽、穿着磨边牛仔短裤和运动文胸的夜婊伸出脚趾，在冰凉的水中浅浅一点，然后他们母子二人便被这无限永恒包围之时。

总是会有那种时刻，还有很多其他时刻，锁在她心里，就像一个完美的雪花水晶球。每当她需要，那个雪花球就会摇晃起来。雪花球在她体内，像是一个崭新的、微小的器官，将至高造物主的力量泵入她的血液。我创造了你，我也能毁灭你。我是你的整个世界，同时我也是被你丢下的人。我会永远和你在一起。你却始终无法理解我。

有时候，她的想法会把自己吓到，因为她会想自己是不是神，做母亲会不会从某种意义上讲就是成为神。当然了，她无法放出闪电劈人，但她可以通过比捏泥稍微复杂点的方法将一个人带到人世间。不，事实上这个方法还没捏泥复杂。世界上怎么会有母亲这种生物？法律怎么还没禁止这种生物的存在？她们就像天神下凡一样，会让人又惊又惧。

WW:

我沉迷于一种渴望，这种渴望极深，深到几乎要让我四分五裂。我沉迷的是对一种未知的存在，或者说对一种更精彩的人生的深沉渴望，但我其实并不确切知道那是一种怎样的人生。也许我这样说更明白，我想了解的是这样一种渴望，对联合所有女性、所有母亲的渴望。有这样的渴望是怎么回事？我们怎可能有超出繁育后代的渴望？

这差不多就像孕育一个孩子让女人得以了解她有无限大的潜力，得以见到无限本身一样。（我说这话能让人听明白吗？）

这差不多就像孕育一个孩子不仅没能满足一种深深的渴望，反而让它加剧了。

看看吧，这位母亲说，看看我有多了不起的能力。我创造了生命。我就是生命本身。

我又怎么能成为神呢？

MM 谨上

她的卧室里：一个米黄色的塑料狗窝被孩子拽到了她的床边，里面铺着一张毛茸茸的毯子和一个薄垫；一盆欣欣向荣的榕树放在角落里，树下的土被刨出来一些，在地板上留下一道泥痕；两个不锈钢狗碗，一个盛着新鲜的饮用水，另一个盛着骨头形状的小饼干；人造皮草小地毯散放在各处，有的铺在地板上、一张铺在椅子上、一张在床上，有白的、灰白的，毛尖上是灰色或黑色；一张捕梦网挂在窗前，上面的白色羽毛在轻风中曼妙地舞动着；一摞摞随处可见的被压得很实的衣服，恰好可以让人坐在上面；一件价格不菲的亚麻长袍，后背的接缝空隙有些大了，出现一个个小洞，边缘磨损得厉害，袍身染上了某种棕褐色的污渍；一个黑色的缎子眼罩；精华液；一个装满了干肉条的木盒子；一个没贴标签的喷雾瓶，里面装满了某种薰衣草混合物；一截绳索；团成球的袜子，它们以前是湿的，现在已经干了，甚至可以说结了层硬壳；两个脏兮兮的网球静静待在房间一角；抽屉柜上装饰着十几根硕大的羽毛；墙上挂着一张画，画中一只兔子卧在盛开着蒲公英的绿草地上；一个没套枕套的枕头，角上或有明显的啃咬痕迹，或已经被啃掉了；一摞童书——格林童话，一本法国绘本，关于熊、蜜蜂和火车的书——堆在床边的地板上；晶莹剔透的"阳光捕手"[1]被吸在一面窗上，阳光角度

1　一种可以折射阳光的小物件或吊饰。

刚好时，它会在墙上投下五彩斑斓的彩虹光影；许许多多的花瓶里插着新鲜和不新鲜的野花；镜子上搭着一张真的浣熊皮；散落在地的一堆磨牙棒。当然，她需要在丈夫回家之前把它们都捡起来。当然，她还得好好收拾一下这个房间，才能省去长篇大论的解释。

我其实在玩一个游戏，她低声排练如何跟丈夫说明情况，同时拾起磨牙棒，把它们跟插在花瓶中的羽毛放在一起，然后捡走枕头上被啃出来的填充物，将成堆的衣服扔进洗衣机。这只是一个实验，她说着将狗狗喝水的碗重新加满……我需要这个，她总结道，顺便揭掉了床上脏兮兮的亚麻床单。孩子正手脚并用，跟在她身后爬。她扔给他一件脏 T 恤，他便像之前学的那样，把衣服叼在嘴上，蹦蹦跳跳地下楼去了——这招他练了一整天——笨拙地绕过一个拐角，朝脏衣篓走去。

他回到卧室后，乖乖地蹲坐在地板上，仰着一张完美的小脸，冲她发出特别小的一声汪，他的发音不像是小孩说汪这个词的样子，而像是一个半人半狗的孩子在用自己选择的语言沟通。那是小动物从喉咙发出的一种低低的声音，夜婊非常喜欢这动静，喜欢到了心中隐隐作痛的程度。

真是个好孩子，说着她摸了摸他的头，然后蹲下来用嘴和鼻子蹭他的脖子。她捧着他灿烂柔软的小脸，几乎要哭出来。真是个好孩子。

她丈夫大概是感觉到家里发生了变化，有什么事在暗中发生、演变，不过并不确定到底是什么情况，于是他每晚都会从南达科他州某地一个糟糕的酒店房间给家里打电话。

工作怎么样？他问。

工作，她重复了一遍，沉默了好一会儿。工作就是生活，二者之间并无区隔。

好吧——，他说。

很长一段时间，我一直觉得与工作、与自己格格不入，但现在我明白了，工作和生活是一体的，我的任务就是找到它们之间的联系。

你在打哑谜，他说，或者说你这样有点像某个邪教的领袖。

我觉得我已经说得很清楚了。

你是不是吃了大麻软糖？他问道，但随后意识到他和曾经的妻子一样没有把握好说话的时机。她已经挂断了电话。她离开了。

WW：

我最近在思考艺术家到底是什么，艺术本身可能是怎么回事。想想看：一只动物为了创造出有吸引力的颜色组合，将种种颜色涂抹到纺织纤维上，制造出从很多角度都能被定义为"有吸引力"的组合，随之自然形成其他动物组成的、能欣赏它的群体；但同时，同类动物中也有看不上它的，它们并不欣赏它的样子，对这种颜色组合没有兴趣，也不会觉得惊艳；相反，它们有时候还会被纤维上的这些颜色惹怒，偶尔甚至会怒不可遏地聚在为容纳这些颜色而创造的栖息地外，不允许其他动物冒险进入，因为它们觉得这些颜色会带来不安、危险或道德败坏的感觉。想象一下吧。

或者想想这个：一只动物发现对称和光滑的石头很美，便把它们搜集来放在一个金属框架中。那个框架的制作过程涉及火、强烈的能量表达、一条举起的胳膊，以及反反复复的捶打。灼热矿石直到最后变成一根长棒。

一只动物优美地嚎叫，另一只用木槌敲打着金属丝。

一只动物在黑暗中穿越一片平坦而广阔的区域，你能从它的样子看出它怀有渴望，热情或一种超越动物本性、要提升到另一物种水平的巨大而强韧的野心，不管那是什么物种。

要塑造感官体验，在此过程中交流……什么呢？交流还重要吗？

MM

就像是在跟上帝说话，不是吗？这些邮件与其说是通信，不如说是祈祷。你只是写完它们，然后按下发送键，它们就飘进了电子空间，飘进了互联网的神秘世界，说它神秘是因为又有谁真正了解它是如何工作的呢？我们可以说，在夜婊生命中的这段时间里，她变得非常虔诚，每天早上起来都会查看是否有回信；每天晚上她都会坐在凌乱的桌子前，暂时把缝纫机移到一边，写一封邮件给万达·怀特。她坚信这个人是真实存在的，可除了她床头柜上那本破旧的书和一个大学网站上的页面，她没有其他证据证明这点。

现在她把客卧称为自己的工作室。那里的床没有铺，床罩皱巴巴的，下面有许多书：《野外考察指南》，这是自然；一本关于草本植物饮食与毒性的书；她外婆用来调制方剂的书，不过这本是英文的，是从一个珍本网站上找到的；一本关于颠覆性行为艺术的历史书；一本关于纺织品和服装的书；一本保健品销售指导手册。再深入挖掘，你会在这张床上找到一条被遗忘的内裤，一个被遗忘的振动棒，一本积灰的讲动物标本制作的书。房间角落里：一张脏兮兮的橙色瑜伽垫，几块瑜伽泡沫砖，一条结实的布带，一堆漂亮的石头。墙上：几张油画，画中的舞者以最奇妙的方式扭动着身体；几张照片，上面的女人穿着和她外婆一样朴素的衣服，梳着长长的麻花辫；多张研究运动中的动物的铅笔素描画——马、狗、猎豹、熊；画有巫术符号的牌子，那是她根据童年记忆制作的，过去谷仓上高高挂着这类牌子；一个肉类储藏柜的内景；极端行为艺术的场景照片，包括一个女人在商铺店面分娩（是的，她找到了这种即兴艺术表演的场面，她曾梦想创作出这种作品），一个艺术家极端痛苦地抱着他的手臂，他刚刚为了艺术向自己开枪，一个女人为了模仿一张著名的文艺复兴时期的画中圣母玛利亚的样子，正在做面部手术，一个裸体女人睡在一堆稻草和两只肥猪之间。壁橱的门半开着，从里面溢出来的是：成卷的线、串珠、纽扣和布料；更多的书；泥土色调的颜料；皮革制作工具；一垃圾袋待梳理和纺织的羊毛；一桶蜂蜡。桌子上：一台缝纫机；一大堆大头针、绣花针和绣花剪；一个几乎装满死蜜蜂的罐子。桌子上方的架子上挂着一打已经快风干的兔脚，截至现在它们已经挂在那儿两周了。

她指给孩子看客卧那扇紧闭的白色大门，非常认真地对他说，千万不要进去，你明白吗？这是妈妈工作的地方，她的工作非常重要，小男孩或狗狗最好不要打扰。我是认真的。你明白吗？

这孩子从未见过母亲如此严厉，带着一种近乎暴力的严肃，因此他脸一皱，哭了。

不进去，妈妈。我不进去。她把他抱在怀里，在他耳边轻声说，嘘——好了，别哭了。

你还好吗？那周过了几天之后，她丈夫在电话里问她。

我好得很，夜婆说。

那就好，他说。

他们都陷入了沉默。夜婆在沉默中没有听到任何声音，没有酒店房间里电视新闻的声音，也没有对方咀嚼食物或者摆弄餐具的声音。

就这些？他说。作为回应，她稍稍歪头，跟电话离得远了些，发出她能发出的最动听的一声清晰的嗥叫，这是她当周一直在练习的声音。嗥叫声毕，泥潭般的沉默再次出现。最后她丈夫只好说，哦，行，你忙你的吧……就这样吧。

这周过去了，和之前的那些周一样，连做的事都一样，比如玩扮狗狗的游戏、完成日常杂务、外出购物、做饭、吃饭、洗澡。到了周五，她感到很疲倦，十分疲倦，深入骨髓的疲倦。

那天早晨，她醒来，突然有种冲动，想在一片长满高草的牧场中狂奔，和土拨鼠打上一架。于是，她赶紧喝了杯双倍量的"快快冷静"。后来孩子非要让她把自己放在一辆小车里，没完没了地拉着他在家附近散步；再然后，他要求她看自己骑那辆没有脚踏板的儿童自行车，看他围着这死胡同骑了一圈又一圈，一圈又一圈。或许是因为他骑车的环形路线；或许是因为树叶在轻风中翩翩落下，在人行道上投下蝴蝶般斑驳的影子；再或许是因为她喝下了双倍量的"快快冷静"，她感觉生命力正逐渐离她远去，看着看着，她就坐下了，接着躺倒在一片稀疏的草地上，然后睡着了。

妈妈！孩子大喊，他与她的脸只有咫尺之遥，她被吓得一激灵，醒了。

天哪，她说着坐起来。老天爷啊。她揉揉眼睛，一片茫然。

她喝了三倍量的"僵妈"，还尝试了一下"活力四射"小瓶子里的东西。结果到午餐时分，她的心脏在胸腔里怦怦狂跳。她抱起孩子在厨房里转圈，他们母子二人还一起揉曲奇面团，结果那面团不知怎的甩得厨房到处都是，为此他们开怀地笑了好一阵子。他们把烤盘推进烤箱，拉出烤箱，拿起曲奇大吃特吃，假装是两个怪兽，啊呜啊呜啊呜地将它们大口嚼成碎渣，碎渣也掉得地板上到处都是。然后，他们哈哈大笑，笑啊笑啊，歇斯底里地笑，直到二人都筋疲力尽，因没吃午饭却突然摄取大量糖分而晕乎乎的，瘫坐在厨房那破旧的木地板上。孩子说，扮狗狗？夜婊说，不扮狗狗。然后他俩原地躺下，睡了过去。

就这样，一天过去了。古怪而漫长的一天。下午，她等待着丈夫归来，与此同时，孩子用勺子将纽扣从一锅炖菜中舀出，丢到了木地板上的一个金属碗里，之前因哄睡而起的那股怒气腾地一下涌了上来，不过她没有大喊大叫地爆发，而是保持了冷静和清醒。显而易见的是，她比丈夫多做了好些年哄睡的活儿，所以丈夫在家的每个夜晚都得负责把孩子哄睡。就是这么简单。

一直以来，他们在周末都是轮流负责哄孩子睡觉的，若她丈夫负责周五，夜娘就得负责周六，反之亦然。可其实他在家的每天晚上都该干这个活儿。在厨房，她盘腿坐在孩子旁边的地板上，一边小口喝着一杯白葡萄酒，一边思考这件事。没错，哄睡工作的难度目前已经显著降低了，因为孩子可以睡在他的狗窝里。但这件事依旧不轻松，她还是要给孩子念念书、讲讲故事，有时甚至得陪孩子相当长的一段时间，才能偷偷溜出那间屋子。

丈夫下午六点到家的时候，她已经累坏了。她把孩子交给他说，我受够了。今后每个周末都由你来哄孩子睡觉。谢谢。

好啊，他说，这挺公平。

然后丈夫就和孩子一起进了屋，问他这一天过得怎么样，胳肢他，吻遍他的小脸蛋。只剩下夜娘站在傍晚暖烘烘的屋外，站在几棵枝叶茂盛的树下，站在香甜的空气中。

怎么会这样？原来她只需要开口就行了！事情如此简单。她越想越气，虽说具体来说，并不是在生她丈夫的气，但绝对跟他脱不了干系。如果这么容易就能指挥他去干一件事，为什么在她开口前，从一开始他就没有主动干过呢？他应该主动提出啊。另外，她以前为什么没有提出更多要求？她以前为什么没有主张自己的权力和权利呢？她从哪儿学的把所有委屈、愤怒和烦闷统统咽进肚子里，然后借酒浇愁，铆足了劲儿继续生活，假装事事顺心。可其实她明明可以开口表明态度，说老娘不干了！能不能拜托你搭把手？和我需要。夜婕想回到总在温暖的夏夜躺在幽暗草地上的母亲面前，把她拽起来，双手抓着她的肩膀，带着爱与巨大的愤怒使劲摇晃她。看看你自己！她会说，你是多么了不起！你是我的母亲！你为什么要像现在这样呢？去欧洲吧。坚持做你喜欢的事。人生短暂，你一定要抓紧时间做事，不仅为了你自己，也为了我。我求你了，真的。

她想拯救母亲。现在她看清了自己的心，她早就想这么做了。

夜婕下定决心，以后不管有什么样的需求，有了就开口，就直接说。她再也不要默认做饭、哄孩子睡觉、打扫家、付账单、买礼物、寄贺卡、制定日程都是自己的事，她再也不要操心家里的一切，以为每件事都非自己不可。说到底，婚姻其实是一种合作关系，不是吗？说到底，这是现代社会，讲究赋权和女性主义，她却没有充分利用这个时代，她往深里想了想，发现这是因为她没有工作，更确切地说，是因为她没有一份挣钱的工作。事实上，母亲这份工作不仅不挣钱，还要花钱，从兜里往外掏钱。因为负担生活开销的是她的丈夫，他在为她的"特权"买单，所以她可以每天待在家里、全身心扑在母亲这个角色上而无须操心其他。她的感觉是，自从她辞掉美术馆的工作后就失去了提要求的资格。他工作了一周，所以她觉得要求他在周末抬抬手指头太过分了。她从一开始就自觉贬低了自己的劳动价值。现在她看明白了，有一种文化始终向她灌输这样的思想：听着，你当妈妈就很好，要做好你的分内事，不过坦白讲，这活儿也没那么难；可能你没那么聪明或有趣，但你能通过母亲这个身份获得充实感，这对你十分有益。

那天晚上，她的丈夫把孩子哄睡了，后面的那晚，再接下来的那晚都是如此。他们完全没有因为这件事争吵。当然了，也许以后他会请一晚上的假，但眼下她只觉得他慷慨又大方，善良又有爱，因为这个男人没有拒绝她的请求，但凡他有需要，她一定会替他一晚，没问题，因为他值得被爱，她也确实爱他。谢谢你，那天晚上他从楼上走下来的时候，她说。说完她张开双臂，抱住他，亲吻他的脖子，然后把鼻子埋在他身上，使劲闻着他的气味。

太谢谢你了，她说。

那个月，只要她的丈夫在家，她就会在客卧，也就是她的工作室睡觉。那个房间似乎吞噬了她，实际上，她丈夫一结束出差，她就消失在那间屋子里，直到她丈夫和孩子没什么可玩的了，开始猜测妈妈在什么地方，她才会露面。

我需要独处，第一周她这样解释道，一个人……的时间。

夜里，家人睡熟之后，她在深沉夜幕中的街道上游荡，穿过街角那片整洁的花坛，穿过一处紫丁香灌木丛，顺便在那儿脱掉衣服，任毛发长长，测试一下肌肉完全伸展的强度，伸展身体，练练爪子，然后扒拉两下灌木，往深处钻去，再钻出来，踏上侧方和后方的草坪，来到秋千下。秋千在两张松动的木板之间，歪歪斜斜地挂在篱笆上。她嗅了嗅地上几个可疑的洞口，把脑袋探进较大的几个洞里，脑袋再缩回来的时候毛发上挂着零星草叶，脸上粘着些许泥土。她在一座房子后面发现一个漏水的水龙头，便低头舔舐下面积起的一小滩水。在另一座房子的院子里，她瞄见一只虎斑猫蹲坐在安有纱窗的游廊门前的一级台阶上，便加速径直向它跑去。

虎斑猫愣了一下，发出威胁的嘶嘶声，然后从游廊底下仓惶逃走了。夜婊尽量伏低身子，也跟着钻到下面，发出凶狠的低吼。

你给我过来，她咆哮着，你这只该死的猫，给我滚回来。

虎斑猫并没有改变心意，而是一个劲儿地往黑暗深处逃窜。黑暗中，月光照到它的眼睛时，可以清楚地看到其中闪出的黄绿色光。

在周末的演习中——她的确将此视为演习，她艺术创作中至关重要的一部分，作品开发的一部分——她沿着院落中和街道上如神秘星座一般分布的阴影，在家附近穿梭。她去了自己喜欢打滚的那块柔软的苔藓地，每当她在上面翻滚，赤裸的背部、胸部和大腿都能感觉到天鹅绒般柔软的触感。她在花园中漫步，闻嗅每一朵花蕾，然后品尝那些看起来最可能有好味道的绿叶与花茎。她跑到十个街区外的小学，气喘吁吁地去嗅操场上的器材、地面，以期找到人们吐的口香糖、糖果包装纸、吃剩的三明治或糖果棒，同时也盼着能找到一个可以磨牙的好球。她继续往里走，来到学校后面的橄榄球场地，因为兔子通常喜欢去那儿啃蒲公英的叶子。她看着月光下那些小小的一耸一耸的身体，策划着如何袭击。第二天，她朝相反的方向出发，去了变身第一天晚上去的铁道和小溪处，去找那些躺在长椅上睡觉的男人。尽管她赤身裸体，手无寸铁，但她从他们身边走过时毫不畏惧，因为她并不觉得自己脆弱，一点都不觉得。她是这片区域的主宰者、管理者。她是这一带的怪物、女主人。她对自己的力量之强大和愤怒之强烈有信心，现在那股怒火因视野的打开有所缓和，她想更深入地探索奥秘与创造本身。

来挑战我啊，她从那些睡着的男人身边经过时想，有本事就来挑战我。她踏入小溪，皮毛沾湿了，下腹糊上了泥巴，时而喝上一口凉爽清冽的溪水，时而将鼻子探入岸边那散发着腐烂又香甜的气息的泥泞中。

在这个迷人的月份，在周末外出游荡之后，她经常在深夜或清晨回到他们位于街道尽头的安静的家，站在后门外看丈夫在电脑的蓝光中敲击键盘，这已经成为一种习惯。她轻轻敲敲窗户，他就放她进来，像领着一个孩子一样把她领到浴室，打开热水，点上蜡烛，脱掉她的衣服，然后一言不发地帮她洗澡。他用肥皂和一块布擦洗她的身体、脸、乳房和双腿之间。他会给她洗头，把她头皮上的泥搓下来，然后倒上护发素，慢慢梳开那纠结在一起的头发。

你是王子，她对他说。这时，他就会嘘——嘘——让她别说话了，然后亲吻她的后背、肩膀、眼皮和嘴。每晚她外出都会走很长的路，溜达到很远的地方，直到肌肉酸疼，脚因为踩到一些尖利的碎片而阵阵刺痛，浑身脏兮兮、汗津津，且被夏日美好午夜的露水搞得湿漉漉的。但等她回到家，他给她洗完澡之后，他们总会做爱。他能通过做这样的事来爱她，真是个好丈夫。

这个月底的一个周一，夏天在晴朗的九月里向她最后一次示好，炎热的天气仍然让人有去河边买冰激凌的冲动，她和孩子去了人们遛狗时常去的公园，尽管他们并没有养狗。可以在蓝天下奔跑，吹着因灿烂的阳光而格外美好的风，这样完美的日子不多了，这天就是其中之一。

我们特别爱狗！夜婊对所有向他们瞟来的人大声宣布，不管他们投来的目光是否友好，反正也不重要。

我们可以摸摸你的狗吗？她说着摸了一条狗，她的孩子也碰了碰它那冰凉潮湿的鼻子。

我们能跟它玩追逐游戏吗？她问另一个遛狗的人，后者一直在看手机，闻言几乎都没抬头，只是咕哝了一声表示允许。于是，在这露珠般的一天里，她和孩子，还有那条狗，在这片空旷的绿地上奔跑起来。

直到这时，她才看到了它们：一只金毛寻回犬、一只巴吉度猎犬和一只边境牧羊犬。在这炎热的天气里，它们凑在池塘边，前爪踩在凉水里，兴奋地张着嘴，吐着舌头喘气。

天哪，夜婊说。她穿过已经被人与狗糟蹋得不像样的草地，犹犹豫豫地朝它们走去，孩子跟在她身后。

你们好啊，她边说边继续犹犹豫豫地向它们靠近，它们迅速转过头来看她。

金毛寻回犬响亮地叫了一声汪！夜婊的孩子也叫了一声，算是回应。他们朝这群狗走去。这群狗纷纷从池塘跳出来，它们浸湿的皮毛和裹着泥巴的爪子也都纷纷离开了池塘，让夜婊和孩子挠它们湿漉漉的头，拍它们湿漉漉的背。它们先是热情地舔着孩子的手，逗得他开怀大笑，然后用鼻子顶着夜婊的腿。

她把金毛的头捧在手上，看着它的眼睛。

珍？她小声说，那条狗眨眨眼，没什么特别的反应。他们对视了一会儿，最后夜婊说，好，行吧。去玩你的吧。说完她拍了拍那条狗的屁股。

她扫视公园边缘，想看看有没有人招呼这些狗，向它们走来，朝它们抛来一个球或者给它们零食吃。可她目之所及，每个人都有与之互动的狗，他们要么在追着狗跑，要么在被狗追着跑，有的大声呼唤着自家狗的名字，有的吹口哨，有的正在抛掷狗玩具，还有的在收拾狗屎。公园里似乎没有谁和这三狗帮有关系，但有个修长的人影静静地站在很远的另一端，那人手中拿着一个本子，默默地注视着公园中发生的一切。

是万达，和她想象中万达的形象一模一样，身形纤细而轻盈，一头银发。她有种舒展而自在的美好气质，身着一件整洁得体的衬衫式连衣裙，脚蹬一双舒适实用的鞋子，头上戴着一顶草帽。夜婊眯起眼睛，想看得更清楚些，可她离得太远了。

夜婊愈发兴奋了，她朝那人的方向走去，因为那人一定是万达·怀特。她做了几次深呼吸，想让自己冷静下来，可根本做不到，满心的欢喜都要溢出来了。她仿佛被一股强大的力量驱使着张开双臂，朝着那个女人狂奔去。她知道，那个人就是她。她就是知道。

等一下，她高喊着朝公园边缘那个孤零零的人冲去。它们是你的狗吗？我在找它们的主人。

那个女人依然离她很远，夜婊无法看清她的脸，也看不清她的表情，无法通过对方的行为举止推断出对方对这个问题的回答——她向夜婊眺望了一下，顿了顿，然后大喊，不是！之后，她便迈着轻快的步伐往相反方向，朝着公园毗邻的那片林子走去。

别走！夜婊恐慌地尖叫，这一嗓子却起到了相反的效果。那个神秘女人也跑了起来，她把帽子拿在手里，头发在脑后飘扬，就这样慌慌张张地进了林子。

万达！夜婊再次高喊，声音里透着抑制不住的急迫。她因为追得过猛和单纯的情绪问题，开始觉得喘不上气，忍不住哆嗦起来。她还在奋力奔跑，心脏怦怦直跳，反复交替的双腿热得像着了火。

那个女人终究还是消失在林子里，夜婊站住，双手拄在膝盖上，喘得上气不接下气。

求你了，快回来！夜婊朝树林方向乞求道。求你了。她站在树林边上，听见那个女人坚定地踏过野草，树枝和荆棘丛落下。隔着夏末茂密的树木，夜婊已经看不到女人的身影了，也无法不管追来的孩子。孩子已经慌了神，追逐在越跑离他越远的母亲身后。

万达！她冲着灌木丛高喊。万达！毫无回应。

今天下午我在遛狗公园看到的那个人是你吗？当天晚上，她给珍发了消息，这句话后面依次是小狗、树和阳光的表情，最后以一个上下颠倒的笑脸结束，好像在说，如果那确实是你的话，我这么问可真傻！对她来说，这是一个大胆却安全的举动，她想。夜婊没有直接问她是不是有时会化身一条狗，而是让她安全地进入这样的对话。而且，那次派对之后，她就没怎么和珍联系了，只是偶尔会参加一下宝宝读书团的活动。珍终于在回复了，她等啊等啊，对话框里的三个表示"对方正在输入"的小圆点眨着眼睛跟她面面相觑。

哈哈不是，珍的消息发过来了，但我一直想给你发消息来着。

这正是想要隐藏自己是狗的真实身份的人会回的消息，夜婊想。

珍继续发来消息，在经过数次中断、用铺天盖地的哈哈哈哈和我的天哪掩饰她的欲言又止之后，她说但愿我接下来的话不会让你觉得很奇怪，一看她就是紧张了。然后她像发免责声明一样表示，下面她说的可能会比较啰唆无聊，她感觉夜婊似乎思想非常开放而且又喜欢艺术，所以她觉得自己可以跟夜婊聊聊近期经历的全然疯狂的改变；她还说最近我感觉不太像自己，可又很难解释；她说她一直有这种瘾君子才有的感觉哈哈哈哈哈，也许只是上了年纪的缘故，或者有什么其他原因也说不准，可她觉得情况有点失控，身边没有可以聊聊此事的人；她说她觉得也许朋友圈中新出现的这位母亲会有兴趣跟她单独聚聚，不聊什么保健品生意，只是谈谈心。因为夜婊最近的转变——大胆且风格突出，这是珍的原话。之后，珍加了一句，我喜欢你不在乎别人怎么看的样子！又开玩笑地说，她不想让别人将她视为一个怪胎，所以希望她的新朋友能保守她要说出来的秘密，这种事情流传开来真的会把每个人都吓坏。

　　有时候情况很糟糕，我会整夜在我家附近游荡，珍在消息中说。夜婊心中涌起了一丝希望，以前她都不知道自己一直怀有这种希望，这是一种对所有女性、所有母亲的慈悲和善意，她多么渴望能有一个人让自己倾诉所有最私密的冲动与想法！谁能想到那个人会是这个妈妈，会是这个做保健品生意、用草莓味洗发水、住在郊区豪宅里的珍呢？夜婊一想到还有一个像她一样的母亲，跟她有着同样的挣扎和令人费解的习性，她几乎要欣喜又放松地哭出来。*我很乐意跟你单独聚聚！*她真诚地发出消息。*我都有点等不及了。*

她把手机举过头顶，在厨房里跳了一小段舞，飕飕地飞速旋转，追逐着那不存在的尾巴。

第二天，她们在大学的自然历史博物馆碰面了，这是夜婊读研究生时喜欢参观的一个很棒的小地方。这还是她第一次和孩子一起来，想到这个她就很开心。此外，工作日的博物馆像坟墓一样安静，从某种意义上说，它确实是坟墓，因为里面藏有密西西比河以西最古老的一批动物标本。这些标本年代太久远了，因此来此参观的母亲与孩子们能透过犀牛标本上的一个洞看到里面填满了稻草，还会发现原本该是猎豹皮毛的地方其实是一块布。

珍从未来过，她为小镇上竟然有这么一个地方感到非常惊奇，再次夸夜婊有创意。

*我真希望自己有艺术家气质，*她充满渴望地说道。与此同时，她家的两个小女孩开始陪着夜婊家的男孩在展厅中转悠，每个女孩都拉着他的一只手，拽着他往这走，往那走，甚至可以说是在像母亲般地照顾他。夜婊看不过去了，她想让两个小女孩停止这种行为，告诉她们，她们没有关照他的责任，应该专注于欣赏这里的展

览，而不是操心这个小男孩，她们的兴趣志向应该指向标本，而非照料孩子。不过她没有说这些，而是对珍说的话发出冷淡的笑。

珍这次赴约特别不在状态。虽然她的两个孩子有着统一的梳妆打扮，绸缎般的头发都在脑后梳成马尾，活像脑袋顶上长了犄角，但珍显得格外憔悴，一反常态，眼睛下面挂着两个眼袋，眼线一点也不平滑，而且相对于她的眼皮来说过长了。她的背心穿反了，不过这种背心很难看出到底哪一面应该在外，可搞定这类细节似乎应该是珍的强项。

他们观赏一只巨大的树懒时，她说，我受到了你的启发，开始实验性地打造随性戏谑的形象，说完示意夜婆看她的一头金色长发。即便在博物馆昏暗的灯光下，她也能看出珍的头发不但出油严重，而且蓬乱枯干。夜婆自然非常喜欢这种审美，她每发现一处与传统相悖的细节都只觉得心生欢喜。一定不能催促珍讲任何事，她提醒自己。她一定要保持内敛和体贴，做一个合格的倾听者，绝不试图掌控局势。她轻柔谨慎地注视着珍，仿佛珍是她在暗夜中要捕食的猎物。

这支参观小队向鸟类厅走去，珍大口大口地喝着咖啡，她还就着咖啡吞掉了放在婴儿推车隔层中的大量植物保健品。展出鸟类标本的是一个圆形大厅，天光从高高的天花板倾泻而下。一个有内部照明的圆形资讯板，用来介绍许多北美鸟类的飞行路线。沿着这间展厅的一圈外墙固定着大批鸣禽的标本，有的立在树枝上，不过大多数标本的姿态都让夜婊联想到她初中时收藏的昆虫标本，昆虫被大头针穿过身体、钉在泡沫塑料上，每个下面还有字迹工整的打印名牌。

鸟类厅中有许多按钮，孩子们按得不亦乐乎。于是，在显示屏的柔光中，两位母亲被重重鸟鸣包围了。

这样说吧，珍拿着她的咖啡杯说。她看起来非常疲惫，和不断歌唱的鸟儿一样。你是个特别有创意的人，珍开始诉说了，也是一个非常好的妈妈。而我……珍哭了起来。

没关系，夜婊说，哭出来就好了。

满怀期待的夜婊发出沉重但冰冷的呼吸。

说吧，她在心里催促着珍，快说你是一条狗。

听着，我也有我的……事情，跟谁都没法儿讲，夜婊说。她这么说是想让珍放轻松些。我的意思是，谁都有自己的问题。

尽管夜婊希望透露自己的事能对珍起到宽慰效果，可她的这番话似乎加重了珍的焦虑。

我惹了一屁股麻烦！珍说，她说屁股这个词的时候刻意压低声音，以免孩子们听到，不过他们并没有在听。我完蛋了。连我丈夫都不知道。他什么都不知道。

谁的日子过得都不轻松，夜婊说。她们似乎很快就要真正交心了！

我……珍把脸埋在手心里，然后手指从她的前额滑下，绕过眼睛，经过两颊。我在保健品生意上赔了太多的钱，珍坦言道。大概有一万多美元，她轻声说，人人都以为我做得特别成功，但其实掏钱买我的产品的人只有我自己。亚历克斯对此毫不知情——我的意思是，瞒过他其实并不难，因为家里管钱的人是我——可我不知道怎么才能摆脱这个烂摊子。本地市场已经饱和了！没人需要保健品！大家都已经买过了！现在变成了大家互相推销。

她悲哀地望着自己的两个孩子，她们现在正围着躺在地板上的小男孩胳肢他，这件事带给了她们很大的乐趣。

夜婊一句话都说不出，因为这和她料想的情况不一样，完全不一样。

我得摆出成功者的姿态来，珍继续说。姐妹们都看着我，指望我把生意做成呢，可我做不成，她说。然后她按下前方的一个按钮，一只猫头鹰低沉的长啼传来。

早该想到的。早该想到珍深陷其中。早该想到珍的保健品生意亏得一塌糊涂。

还有，早该想到她不是狗。

夜婊竟然有过这种想法，可真是太傻了。想象这位母亲赤身露体，披着长毛在屋后的草坪上游荡，这也太夸张了。夜婊真的需要好好管管自己，另外就是——这种话她劝自己多少次了？——振作起来，可是没有效果。

不行。

她不要。她不要振作起来。

我的天哪，你都不知道对我说些什么了，珍说。她绝望地看着夜婊，渴望从夜婊口中听到一句鼓励的话，比如一切都会好起来的。那三个孩子现在正聒噪地围着她们俩跑圈，围着中控台玩追逐游戏，时而扯着嗓子尖叫，时而停下脚步按按钮，接着继续尖叫和奔跑。可不管他们怎么闹，两位母亲都无动于衷，就跟所有做母亲的人会做的一样。珍灰头土脸、垂头丧气地站在原地，头发乱作一团；夜婊则周身散发着某种柔和的光，仿佛把大家的每一个烦恼都视为营养，将其吸收到自己身上，利用这些烦恼变得更加强大、清晰、目标坚定，因为此时此刻，她已经无法回头了。

听着，你不用振作起来，夜婊对珍说，同时还牢牢抓着珍的肱二头肌以示强调，直视着珍的双眼。

去他的保健品，去他的钱，夜婊继续说，开始长篇大论地谴责多层次营销，因为她听过一期关于这种营销方式的播客。她跟珍解释那些人将什么样的女性设为行骗目标，他们会瞄上那些感觉自己的力量被剥夺的女性，事业上停滞不前、囿于家庭的女性，相信金融机构的虚假承诺的女性。所以，她无需感到羞耻。她完全可以摆脱这个烂摊子，夜婊会帮她。夜婊还说，她应该将这件事告知丈夫，诚恳道歉，同时向他保证自己会让一切恢复正常。（别哭，夜婊坚定地说，你很强大。）夜婊说她们还会把所有的姐妹——这是珍的说法——都救出来。夜婊说，关于女性和母亲这两个身份，她长久而深入地思考过，她想过她自己和她们所有人，真的，现在是时候了。

是时候干什么？珍问，她被夜婊的一番话打动了，也明显筋疲力尽了，这一点从她的眼睛、皮肤、嘴角下撇的样子都能看出来。

听着，夜婊说，你以前是做公关的，对吧？

那都是八百辈子之前的事了，珍说。

我需要一个公关，夜婊说。我可以给你酬劳，反正最后肯定能给。

你在搞什么？珍不禁笑出声来，孩子们向她们跑来，向他们站在鸟类厅的、衣着邋遢的母亲跑来。

如今，夜婊成了那个主动的人，她主动挽上了珍的胳膊。

我们边走边聊，夜婊说，我们接下来要做的事太多了。

稍后，夜婊回到家，打开那本《野外考察指南》，读了起来：

我希望大家明白，在女性的历史上，无论是不是神奇女性，她们从未像现在这样，被赋予过如此巨大的权力，有机会在世界范围内接触到如此多的、具有深远影响力的人物，有如此高超的能力——能通过必要的手段得到那些对她们的演化和个人实现至关重要的帮助。

首先，读一读这本书。现在，看着：我是这样奔跑的。我是这样在夜里出现的。这是我的皮肤。这是一些小道具。这是我的创意和梦想。看到这支舞了吗？看到这个手势了吗？看到这只动物了吗？看到这句咒语了吗？把它们全都学会。很好。脱掉你的衣服。跑。跳。在这片泥巴地里打滚。闻着味儿前进。这儿有一只老鼠。那儿有一团吐掉的口香糖，舔起来味道不错。从那个小水洼上跳过去，然后跳进溪流中。沿着小溪走上那条黑暗的小径。坐下。嗥叫。小步前进。停。要这样捕猎。你就是拥有这种力量。我是这么杀死一只动物的。别往后缩。别转身离开。看得再仔细点，好好看看，这就是暴力之心，欲望之心。冥想。睡觉或者不睡。这样做毛就长长了，这样做毛就掉了。听着。还有呢。保持静止，然后再动。检查你的牙齿。摸摸你自己那柔软的毛发。多提要求，少做事情。别向对方问这问那，要直接告诉对方怎么做。嗥叫，嗥叫，对着月亮嗥叫。

万达·怀特说，宇宙的神秘之处会在平凡的事物（比如身体、这一天、青草和天空）中揭示。忘掉文明。只有女性和自然，她自己的自然（本质）。

我的天哪，珍在月光中喃喃道，她脸上挂着道道泥痕。哦，我的天哪。你。是你。

实话实说，也许夜婊衷心希望丈夫发现她的秘密。也许因为她已经让珍加入了她的艺术，她的项目，她的计划，所以现在她要是继续瞒着丈夫工作，就会感觉自己更卑鄙了。毕竟，她的丈夫是头一个给她看日本女人在章鱼上撒尿的视频和其他让人开心的奇事的人，如果她给他看她的真面目，他可不可能只觉得妻子神奇，而不会产生厌恶呢？此外，夜婊——艺术项目《夜婊》——距离公演越来越近，所以她觉得应该把这个人物介绍给更多的人。过去，连她最古怪的项目丈夫都会力挺，这不是已经证明他才是她最坚强的后盾吗？尽管在过去的几个月里她一直很愤怒，尽管她可能在心里以无数种方式控诉过他，但他是否可能其实是她的盟友，甚至是她最强有力的支持者呢？夜婊一边读万达·怀特的书，一边准备着以这样或那样的方式展示自己。在她钻研表演期间，前面那些想法总会时不时地冒出来。

在一个普通的周六晚上，夜婊出门倒垃圾，当她走到垃圾桶前，一股不祥的风带来了她几周前埋掉的那只兔子的腐烂气味。这肯定不是那只猫腐烂的气味，因为他们将它妥善埋葬——四英尺之下的土里。糟糕，她只给那兔子刨了一个浅坟。哎呀，这气味真要命！厚重邪恶而刺鼻，混合着鲜血、泥土、粪便和腐烂的味儿。她原本打算假装这气味不存在，可后来实在装不下去了。这天晚上是她丈夫负责在楼上哄孩子睡觉，所以她自然能腾出一点时间去看看。用脚趾扒拉扒拉海棠树下、玉簪属植物宽大的叶子下依然松软的泥土，能出什么事呢？蹲在潮湿的土地上，伸手往地下多探探，看看能不能摸到皮毛、骨头或肌腱，有什么大不了？她不想把衣服弄脏到洗不出来的程度，也不想让衣服沾上腐肉的恶臭，所以就算她把所有衣服都脱掉，也是完全合理的。这可不行！

她只是想去……看看那只兔子。去闻闻它。要是能在埋它的地方打几个滚儿就更好了。当然，打完滚之后，她得洗个超长的热水澡，用掉好多肥皂和用来保持家中卫生的清洁剂。

她挖出了沤在泥巴中的一点肌肉。她是不是闻见了一丝发酵的气味？还有泥土与陈血里强烈的矿物质气味？肉本身腐烂时那股近乎香甜的气味？只咬一小口，她想着，不是塞满嘴巴的一大口，更像是抿一口。反正这块肌肉都快变成肉干了，她鼓励自己，它脱了水，应该很有嚼劲，也许里面还有不少汁水。她闭起眼睛，手里捧着剩下的那点腐肉，深吸了一口气。

这时，她的丈夫出现在她身边。暮色之中，寂静一片。

她原以为，这种时候她会慌得六神无主，但没想到正相反，她心中缓缓铺开一片辽阔的平静。他知道了。他看出她的真面目了。看来，这就是事情的结果了。不妨快些让这件事结束吧。她曾经是女孩，女人，之后又做了新娘，怀了孕，成为母亲；如今，她又有了新的身份，不管是怎样的身份。她是个狂野的、复杂多面的女人，有着让人难以理解的渴望；固执、愤怒是她，温柔、甜美还是她。她是造物主，也是在夜里漫步的黑暗力量。她有高尚的品格，也有生猛原始的战斗力。

你好，她想对他说，我是你的妻子。我是一个女人。我是这样一头野兽。我已成为一切。我既是崭新的，又是古老的。我曾感到羞耻，但今后再也不会了。

这就是你的新项目，他说完笑了，做狗。现在我明白你的午夜远足是怎么回事了。

对，她说。然后她坠入了内心深处一片开阔的空白地带，站在那儿凝望那永恒的长空。她开始努力回忆某些事情，十分遥远的事情。她的丈夫等待着她继续说下去。黑暗包裹住他们，那是一团会移动、有声响的黑暗。小动物在他们头顶上的树枝间跳来跳去，树叶也随之剧烈地动弹。

对，过了一会儿她说道。她看着丈夫，就好像她与他刚见面。对，这是我的一个项目，跟狗有关。

她把兔子的残骸留在土里，向他爬去，然后蹲坐下来发出低吼并用爪子刨弄着地面。她突然从他的左侧冲了出去，开始沿着这块草坪的外缘奔跑，这是为了感受这具身体的力量，感受夜晚的凉风拂过皮肤和发丝。她跃过矮篱笆，在邻居家那杂草丛生的草坪上打起滚来，抓挠着后背、腰臀和四条腿上的每一寸皮毛，然后向一丛野花溜达过去，去撒尿。

在她的视野中，黑魆魆的草坪上她的丈夫只是一个小黑点。她向他跑去，再次优雅地跃过篱笆，跳起来扑到他身上，将两只手搭在他的肩膀上，用口鼻将泥土、湿乎乎的东西和她身上的狗味儿蹭到他的脖子上。接着，她索性将他扑倒在地，开始舔他的脸、脖子和肚子，沉醉地闻着他的胯下，然后咬住他穿的四角短裤的边儿往下拽。

他开心地大笑，笑啊，笑啊，止不住地笑。很快他们就都成了狗，陷入了热烈的爱恋。

后来，淋浴的时候，她丈夫将双手放在她那布满抓痕的肩膀上，看着她的眼睛。

这是你最好的作品，他说，脸上有种温柔而破碎的神情。那可能是一种惊讶。尽管他们在一起有十多年了，但此刻这个人是他不曾让她见到的。在这张脸上，她能看得出：他爱她，敬畏她；她给他带来的影响；他从来没想过要让她的事业触礁；他一直都真心希望她能幸福，能与艺术为伴；他现在终于看清了她所有的身份，看清了那些身份是属于她的，看清了她是一股创造力，独立于他和孩子而存在，但依然掌控着他和孩子；日复一日、年复一年的平淡生活让他一度失去了爱与热情，失去了他对她那天真的爱慕，但现在这些都回来了，因此他愿意为她做任何事，只要他力所能及。

*

　　妈妈们三三两两地来了。飘逸的丝绸衬衫、露肩的性感衣裙、白色长裤、家里最贵的手包，总之只有在能甩开那些黏糊糊的小手的夜晚，她们才会换上这样的行头。这些妈妈个个都打扮得光鲜亮丽，周身散发着轻松自在的气场。

　　眼下到了一个季节的尾声，整个世界的蝉叫得声嘶力竭，唤起了每个母亲关于漫长而感伤时刻的记忆，比如来时温暖、走时却只留下寒意的风，比如日复一日在下午三点左右的人行道上转悠的衣冠不整的小学生。过去那么多年的忧郁朦胧的思绪一下子全都涌上心头，那些假如和本应该，湖边打赤膊的俊美少年，贴在脸颊上的湿乎乎的沙滩浴巾，那高高挂在天上的白炽太阳，在口中爆出甜津津汁水的冰凉的绿葡萄。没错，这是去感受、去喝酒、去遗忘的完美时机、完美夜晚。

她们应邀来到夜婊家，其实并不明确知晓此行的目的，只知道这里有葡萄酒喝。珍是活动大使，这是她给自己的头衔。大家收到的电子邀请函就是她写的，她在其中大谈特谈这次的活动将多么有突破性，多么前卫。被邀请来的都是宝宝读书团的妈妈们——其中的每一个——植物保健品销售团队全体成员，那些致力于研究紧身裤和精油的人。当天晚上来了一大群女人，也许差不多镇上所有最热情的妈妈都来了，这让珍相当满意。通往后院的路上，繁茂的忍冬搭成了一道摇摇欲坠的拱门。珍手中拿着写字板，身穿以前公关时代的一套合身西装，站在拱门旁迎接客人。那西服的丝绸内衬覆在她玲珑的曲线上，多么服帖啊！穿着这套裁剪优美合身的行头，她感觉自己多么干练和强大！

好啊，你好啊，欢迎，她对每个经过的妈妈说，场内茶点请随意取用。她安排着进场的客人，带着一种新获得的仪式感，带着无所顾忌地介绍并展示植物保健品时缺少的那份专业，因为这是她的主场，她和夜婊的主场，她打定主意不会让夜婊失望。她为这个活动投入了很多，极度渴望打造一样属于她自己的东西，好让她们二人都取得成功，获得成长。

夜婊以前研究生学院的朋友，那位职场妈妈和摄

288

影师到的时候，珍特别留意了一下，因为她知道夜婕会希望她坐在最好的座位上。

所有妈妈都开心地发现，房子后敞开的法式大门内飘出阵阵音乐声，后院的露台上支着一张桌子，桌上铺的棉质白桌布绣着一朵朵可爱的小花，桌布上摆着一瓶瓶冰镇粉红葡萄酒和皮诺格里奥白葡萄酒，小塑料杯摞成一座座笔直高塔。

桌上摆着好几个水晶碗，里面各式各样的坚果堆出尖儿来；一个篮子里放着整条的巧克力；给讲究人准备的新采摘的蔬菜；气泡水。桌上还有一碗果肉肥厚、闪闪发亮、令人无法抗拒的蓝莓，不管妈妈们抓了多少把，碗似乎总能不可思议地自动补满。另一个篮子里装的是还热乎的烘焙面点——让优秀上进的妈妈们避之唯恐不及的、碳水爆棚的美味。她们努力想把生育后新添的体重甩掉，让大腿瘦下去，把腰间赘肉甩掉，不过今晚或许可以是个例外。

她们都坐在后院的三排白色折叠椅上，椅子中央是一条直插后院中心的甬道。这些椅子，配上摆满各种吃食的桌子，再加上前方小小的木头舞台，这场合布置得好像婚礼现场。只不过这个小舞台上并不会出现一场婚礼，完全不会。妈妈们双手拢在嘴边像举着小喇叭一样低声交谈：看啊，那是什么？应该不是那什么吧。可它就是，在舞台中央，有一块厚厚的红色牛排，生的，上面盖着一个玻璃钟形罩。坐在下面的妈妈们或傻笑，或恣意大笑，喝着酒窃窃私语。她们想找珍问问这场演出的具体情况，可她已经不在大门边了，似乎消失在了愈发浓重的暮色中。真是奇怪啊，她们咕哝着，小口喝着葡萄酒。她们开始分析眼下是什么情况，做出这样或那样的猜测。也不知道这是一场什么演出，但不管是什么，到现在都没开始是不是太失礼了。真是古怪——我是说，你们是不是连表演者是谁都不清楚啊。我真的想不起来她是谁，不过无所谓了。至少这里有酒喝。然后她们继续笑啊，叹啊。我累了，我为了参加这个活动竟然还临时找了个保姆。真的，这都什么玩意儿啊。但紧接着，砰的一个切分音从敞开的法式大门里飘出来——今夜我听见鼓声回荡，一个男声唱道——后院的氛围立刻变了，变得极度悠闲。其中一个妈妈闭起眼睛，跟着那个男声轻轻哼唱起来，另一个妈妈重重往椅背上一靠，因为太用力把椅子都靠翻了，招来哄堂大笑。然后她们扶起那位醉醺醺的母亲，告诉她，别担心，这个夜晚你就该尽情享受；而且当然了，我会打车送你回家的；就算到时候附近没有网约车，也不打紧的，你家凯文[1]都多少次晚上出去玩了，他都没有为在家带好几个孩子的你考虑分毫。我祈求天降甘露——她们齐声合

---

[1] Kevin，是非常常见的英文名，意思是"英俊"。

唱，在这闪亮的黄昏中跳起舞来。一个妈妈举起她那杯皮诺格里奥，唱着走音的歌；另外两个妈妈边唱边摇摇晃晃地跳起了贴面舞，好似一对爱情鸟。

歌曲结束后，她们热络地聊起来，聊啊聊啊，直到时间很晚，比她们原本计划要回家的时间都晚，月亮升起了。她们早就忘记了举办这场活动的女主人，不知道她去了哪儿，为什么还不现身跟大家打招呼。也许她现在就在她们中间，一个烂醉的母亲说。

也许你就是女主人，她说着捅了捅一个女人的胸脯，你一定是在搞什么恶作剧！这时候，音乐声变成某种低沉的悸动，像爵士，但又不是，比爵士更黑暗、更沉重。

这时候，那生物出现了，可能会有人用像狗的东西、像头小熊或者一个狼人来形容。真不知道这到底是个什么玩意儿。

它谨慎而缓慢地沿着甬道向前走，但没有一个妈妈像大家可能以为的那样表现得畏畏缩缩或者干脆跑掉。没有，她们没有一个人的反应和我们猜测的普通妈妈的反应一样。那个职场妈妈和摄影师都倾身向前，竭力看清向舞台走去的它。

她们注视着这一幕。她们全都喝醉了，行为举止变得大胆、甚至粗鲁，心中燃烧着熊熊欲火，可同时她们也保持着安静，甚至可以说是虔诚。也许此刻她们才拿出了她们做母亲最棒的样子。

女王，那头野兽走过时，一个妈妈喃喃道。

另一个妈妈深受触动，跪了下去，开始跟在那野兽后面缓缓爬行。又一个，再一个，她们纷纷做出如此举动。不过，个别身体没那么健壮的妈妈慌了，浑身不自在，开始担心自己的狂犬疫苗加强针过了时效，只得离场。

她们走了才好，别的妈妈说。

这是某种异教吧，一个人说。另一个人回答，我在播客上听过类似的活动。又有一个人说，我真是喝多了，天哪。但她们没走。

没走的那些人……她们没走是因为她们理解，理解夜婊的动作，理解她脊柱上爆出的毛，理解她那在月光下森然发亮的尖牙，理解她因力量、黑暗、愤怒和幸存而做出的一举一动。

这位母亲，这条狗，势不可当，妈妈们非常清楚，她们爱这一点。

一个妈妈仰起头来，向着月亮嗥叫。另一个妈妈蜷缩在一截腐朽的木桩旁睡着了。

其他人将衣服从身上撕扯开，在清冷的月光中注视着夜婊这条狗悄无声息地登上舞台。一盏她们到来之初就亮着的聚光灯从楼上的一扇窗户扫下来，点亮了舞台。那生物长嗥一声，似乎突然失去了控制，将钟形罩一把掀翻，玻璃罩顿时摔得粉碎。她狼吞虎咽地吃起了面前的牛排，看上去像是好久都没吃过东西的样子。她们所有人都静静地坐着，似乎定住了，只顾着看她，目不转睛地看她。

一片沉寂。她的目光扫向台下的母亲们，脸、双颊和下巴都糊满了鲜血。她眼中燃烧着的是什么？疯狂？力量？兴奋热烈的会意？野蛮凶猛的女性特质？

一个妈妈的尖叫打破了这片沉寂，然后另一个妈妈的嚎叫传来。就这样，不管之前大家达到了怎样的平衡，这种平衡状态都可怕地失衡了。那野兽一跃而起，从台上跳进一团烂醉、赤身露体的母亲们之中，她们立即尖叫着跑出后院，往她们沿街停着的黑乎乎的车跑去。只有职场妈妈和摄像师还留在座位上，一言不发，充满敬畏地看着眼前的情形，为这戏剧变化——纯粹、神奇且富有艺术性的戏剧变化——轻声哭泣，同时握住彼此柔软的手。

我的衣服！一个妈妈说。

我的车钥匙！另一个妈妈懊恼地说。

操！还有一个妈妈啐了一口。

夜婊扑向每一个妈妈，直到她们全部离开，成群结队地去拦网约车，或是拿自己一丝不挂的样子打趣，试图消解尴尬。做完这些，夜婊才从精致的桌子上取来杯子蛋糕，将其吞下，消失在邻居家后院杂草丛生的灌木丛中，去寻找活生生的小动物，让它怦怦跳的心脏彻底停下来。

夜婊的孩子生下来的时候，让她最吃惊的是，自己竟然认不出他来。她原本以为那孩子会长得像她牢牢记在心上的什么人，可他竟然顶着一张愤怒的小红脸，鼻子宽宽的，嘴巴活像哪个老头儿的。过了好多年，这个孩子才长成了她的儿子，现在她认识的这个儿子。如今，她看他的时候会常常想，哦，原来你在这儿呢。没错，我认出你了，因为他长得既像她，又像她丈夫。不过在某些时刻，他看起来和她的父亲一模一样，同样的，也和她的公公一模一样。

若是看得入了神，她甚至无法分清自己与孩子，他显然是她身体的一部分，有时她无法简单地摇摇头就甩掉那眩晕的感觉，两两相像的感觉。

她想过有一天自己的父母可能会需要自己的照料。虽说眼下七十多岁的他们依然身体康健，但到了一定时候他们的健康状况势必会走下坡路。她想象着他们住在家中的客卧，每天早晨瘦骨嶙峋、头发蓬乱的他们都会走出房间，睡眼惺忪地在她的孩子身边落座，等着吃早餐的薄煎饼和维生素。上午或下午，他们会像婴儿一样小睡一会儿。也许，在最后的时候，她还得给他们洗澡、换衣服。尽管这肯定是个沉重的负担，但她心中似乎开辟出这样一块地方，那里生长着伟大的爱。因为这份爱，她会抱着感激与尊敬的心情完成这些任务，这是她的主动选择，而不是被动接受。她会爱意满满地用一块浸过热水的布擦洗母亲的后背，用肥皂水清洗父亲稀薄的头发。照料他们是她的荣耀，因为他们是她的一部分。

成为一只动物应该就意味着这个吧，意味着你会看着另一只动物说，我感觉我既是自己，又是别的什么，你我互为彼此的一部分。这是我的皮肤。这是你的皮肤。月光下，我们依偎在温暖的洞穴中，为了保持体温，成为一体。我们一起呼吸，共享梦境。我们从来如此，未来也将如此。我们通过牢不可破的血统保持着亲密无间，保持着彼此的活力。

万达·怀特不是一个人。万达·怀特是一个人最终抵达的地方。

夜婕，这位母亲，她站在沉重的天鹅绒幕布之后，在黑暗中闻着自己那美好的麝香味。没错，就在她走出黑暗或登上舞台之前，步入坚定不移的状态或随处都有的空气之前，她抵达了，带着如期而至的狂喜抵达了万达·怀特。

伴着吱吱呀呀的声音，大幕拉开了。先是一片黑暗，然后是些微光亮，她闻见了这个空间中的每一个人。

舞台上、黑暗中，她背上的毛陡然立起。她闭起双眼，仰头对着天花板深吸一口气。一阵看不见的穿堂风吹过，她脸上的汗毛随之轻轻摆动。

她站在那儿，一丝不挂，发丝半遮着眼睛与脸庞。她面对观众，摊开手掌。

和以前每次演出一样，她开始了这场演出，在胸口打开一片天地，张开嘴，在心与声之间打开一条完美的通道，释放出一声又长又尖的嗥叫，那声音回荡在剧场中。

灯光逐渐亮起，有人发出紧张的喘息声。她睁开眼睛，可一个人都没看见。她双手着地，在台上大步跑了几步，然后扭头对着观众席咆哮。有人放声大笑，有人憋回了一声尖叫。

背景之中，音乐声陡然升起，就像来自一个被遗忘已久的童年的梦，或者说是噩梦。小提琴声渐渐变得响亮，小号声也响起，预示着演出即将开始，只不过观众们还不清楚这到底是一场怎样的演出。一架定音鼓响起，邦邦，邦邦，邦邦。在舞台上的某处，一个女高音将手放在胸口，张开嘴，释放出有如长河般的一首歌，缭绕动人，充满了痛苦与爱。她是用德语唱的，或者说是用一种听起来像德语的语言唱的，很难听明白她唱的究竟是什么。观众们想象着这个唱歌的女人。她的胸口起起伏伏，头上是一条条小辫子；她站在一片幽暗的草坪上，格外突出，在夜色中将歌声徐徐送出；她打着赤足，柔软的草叶从她的脚趾间探出；她站在一棵树下歌唱，那棵树枝繁叶茂，树下栖息着几只母鸡；她穿着一件简单的农场棉裙。每一个人在脑海中勾勒出的都是同一个女人；每一个人都在想她是谁，她唱的歌是什么意思。每一个人都为树下的鸡感到惊奇。夜婊的表演中还有许多小戏法，这才刚刚开始。

夜婊在舞台上踱步，背景音乐汹涌澎湃。观众们愈发不安了。最令他们不安的自然还是要属表演的艺术家。大家来看的就是她。让大家掏出好不容易挣来的钱的是她，大家想亲眼看到精彩的表演，可是，嗯，这到底是什么呢？这是真实发生的吗？还是说这不过是什么障眼法？我们聊的是怎么一回事呢？这个女人自然是存在的，可她的毛发怎么了？人们可以合理推断，她头上的头发是她自己的，可背上的毛呢？手臂上的呢？脚上的呢？

最让人不安的还是夜婊走动的样子，她手脚并用，动作灵活流畅好似动物。这场面他们以前只在恐怖电影里见过；如果他们不是恐怖电影迷的话，那这场面就只有在最久远的噩梦里见过了。她一定接受过什么舞蹈训练，或者有过某种先锋现代运动练习吧？要把这套动作做得如行云流水，要走出这种富于肉欲的步伐，呈现出这种本能的警觉，做出轻轻仰头、认真闻气味的样子，向观众席大步跑去，旋即轻盈一转，再次跃入暗影的样子，一定需要练习好长时间吧？

表演结束后，观众们聚在剧场正门处。有的说，音乐声响起后不久，台上出现的小兔子应该是从舞台余侧两翼伸手不见五指的阴影中跳出来的，它们慢吞吞地挪到了有光的地方，鼻翼微微抽动，茫然地望着台下。他们一致同意，这肯定不是什么魔法，台上突然出现这么多兔子一定得有个合理的解释，因为他们之中谁都没有打心底准备好接受，他们的感觉是真实的，这些兔子不是通过任何一种惯常的方式来到台上的。更吓人的是，观众们回到家躺在床上、盖好被子后会想，这些动物到底从哪儿来的呢？（这个问题非常困扰他们）。它们是真实存在的生物吗？人们在林中进行一次安全的休闲远足时可能会遇上的那种生物？现在树林里是不是少了一些兔子？那些兔子上一秒还在小口啃着花朵，下一秒就出现在那座舞台上，会不会是这样？如果它们不是从某个地方传送来的，那它们是什么？它们是什么变的？是谁创造了它们？这些问题让每一个观众都想哭泣，但他们终究还是没有流泪，而是进入了不太安稳的睡眠中，就这样睡了一整晚。

没错，那些兔子是夜婕演出中的"煽动性事件"。所有的评论差不多都是这么说的——不过没有一篇报道提到赤足站在树下的女高音——我们可能会把所有观众看到的这一幕称为"集体幻象"。提到这个会被视为剧透，这应该是观众们届时要亲自体验的。

兔子们会登上舞台，先是一只，然后是好几只，十几只。有的胆怯地瑟缩在紧挨着森林图案的背景幕布旁。有的停留在舞台靠前的位置像是随时可能跳入观众席。与此同时，夜婊等待着，和包围她的黑暗一样静止不动。你可以清晰地看到每一根肌肉的运动，看到她的紧绷，看到刻在她体内的等待。

黑暗的舞台上遍布着一小堆一小堆的白骨，其间闪烁着点点金光。夜婊站在舞台中央，举起身体两侧张开的手。音乐声渐渐淡去，剧场中隐隐响起一阵低沉的鼓点，她抬起手掌，好似在指挥人们未曾想象到的最慢、最安静的一支管弦乐队。随着她的双手向上抬起，再向上，然后又高了一些，那几堆骨头开始稍稍移动，原本幽微的闪光更盛了，骨头上金色的镀层在聚光灯下反射出无数璀璨光斑。骨头渐渐站起，仿佛被线牵着一样，又像是异世界的某种僵尸傀儡。于是兔子出于恐惧纷纷跳下舞台。可不管观众们怎么眯起眼睛仔细看，如何认真地搜寻，他们都看不见骨头上方有线，也看不出这是什么鬼把戏。这些骨头聚成其他小动物的形状，不过不是平常的那种，比如说这只，它是一种郊狼，但有一对让人忍不住联想到草原兔的长耳骨。还有一只看起来像鹿，但脑袋极小，跟猫似的。再说另一只，它长着兔子的后腿，却同时长了一组小得不行的鹿角，这样的鹿角恐怕在自然界中是找不到的。不过，观众们应该会发现这些白骨动物的外形很自然，甚至可以说长得相当符合逻辑。它们在夜婊的世界中是一种合理的存在，它们微小而灵巧的动作，来回抽动的头，小心迈出的步伐，颤抖着跌倒在黑色地板上，然后像借助神的力量一样让多块骨头重新排列到位，组合成形，这些都是说得通的。

接着，夜婊和白骨动物上演了一段编排好的离奇怪诞的舞蹈——评论称其为"一场魔法狩猎"——伴随着低沉黑暗而规律的音乐节奏，夜婊开始周旋于舞台之上，追逐这些镀金的动物骨架。观众们会说，他们仿佛可以无止境地观看这场表演，他们痴迷地看着那女人像兽类一样运动，还有那些骨架生物——它们似乎是完全靠自己、毫不费力地在舞台上轻盈地奔跑，她是怎么做到的呢——为眼前不同寻常的场面目瞪口呆，也为这一幕惶惑不安，无法分辨现实与艺术效果。

那天晚上，大家都等着看舞台上即将发生的事情，因为当时大家早就听说后面有什么场面了。现在人们能看到关于这场演出的种种文章、报道、评价、分析与谴责，还有批评家、作家、动物权利活动家和普罗大众从各个角度对该演出的观察。说到夜婊就提她在舞台上进行的实时兔子大屠杀，这种想法有失偏颇，但这确实是她最有名的地方，不过演出还有许许多多更有趣、更独特的地方。

与骨架生物共舞结束后，她开始悄悄靠近藏在阴影中的兔子。捕猎行为本身有种古怪的动人之处，让人看得如痴如醉。只见她一跃而起，一口衔住猎物，甩啊甩啊，直到它软绵绵地耷拉在她口中，整个过程令人着迷。现在剧场一片寂静，死一样的寂静，她将不再动弹的动物放在舞台上，看向观众。她低声咆哮，引起一阵骚动。这情形看上去她是打算悄悄靠近他们，再次发起攻击了。坐在后面的一些人缓缓站起身，开始往剧场边缘移动。剧场里鸦雀无声，夜婕从台上一跃而下，观众席顿时炸开了锅，他们纷纷从座位上弹起来，尖叫着四散跑开。

据部分观众说，他们被追进了一片凭空出现的林地，那里枝叶密不透风，藤蔓丛生，很难看出这是艺术家本人打造的一座森林，还是专门为演出而生、当夜过后又会消失不见的异常时空。后来人们了解到，在大家的体验各不相同的那次事件中，观众们偶然遇见了一窝狼母，还接受了狼母送来的美味汤羹。还有观众说，在那段时间，他们遇到了神奇的女性鸟人，她们长着一对羽毛丰美的翅膀，教会了他们如何飞翔，他们正是通过这种方式逃离了剧院。另外，有人声称他们在这个阶段看见了可以随意消失和现身的女人，那些幻影般的生物犹如女神，会让面对她们的人深深感到友善与团结，这种感觉会强烈到让大家匍匐在她们脚下哭泣。

人们在演出中普遍体验到某种集体狂热和所谓的幻觉，精神病学专家对此进行了深入的研究，结论是这其中一定存在大型下药事件——毕竟，在观众进入剧场时，每个人都收到了名为"嚎叫"的一小板药，外加一小纸杯水，而且有人极力怂恿他们把药服下，说这样可以挑战自己在心灵健康与感知方面的观念，获得沉浸式观演体验。或许演出方是通过每块场地的冷暖风系统，在通风井中泵入了致幻药，从而做到了悄无声息地下药。谁知道呢，如果不是被下了药，那观众们一定是被催眠了，精神病学专家推测，因此他们才会在艺术家的引领下进入想象的世界。不过夜婕表示，她并没有学过催眠，也不是有从业执照的催眠医生，如果观众们的确进入过催眠状态，那也纯属偶然，只能证明艺术拥有催眠般的魅力。

"演出令人如痴如醉的效果正突显了夜婕的艺术造诣。"珍在对媒体的官方声明中这样驳斥了那些对演出持怀疑态度的和泼冷水的人，也以此回应了这些言论：夜婕的演出不过是"左翼瘾君子的胡言乱语"，并非"真正的艺术"或"严肃艺术"，而是"普通的小节目"，能给愚蠢的大众带去一些感官刺激和惊奇的感觉罢了。珍在声明中还说："大家在演出末尾体验到的效果代表了二十多年严格的艺术实践的高潮。观众有时会在夜婕的演出中获得某种极端体验，这只会突显出这位艺术家不断提高的艺术水平和在艺术上的变革能力。"

有人认为她的演出"残忍得毫无必要"，是"有史以来最差劲的行为艺术"，"令人憎恶，相当于召唤出人性中最卑劣的一面，并且把它展示给所有人看"。面对这些评价，夜婊的解释是，她的作品本就是为了揭示母性残忍野蛮的一面，为了告诉大家一个孩子最初的行为便是对创造出他/她的那个女人施暴。然而母亲还是爱孩子的，她们给孩子的是这个世界上已知的最强大的爱。

那东西来自我们，她在采访中说，它从我们体内出来时会为自己杀出一条血路，毫不夸张地讲，它简直要把我们撕成两半，随之而来的还有一阵剧痛，哗啦啦的一片血、尿和屎。如果孩子不通过这种方式来到这个世界，那就得等我们被一把刀切开，它才能出来。孩子取出来的时候，我们的器官也会被取出来，缝合后器官才会重新回到我们的体内。这也许是人类除了死亡之外能拥有的最暴力的体验了。这个演出是为了强调母性的残酷、力量和黑暗。现代母性是被阉割和消毒过的。我们本质上是动物，否认我们的动物本性或我们作为人类的尊严是对生存的犯罪。女性和母性也许是人类社会中最强大的力量。当然，男人们总是急于压制它们，他们也的确应该畏惧这两股力量。

夜婊最忠诚的粉丝喜欢戴写着"你晚上去哪儿?"

的胸针，上面还配了一幅画：一条凶猛的狗张着嘴，随时准备扑过来。这款胸针和其他周边产品都出自珍之手，她用实际行动证明了自己是公关天才。她策划了让人眼花缭乱的宣传活动，比如让许多小兔子出现在知名度很高且非常特别的场所，发动玄而又玄的社交媒体轰炸。总之，夜婊的演出成为珍精心编排与打造的"难解之谜"，成为她职业生涯的最高成就。绝版的《神奇女性野外考察指南》销量飙升，但依然没有人，没有任何一个人，找得到万达·怀特。记者们展开调查，发现萨克拉门托大学是个已经不再运转的短命机构，怀特本人也只存在于那个已经不复存在的学校网站中。

在剧院里，既没慌乱无措也没夺路狂奔的观众是少数，他们适应能力很强，有处变不惊的性格——有人可能会说，他们有种工程师的平静——这些人看到了演出的最后，夜婊站在舞台上，带着一个小孩——她的儿子。她把兔子软趴趴的身体交给他，让他闻一闻，摸一摸。幕布悄然落下时，那几个勇敢的人看到了这样一幕：台上站着一个野女人和她的幼子，后者手中捧着一只兔子依然温热的尸体。他们会说，台上的二人组散发着一种他们从未见识过的美，尽管有人抗议称，让孩子看到此情此景就是虐待。

才不是虐待，那些亲眼见过的人会反驳说。

现在，台上的女人明白了，生命的长卷是借由奥秘与隐喻展开的。就这样，她注视着身前她那完美无瑕的孩子，她动用最强的魔法造出的小人儿，看他站在令人炫目的聚光灯下，好像浑然不觉自己是一个奇迹，是整个世界最难得的存在。

SPRING 野
更具体地生长

主　　编｜徐　狗
特约编辑｜赵雪雨

营销总监｜张　延
营销编辑｜狄洋意　　闵　婕　　许芸茹

版权联络｜rights@chihpub.com.cn
品牌合作｜zy@chihpub.com.cn

出品方　至元文化（北京）
CHIH YUAN CULTURE

Room 216, 2nd Floor, Building 1, Yard 31,
Guangqu Road, Chaoyang, Beijing, China